CRAZY WEDDING

Du même auteur dans la collection

Luv

Dark Man in Love

MILA MARELLI

CRAZY WEDDING

Luv

À notre *crazy wedding* à tous les deux.
ML.

1

Emma

Je tape frénétiquement sur le clavier de mon ordinateur. L'article que je suis en train de pondre va prouver à mon patron que je suis la meilleure journaliste de son putain de journal. Voilà pourquoi je me retrouve dans mon bureau après la fermeture de la boîte. Je n'ose même pas regarder l'heure parce que je sais que le soleil a tiré sa révérence depuis un bail… Nous ne sommes que deux en compétition, cette semaine, et c'est moi qui vais battre Caleb. Je relève la tête et le vois concentré sur son ordinateur. Je ne résiste pas et me saisis de mon portable.

[Si tu lèves les yeux,
tu verras celle qui va t'écraser
comme une vulgaire punaise !]

[Nous sommes seuls,
ne me tente pas à lever
autre chose !]

Je glousse comme une collégienne, mais c'est de courte durée lorsque je reçois un message de mon meilleur ami depuis la maternelle. À cette heure-ci, c'est inhabituel…

[Urgence vitale ! Dispo au tél ?]

[Oui !]

Je n'attends pas mon reste lorsque mon téléphone se met à vibrer de plus belle. Je me lève et surveille Caleb de l'œil pendant que je réponds à Maxence.

– Allô, monsieur le directeur des renseignements généraux, j'écoute !

Il rit, ce qui me fait une belle pause dans le travail assez fastidieux qui m'attend toute la nuit.

– Je suis content de t'entendre, Emma…

– Moi aussi, on ne devrait pas rester autant de temps sans s'appeler.

– C'est vrai ! C'est le but de mon appel.

– C'est pour m'annoncer ta venue ici ? Que tu emménages dans mon quartier ?

– Non, c'est toi qui t'es tirée, donc c'est à toi de revenir… Mais ce n'est rien de tout ça, c'est beaucoup plus important.

– Ouh, tu m'intrigues ! Allez, balance la sauce, Maxence !

– Je vais me marier !

Lorsque mes fesses rencontrent le sol, une douleur fulgurante irradie jusqu'en haut de ma nuque. Mes oreilles bourdonnent et ma tête est sur le point d'exploser. Cette nouvelle est si… incroyable. Je ne me suis jamais imaginée qu'il pourrait se marier… enfin, pas maintenant. D'autant que je ne connais même pas celle qu'il a demandée en mariage, et en plus, c'est mon meilleur ami, en quelque sorte, le frère que je n'ai jamais eu. C'est un choc. Je ne m'attendais vraiment pas à ça.

Je reprends mes esprits et remarque que j'ai lâché mon portable pendant ma chute. Je le cherche à tâtons sous le bureau et finis par le récupérer. Lorsque je le remets à mon oreille, il me faut bien deux minutes avant de me connecter à la réalité.

– Je te jure, quand tu la verras, tu vas aussi tomber raide dingue d'elle. Elle est magnifique, elle est drôle… Putain, je suis trop amoureux d'elle. C'était une évidence, tu vois, comme mes parents…

– Mais… tu te maries quand ?

– Le 6 juillet ! Putain, j'ai hâte, Emma !

– C'est court, comme date, non ? Enfin, je veux dire que…

– On voulait plus tôt, mais pas de place. Ah, il y a autre chose…

– Que le fait de te marier ? Parce que t'as trouvé un truc plus énorme que ça à m'annoncer ?

– Je veux que tu sois mon témoin, avec Nathaniel.

Je m'assieds brusquement, sur mon siège, cette fois, et ferme les yeux.

Eh merde !

2

Emma
Un mois plus tard

Je vérifie une fois de plus mon maquillage. Je suis tellement stressée à l'idée de revenir ici, à Black Canyon City. Lorsque je suis partie à la fac à Philadelphie, je pensais ne plus jamais revenir dans le coin, sauf en cas de force majeure. Mes parents ont déménagé et résident non loin de mon appartement depuis la fin de mes études, où je leur ai annoncé que je quittais définitivement l'Arizona. Tout était orchestré pour ne plus remettre les pieds ici, mais je me trouve dans une position délicate et, si ce n'était pas pour Maxence, je ne serais jamais revenue.

Je me regarde une dernière fois dans le miroir et essaie de dompter mes cheveux. Je réussis à me faire une tresse africaine et souffle encore par à-coups.

Je vais revoir Nathaniel, je vais revoir Nathaniel.

Je ne devrais pas stresser comme je suis en train de le faire. Nous ne nous sommes pas revus depuis le lycée. C'est le pire connard que la Terre ait pu porter. A contrario de son frère, Maxence est adorable, un vrai nounours. Quant à Nathaniel, il n'a fait que me persécuter et me rendre la vie impossible pendant toute mon enfance. Lorsqu'il est enfin parti à San Diego afin de poursuivre son cursus universitaire, j'ai pu souffler. Je n'avais plus ce tortionnaire de mes deux dans les jambes.

Tu es une femme forte et indépendante. Nathaniel ne te fera plus de mal, plus jamais !

Je me répète cette phrase comme un mantra et sors des toilettes de l'aéroport. Je traîne ma valise et cherche des yeux mon meilleur ami. Lorsque je l'aperçois enfin, il y a une petite brune à ses côtés qui le regarde avec admiration. Je suppose donc que c'est Wendy, la future Mme Maxence Cox. Lui est comme je l'ai quitté, il y a des années. Il est grand, brun, avec une carrure de sportif et un sourire collé aux lèvres. Il a fait un effort et porte un costume comme les grands de ce monde, il est devenu le directeur d'une société de sécurité ultra perfectionnée qu'il a montée à la fin de ses études. Ma tête bifurque légèrement et je prends quelques minutes pour détailler celle avec qui il va se marier. Sa fiancée est jolie et s'accorde parfaitement avec lui. Elle est petite et vêtue d'un haut moulant en laine et d'un jean. Je reconnais la simplicité de Maxence, car même s'il est un P.-D.G. très respecté, il n'en reste pas moins quelqu'un d'abordable et de simple. Ce que j'ai toujours admiré chez lui. Il sait d'où il vient et ne l'oublie jamais. J'avance d'un pas assuré et les rejoins, mais je n'ai pas le temps de dire quoi que ce soit qu'il m'attrape et me fait voler dans les airs.

– Tu m'as tellement manqué ! crie-t-il.

– Toi aussi… Viens t'installer à Philadelphie ! Quitte ce coin une bonne fois pour toutes !

Il rit, puis me pose à terre. Je reprends mes esprits et souris à la jeune femme qui se dandine un peu à côté de nous.

– Tu dois être Wendy ? demandé-je.

Elle opine du chef alors je m'approche et lui fais un câlin.

– Je suis tellement heureuse de te rencontrer ! Ces dernières semaines, il n'a fait que me parler de toi !

– Je n'entends que ton prénom depuis que l'on s'est rencontrés…

– Je suis un peu la sœur qu'il n'a jamais eue ! dis-je en éclatant de rire en direction de Maxence qui ne se prive pas.

Il attrape ma valise et nous sortons de l'aéroport en direction de leur voiture. Je hume l'air de l'Arizona et essaie de me détendre. Il fait bien dix degrés de plus à Black Canyon City qu'à Philadelphie. Les rayons du soleil pénètrent ma peau et je me laisse submerger par tous les souvenirs que je chéris de cette ville qui m'a vue grandir.

Pendant tout le trajet, Wendy me parle de la cérémonie, de sa robe qu'elle tient absolument à me montrer et de ses différents hobbies. Lorsque Maxence se gare le long de mon ancienne rue, je coupe court et ouvre la portière. Je m'avance de quelques pas et admire mon ancienne maison. Tout un tas de pensées me percutent, aussi j'ôte mes talons et pose mes pieds nus sur l'herbe fraîche. Je ferme les yeux, me délecte de cette sensation et me rappelle notre emménagement, la rencontre avec Maxence lorsque j'étais assise sur la pelouse, malheureuse, et qu'il m'a tendu la main pour m'aider à me relever. Il m'a offert un bonbon qu'il avait dans sa poche, alors j'ai séché mes larmes et nous sommes devenus les meilleurs amis du monde.

– Je t'avais dit qu'il fallait que tu reviennes ici !

Je tourne la tête vers lui et hausse les épaules. Malheureusement, il y a aussi les souvenirs de Nathaniel et ça, ça casse tout le charme de ces retrouvailles.

– Ça fait tellement longtemps que je ne suis pas venue, ça me fait tout drôle.

– Remets tes talons, le vieux qui habite dans ton ancienne maison ne supporte rien. S'il te voit détruire sa pelouse avec tes pieds, il va te faire un procès !

– Sérieux ? demandé-je rapidement en remettant mes chaussures.

– Non, mais t'es comme à l'époque. On te dit un truc, tu ne marches pas, tu cours !

– Espèce de…

– Emma, ma chérie !

Je suis coupée dans mon élan par la mère de Maxence, qui me hèle depuis le perron. Je me penche vers lui et murmure :

– Tu ne perds rien pour attendre…

Il se met à rire et nous avançons vers cette femme qui me prend dans ses bras. Elle n'a pas changé, avec ses cheveux attachés en tresse, elle est toujours habillée simplement et sens toujours cette bonne odeur de cookies, qui sont de loin les meilleurs de la planète. Et j'en connais un rayon, avec mes parents…

– Qu'est-ce que tu nous as manqué, ma petite chérie…

– Comme je l'ai déjà dit à votre fils, vous devriez venir avec Dwayne à Philadelphie. Mes parents et moi serions heureux de vous accueillir !

– T'es adorable ! Tu as rencontré ma future belle-fille ?

– Oui, elle a l'air super pour Maxence…

Une fois notre câlin terminé, nous entrons dans cette maison si familière à mes yeux et à mon cœur. L'odeur qui s'en dégage me ramène vers des souvenirs qui m'ont autrefois un peu soulagée, lorsque Nathaniel agissait comme un con à mon égard. Sa mère a toujours été gentille avec moi, même si son fils était le pire salaud de la planète. Après avoir passé l'entrée, nous pénétrons à gauche dans la pièce à vivre qui est meublée des mêmes fauteuils qu'à l'époque, de style victorien, en velours vert, et pas du tout confortables. Le père de Maxence se tient debout devant la fenêtre, comme à son habitude, avec un verre de scotch à la main. Son attitude m'intriguait beaucoup et j'ai souvent pensé qu'il faisait partie des services secrets ou d'une organisation gouvernementale hypra secrète. Voilà pourquoi, avec Maxence, nous en faisions une blague. Le ton et la carrure autoritaires de leur père m'ont toujours stressée, et pourtant, chaque fois qu'il me voit, une petite étincelle jaillit dans ses yeux, comme si je faisais partie de la famille. Il a le même regard avec ses deux fils.

Je me racle la gorge alors il se tourne et j'énonce d'une voix claire et dénuée de tout stress :

– Il est presque treize heures et je n'ai toujours pas consommé mon premier verre de vin !

Son visage s'illumine, il met ses mains dans les poches de son pantalon de costume et me fait un clin d'œil. Il a une certaine passion pour l'œnologie et je suis sûre que s'il avait pu déménager en France pour faire son propre vin, il l'aurait fait sans hésiter.

– Une jeune fille de bonne famille ne consomme pas d'alcool…

– Alors je peux affirmer que j'ai été adoptée…

Son sourire s'élargit, puis il se pourlèche discrètement les lèvres et lance dans ma direction :

– Du vin de ma cave secrète contre des gâteaux de crabe ?

Après sept heures de vol et un retour aux sources, je donnerais ma petite culotte pour un verre de vin rouge. Sans compter que le pire reste à venir…

– Affaire conclue, dis-je en lui tendant la main.

Nous nous donnons une poignée de main brève avant qu'il m'attrape et me serre contre lui quelques secondes. Il murmure contre mon oreille :

– Je suis content de te revoir.

– Le sentiment est partagé.

– J'ai hâte de retrouver tes parents.

– Ils arrivent en début de semaine, papa ferme le restaurant exprès pour le mariage.

Lorsque mes parents ont quitté la ville, ils ont mis en gérance le restaurant qu'ils avaient hérité de mes grands-parents. Papa ne voulait pas commencer une autre vie à Philadelphie en laissant tout tomber ici. Ça a pris du temps, mais ils ont pu enfin trouver un fonds de commerce, et maintenant, ils sont propriétaires de plusieurs bonnes tables à Philadelphie et alentour. Je suis tellement fière d'eux. Leur gâteau de crabe est très réputé. Il a été primé dans différentes catégories lors de concours culinaires et salué par les critiques. Notre départ de Black Canyon City nous a été profitable à tous les trois.

– Pars à la douche avant que les crabes ne filent à l'anglaise…

Je lui souris, puis me tourne vers les autres, restés à l'écart. Wendy n'ose plus parler. J'espère que ce n'est pas à cause de ma relation avec M. et Mme Cox, parce que je ne veux surtout pas qu'elle se sente mal à l'aise. Maxence ouvre le chemin et nous fait monter à l'étage afin d'y déposer mes affaires. Nous passons dans le couloir, et mon regard dévie vers l'ancienne chambre de Nathaniel. Un petit pincement point au fond de mon cœur… Maxence pousse la troisième porte, celle de la chambre d'amis, et nous nous y engouffrons en silence, Wendy sur nos talons. Le téléphone de mon ami se met à vibrer, et comme il sort pour répondre, je vois Wendy regarder ses chaussures en se dandinant. Je pose ma valise contre le mur et mon sac à main sur le lit. J'aimerais qu'elle se sente bien en ma présence, qu'elle ne se gêne pas avec moi, et surtout, je ne voudrais pas qu'elle soit stressée parce que, dans quelques jours, elle va vivre le plus beau jour de sa vie avec l'homme idéal. Alors j'ai une technique imparable pour ce genre de situation.

– J'ai hâte que tu me montres ta robe, je suis sûre que tu vas être merveilleusement belle dedans.

– Merci, répond-elle, toute timide. Maxence m'a dit que tu étais frileuse…

Je hausse un sourcil. Qu'est-ce qu'elle veut dire par là ?

– Donc je t'ai tricoté des chaussettes et des moufles.

– Oh… c'est super sympa, merci.

– Je vais te les chercher ! s'exclame-t-elle en sortant de la chambre en trottinant.

C'est au tour de Maxence d'entrer sans frapper, comme à son habitude. Il met ses mains dans les poches et hésite à me parler. Alors, que Wendy ait cette attitude avec moi, OK, mais lui, il me connaît par cœur, il n'a aucune raison d'être gêné en ma présence. À moins que… Je parierais qu'il souhaite engager une discussion sur le fait que je sois son témoin avec Nathaniel.

– Crache le morceau ! dis-je en croisant les bras devant ma poitrine.

– Il n'arrive que ce soir, tard. Je devrais te prévenir, mais…

– Attends, t'es en train de me dire qu'il n'a jamais rencontré Wendy ?

Il ouvre la bouche mais reste en apnée. Les bras m'en tombent. Je me frotte les tempes et me mordille la lèvre.

– Elle n'a aucune chance devant Nathaniel !

– Maman l'a appelé et l'a déjà mis en garde…

– Maxence, allô ! Elle m'a tricoté des chaussettes ! Elle ne survivra jamais face à lui ! T'as oublié quel connard est ton frangin ?

– Il va bien se tenir… J'en suis persuadé. Il ne gâchera pas mon mariage.

– Je l'espère… Tu me diras, peut-être que le fait d'être marié, ça l'a calmé un peu, non ?

Il fronce les sourcils et sourit.

– Détends-toi, poulette, Laurie ne fait plus partie du paysage… Elle ne sera pas là !

– Quoi ?

– Ils viennent de divorcer, elle l'a trompé avec un joueur de tennis de son club.

– NOOOOONNN ???!!! Et t'as osé me cacher un truc pareil ?

Il se met à rire tandis que Wendy entre de nouveau dans la chambre.

– Je ne remercierai jamais assez le Seigneur d'avoir fait disparaître de mon champ de vision cette peste de Laurie Mayer !

– Oh ! Ce n'est pas l'ex-femme de ton frère, bébé ? renchérit Wendy.

– Oh, si… réponds-je. Et heureusement que tu ne la rencontres pas, elle est horrible. C'est une espèce de bimbo avec plus de matière dans les miches que dans le crâne !

Wendy rit et se détend. Maxence me propose de prendre une douche et de les rejoindre en bas un peu plus tard, le temps que je me repose, chose que j'apprécie. Les sept heures de vol et l'angoisse permanente de revoir ce petit con de Nathaniel m'ont vidée de toute énergie, mais j'ai fait une promesse, donc…

***

Aretha Franklin nous accompagne pendant notre digestion sur les canapés. Je n'arrive plus à bouger et ne me souviens pas d'avoir fait une telle orgie de nourriture depuis des lustres.

– Tu as pris le don de cuisiner de tes parents, ma chérie, dit Phoebe, la mère de Maxence.

– J'avais oublié ce goût de paradis, répond son mari en zappant sur le poste de télévision.

Maxence est installé sur un des fauteuils, Wendy dans les bras.

– Je ne peux plus bouger, s'exclame-t-il en enlaçant sa future femme, qui se mordille les lèvres depuis que nous avons fini de manger.

– Sauf qu'on a un mariage à préparer, dis-je en me relevant.

Le visage de Wendy s'illumine comme une guirlande de Noël branchée sur du quatre mille volts.

– Quoi ? répond-il, un peu à l'ouest.

– Et ouais, mon pote ! Tu bouges ta carcasse, car, vu que je suis ton témoin, et en plus une fille, je m'autorise à voir ton costume, et aussi la robe de la mariée ! Alors, on commence par quoi ?

– Oh ! Je veux bien qu'on aille voir ma robe ! s'extasie Wendy.

– Vendu ! On y va.

Elle embrasse langoureusement Maxence avant que je récupère les clés de sa bagnole, sous le regard ahuri de la future mariée.

– Ça aussi, je m'en donne le droit.

– Une rayure et t'es bannie à jamais de ma liste d'amis, rétorque Maxence.

– Viens voir, maman, dis-je en faisant tinter le trousseau dans mes mains.

– Je ne plaisante pas, Emma, tu me la bousilles pas, elle est neuve et…

– Bla-bla-bla, réponds-je en attrapant la main de Wendy et en sortant devant la maison.

Je me réjouis de conduire ce petit bijou. Je n'ai pas manié de volant depuis un bail, depuis que j'ai décidé d'aller au boulot à vélo, ça fait plus de deux ans. Je n'ai donc plus de voiture, mais un fessier d'enfer ! Une fois à l'intérieur de la caisse, je la fais ronronner et avance sur la route. Je coupe la radio et me racle la gorge. Il faut que je parle à Wendy, qu'elle soit à l'aise avec moi comme avec une sœur, il faut qu'elle me fasse confiance parce que quand l'autre énergumène va se ramener, ce ne sera plus aussi détendu qu'en ce moment…

– J'aimerais te dire franchement ce qu'il en est entre nous, avec Maxence, et je… commencé-je.

– Il m'a beaucoup parlé de toi, et je…

– Tu ne crains rien, avec moi. Les sentiments que j'ai à son égard sont purement fraternels. Il est comme un grand frère pour moi, n'aie pas peur de ce qui pourrait arriver, car ça n'arrivera pas. Je le connais depuis que je suis gamine, on a fait les pires conneries ensemble, mais ça s'arrête là. Je n'ai jamais nourri d'autres sentiments envers lui, et je suis vraiment, vraiment heureuse pour vous deux, OK ?

Elle hoche la tête, un brin rassurée. Alors je me lance, parce qu'il faut qu'elle soit prévenue et je pense que Maxence ne l'a pas fait, comme le brave nounours qu'il est.

– Maintenant, je vais te parler de Nathaniel.

– J'ai hâte de le rencontrer et de sympathiser avec lui, ses parents ne font que des éloges sur…

– C'est le plus gros enfoiré du siècle, un énorme méga giga connard. Tu prends Maxence, eh bien, Nathaniel est son opposé, et à l'extrême. Il est imbuvable, vulgaire, narcissique, égocentrique, misogyne, pervers, abruti, débile, c'est une raclure, c'est…

– La vache, t'as pas l'air de le porter dans ton cœur ! Maxence m'a dit que vous aviez des désaccords, tous les deux…

Nerveusement, j'éclate de rire en serrant le volant dans mes mains. Parler de lui reforme mon ulcère, et si je continue, je vais de nouveau avoir de l'urticaire. C'est fou ! Il n'est pas encore arrivé que je m'emballe déjà.

– Il m'a torturée toute mon enfance, putain, ce n'est pas ce que j'appelle des désaccords ! aboyé-je. Tu sais quoi ? J'avais à peine 8 ans quand nous avons emménagé ici. Mon grand-père venait juste de mourir, et Nathaniel a été… infect. Le premier jour de l'école, il a mis une brique de jus de raisin moisi dans mon cartable. Elle s'est ouverte et il y en avait partout dans le sac, sur mes cahiers, sur le sol de la classe. Ça puait tellement que j'en ai eu des haut-le-cœur. J'ai eu vraiment honte, alors je me suis mise à pleurer, et là, ça a été le début de la fin pour moi. Il a vu que j'étais faible et il m'en a fait baver jusqu'à son départ à la fac.

– Waouh…

– C'est peut-être con ce que je vais te dire, mais je n'avais que 8 ans et je venais de perdre le dernier de mes grands-parents, dont j'étais très proche. J'avais juste besoin d'amis, de soutien, et lui… Bref, ce n'était pas le moment de me chercher des noises !

– Tu ne t'es pas défendue ?

– Oh, si… dis-je, le sourire aux lèvres. Avec Maxence, nous sommes devenus de plus en plus proches. On se voyait à l'école, mais aussi en dehors. Il venait dormir à la maison, et moi de même, alors dès que j'en avais l'occasion, je me vengeais pour toutes les crasses que Nathaniel me faisait subir. Une fois, j'ai écrit « Bastard » sur son front, au marqueur indélébile. Il n'est pas allé en cours pendant une bonne semaine, et moi, j'ai encore des crampes d'avoir autant ri.

– C'était la guerre, entre vous, c'est ça ?

– Oui, voilà. C'était perpétuel, et plus on grandissait, plus c'était violent. Donc, juste, reste sur tes gardes avec lui.

– Je vois ça… Maxence ne m'a pas annoncé ça comme…

– Le jour de mes 15 ans, Nathaniel a brandi une culotte devant toute sa bande de copains en disant que c'était la mienne et qu'il avait pris un malin plaisir à me baiser. J'étais tellement choquée qu'il aille aussi loin que je n'arrivais même pas à parler. Les deux frères se sont battus parce que Maxence ne supportait plus les coups bas que me faisait Nathaniel, et là, on parlait de mon honneur… Enfin, le jour où il a annoncé à tout le monde qu'il partait, je crois que j'ai eu mon premier orgasme.

Elle éclate de rire, et je la suis. Je ne parle pas dans le vent, je crois qu'aucune partie de jambes en l'air n'a été aussi bonne que son départ de ma vie.

– C'est un peu compliqué pour moi d'être le témoin de Maxence avec lui, mais je te jure que je vais tout faire pour que ce ne soit pas le carnage.

Elle me sourit et pose sa main sur la mienne en signe d'apaisement, ce qui me soulage un peu. Mais je sais très bien que c'est le calme avant la tempête !

3

Nathaniel

Je roule depuis des heures vers ce lieu que j'affectionne tant. Depuis mon divorce avec Laurie, il m'était indispensable de trouver un moment pour me ressourcer parce que je suis invivable au boulot et avec mes amis, et je sais que cette parenthèse va m'être bénéfique. J'ai un besoin viscéral de retrouver ma famille, celle qui me soutiendra dans n'importe quelle situation. Alors je roule pour les rejoindre.

La deuxième raison qui me fait revenir chez moi, c'est que mon petit frère va épouser, dans dix jours, une jeune femme du nom de Wendy, qu'il ne connaît que depuis quelques semaines à peine, et il ne faut surtout pas qu'il fasse cette connerie. Il ne doit pas se marier. Il pense être amoureux, et en tant que grand frère, je me dois de lui ouvrir les yeux sur les femmes et sur l'épreuve qu'est le mariage. Mon téléphone sonne, coupant mes pensées et cette musique qui commençait à me taper sur le système.

– Salut, Tom, dis-je, las, parce que je sais déjà que s'il

m'appelle, c'est qu'il y a une couille dans la conception de l'hélicoptère que nous sommes en train de réaliser.

– Salut, je ne t'ai pas vu aujourd'hui...

– En effet, j'étais en entretien pour une future commande pour un avion militaire, et maintenant, je suis en vacances.

– C'est cool, tu vas revenir en forme. Je sais pour l'avion, on m'a mis au courant dès que tu as passé la porte...

– Ce Crawford est incapable de tenir sa langue...

– Oh, arrête ! Tu sais que j'adore traiter avec l'armée ! Pourquoi tu ne me l'as pas dit ?

– Parce que je savais que tu serais pire qu'une vierge devant sa première bite quand je te l'annoncerais...

Je l'entends s'étouffer avec la fumée de sa clope, alors j'en rajoute un peu.

– T'es un beau salaud, Nathaniel !

– Merci pour le compliment, ta femme m'a dit la même chose ce matin...

Je l'entends grommeler quelque chose dans sa barbe, et me moque de lui. Si Laurie n'a jamais été mon point faible, lui, c'est tout le contraire. Il rampe totalement devant sa femme.

– Tu pars dans l'Arizona, paraît-il ?

– Ouais, mon ex récupère ses affaires et moi, je vais empêcher mon frère de se marier.

– Euh... T'es pas censé être son témoin ?

– Si ! Justement, il faut que je l'informe que les femmes ne sont là que pour notre plaisir. Hors de question qu'il se fasse avoir par l'une d'entre elles. Il a une boîte de sécurité qui marche du feu de Dieu et je suis sûr qu'il peut la faire prospérer encore plus s'il ne se disperse pas ! Mais avec cette fille…

– Non, mais, attends, ça n'existe plus les femmes croqueuses de diamants, mec ! Tu vis dans quel monde ?

– Ton jugement est altéré ; quand je t'entends parler, c'est la voix de ta femme qui résonne.

– Je te souhaite de trouver la perle rare, mon pote, celle qui fera battre l'espèce de minuscule muscle qu'il y a dans ta poitrine.

– La seule chose qu'elle fera battre, c'est la tête de lit contre le mur quand elle me chevauchera.

– T'es vraiment un petit con !

Je me fais craquer la nuque et me réinstalle confortablement sur le siège, le temps que le feu passe au vert. Je regarde l'heure. 21 h 36. Il me reste encore deux bonnes heures avant de débarquer chez mes parents. J'avais promis à ma mère de ne pas arriver trop tard… Je me rattraperai demain avec ses fleurs préférées, sans faute.

– Comment elle s'appelle ?

– Qui ?

– La future Mme Cox !

– Oh, euh… Wendy. Ouais, c'est ça, Wendy. Tu sais quoi ? Je pensais qu'il allait finir par se taper la voisine, mais elle est frigide comme le marbre. Tu me diras, il a raison de s'en taper une autre…

– La voisine ?

– Emma, souviens-toi, Laurie en avait parlé, la dernière fois, à la maison.

– Celle qui avait fait courir la rumeur que tu avais trois testicules ?

– Ouais, elle, réponds-je en grognant.

Quelle connasse, cette fille ! Cette rumeur m'a poursuivie pendant deux ans ! Bon, je me suis rattrapé avec le coup de l'herpès génital…

– Tu vas la revoir ?

– Je suis obligé ! Maxence a décidé que ça allait être son deuxième témoin ! Tu vois le séjour que je vais passer !

– Mon pauvre ! C'est toujours votre voisine ?

– Non, elle a déménagé à Philadelphie pour ses études et elle est restée là-bas. Elle est journaliste pour un petit journal indépendant.

– Tu connais tout de sa vie, quand même…

– Lorsque Maxence m'a appelé pour m'annoncer la nouvelle, j'ai fait quelques recherches… Eh bien, elle devrait changer de carrière parce que son dernier article sur la nourriture plus saine est à chier.

– Ah ! Une fanatique des légumes ?

– Avec le cul qu'elle avait en sixième, je t'assure qu'elle était loin de bouffer de la salade !

– T'es venimeux, mec !

Bla-bla-bla, je termine la conversation avec Tom et remets en route la radio. Je me laisse emporter par un bon groupe de rock et leur chanson qui cartonne en ce moment.

***

Alors que je me gare dans l'allée, je remarque la lumière dans le salon et plus j'avance vers la maison, plus j'entends mon père gratter sa vieille guitare. Il a toujours adoré ça, et encore plus lorsque Emma se prêtait au jeu. Parce que, d'aussi loin que remontent mes souvenirs, elle chante magnifiquement, avec cette intonation qui te fait frémir, de celle qui te donne la chair de poule. Et c'est exactement ce qu'il se passe lorsque sa voix grave et soul résonne juste avant que ma main tourne la poignée de la porte d'entrée. Elle entonne une des chansons préférées de mon paternel, « Rolling in the Deep » d'Adele. Et, putain, je ne l'avouerai jamais, mais elle la chante à la perfection.

Un sourire carnassier s'invite sur mon visage alors je ne résiste pas plus longtemps. Ça fait un bail que je ne l'ai pas vue et je n'ai qu'une envie : la faire chier ! J'ouvre la porte en faisant plus de bruit qu'un troupeau d'éléphants qui ont eu l'immense joie d'apercevoir une petite souris. Emma se tait et la guitare s'arrête. Lorsque j'entre dans la pièce, mes parents sourient à ma vue et Maxence est déjà devant moi pour une accolade entre frangins.

– Je suis content que tu sois là, dit-il, le sourire vissé aux lèvres.

Ma mère me fait un câlin, et une fois qu'elle me lâche, c'est au tour de mon père. Je la vois enfin, ma future ex-belle-sœur. Elle s'avance doucement vers moi avec sa main tendue comme si j'allais la lui serrer.

Doux Jésus, ça va être si facile de la faire détaler.

Son air apeuré et sa façon de se fringuer vont la propulser en dehors de cette maison avant la fin du week-end.

– Je suis ravie de te rencontrer, dit-elle d'une voix si peu sûre d'elle.

Mon sourire s'étire encore plus et si je continue, je vais

ressembler à Jack Skellington ou au chat d'*Alice au pays des merveilles*. Je la détaille sans prendre la peine de lui répondre, je veux la déstabiliser.

– Excuse-le, Wendy, lorsqu'il parle, c'est pour cracher son venin, alors sois contente qu'il ne le fasse pas…

Mes yeux se tournent vers le seul endroit de la pièce où je n'avais pas regardé en entrant. Elle est là, debout, un verre de vin rouge à la main. Elle a changé, en mieux. Elle est encore plus jolie qu'à l'époque. Ses cheveux sont longs, bouclés et noirs, ses yeux verts sont hypnotisants, ses lèvres sont peintes en rouge vif, sans compter sa tenue qui épouse ses formes et ce jean qui lui fait des jambes interminables. Dommage qu'elle n'ait pas mis de talons. Emma a perdu du poids et semble beaucoup plus sûre d'elle que lorsque nous étions ados. Je vais me régaler à la chercher un peu pendant mon séjour.

– Oh, Pumpkin[1], t'es tellement insignifiante que je ne t'avais même pas remarquée !

– Nathaniel ! me gronde mon père.

– Quoi ? Allez, Pumpkin, viens me faire un câlinou d'amour ! Je sais que tu en crèves d'envie !

Elle se pince les lèvres, l'air décontenancé, et pose son verre sur la table. De là, je vois qu'elle bouillonne. Elle ne peut rien dire parce qu'il y a papa et elle sait qu'il ne supporte pas quand on se chamaille. Elle a trop de respect envers mes parents, elle ne dira ou ne fera rien s'ils sont près de nous. J'ouvre grand mes bras et avance

1. Citrouille.

rapidement vers elle, qui se crispe. Ça me fait marrer ! Une fois près d'elle, je l'entoure et la serre le plus fort possible contre moi.

– Tu me fais mal, abruti ! dit-elle en hachant chaque mot.

– Tu aimes ça, hein, Pumpkin ! réponds-je en humant le parfum que dégagent ses cheveux.

Cette odeur de monoï m'a toujours plu et chaque fois que je le pouvais, je respirais cette fragrance comme un camé en manque de drogue. Attention, n'allez pas croire que je suis amoureux d'Emma ou que j'ai développé un quelconque sentiment pour elle, mais cette odeur est la meilleure de toutes. Celle-là, et celle des gâteaux de crabe de sa mère.

– Ton temps de câlin est terminé, lâche-moi maintenant, Triominus !

Je la fusille du regard. Comment ose-t-elle me donner ce surnom après tout ce que l'on a vécu ensemble ? Comment ose-t-elle se servir de ça aujourd'hui alors que nous sommes adultes ?

Bon, OK, je lui donne toujours ce surnom débile de Pumpkin, mais ça lui va tellement bien, à ma petite citrouille !

– Tu as toujours été folle de moi ! Un jour, ça te passera, tu verras.

– C'est ça, je suis irrémédiablement et désespérément amoureuse de toi !

– Je sais, petite citrouille, dis-je en lui donnant une chiquenaude… et Dieu seul sait comme elle déteste ça.

Je me tourne enfin vers ma famille, avec un sourire plus

démoniaque qu'au début, et attaque les hostilités.

– Je suis content de te rencontrer, Wendy ! N'écoute pas ce que dit cette folle. Son psychiatre l'a autorisée à sortir juste pour votre mariage.

– C'est tellement puéril, renchérit Emma.

J'adore ça quand elle part au quart de tour. Ma belle-sœur chérie me sourit de toutes ses dents.

– Tu as faim, mon chaton ? me demande ma mère.

– Ouais, je n'ai rien mangé pour arriver plus vite.

– Tu as de la chance, rétorque papa, je t'ai laissé des gâteaux de crabe qu'a faits Emma.

– Je vais me contenter de pain rassis, j'ai pas envie de choper une intoxication alimentaire…

– Et c'est reparti… dit Maxence en secouant la tête.

J'attrape ma valise et monte à l'étage. J'entre dans ma chambre et la jette au pied du lit. Je suis épuisé, mais j'ai trop faim. Je vais redescendre, manger un peu, et ensuite j'irai me détendre dans la douche avant de sombrer dans mon pieu. Maxence entre, suivi d'Emma et de Wendy. Alors j'attaque le sujet qui fâche dès le départ.

– Ton enterrement de vie de garçon est déjà planifié, mec, dis-je d'un air triomphant.

– Quoi ? Impossible ! rétorque Emma, hargneuse. Tu n'as pas répondu à mes mails concernant l'organisation et quand je t'ai appelé, tu n'as pas décroché !

– J'ai un métier, et c'est une histoire de mecs ! Tu ne t'incrusteras pas. Et puis, tu m'excuseras, mais t'es loin d'avoir le corps d'une strip-teaseuse.

– Ce qui veut dire ?

Je la regarde de haut en bas, ce qui la contrarie, car elle se renfrogne et croise les bras devant sa poitrine. Cette vision me fait déglutir. Elle a beaucoup plus de seins qu'à l'époque… Ouh là, je m'aventure sur un terrain miné !

– Ce qui veut dire que toi, femme, tu t'occupes de l'enterrement de vie de jeune fille de Wendy et que tu me laisses gérer celui de mon frangin.

– Espèce de connard, t'as vraiment pas changé !

– Stop ! hurle Maxence. On va faire un truc, soit vous vous entendez, soit vous ne vous occupez plus de rien et je change de témoins.

On le regarde, et j'abdique parce que je n'ai pas envie de ce mariage. Je ne veux pas qu'il me remplace, ni que ce soit Emma qui ait le dernier mot.

– Tout ce que tu veux, sauf qu'elle ne vient pas à ton enterrement de vie de garçon, elle n'a rien à y faire.

– Quel gamin ! Très bien ! dit-elle en décroisant les bras. On se retrouve en fin de soirée pour picoler. Tout le monde est OK ?

– Ça, ça me plaît ! répond mon frangin, le sourire aux lèvres.

***

J'ouvre les yeux et grogne lorsque je vois l'heure affichée sur le réveil. Hors de question que je me lève avant neuf heures du matin. Je me tourne de l'autre côté et serre l'oreiller contre moi pendant que je me rendors doucement. Le bruit de la douche me fait sursauter, et quand j'entends sa voix à travers la cloison, je sais déjà qu'elle va me pourrir la matinée.

Cette conne est obligée d'aller courir aux aurores et de prendre sa douche tous les matins à 7 h 30 précises. À cette pensée, je me redresse vivement et me dirige vers la salle de bains. J'ouvre la porte discrètement et souris. Elle n'a rien appris des films d'horreur, celle-là.

Ne jamais, mais jamais laisser la porte ouverte sans tour de clé…

Je récupère ses vêtements et les serviettes qu'elle a préparés. Je me contrôle pour ne pas rire comme un gosse et ne lui laisse que l'essuie-main pour se sécher. Je ressors de la salle de bains et entre dans ma chambre. Je m'écroule sur mon lit et fais l'inventaire de ses fringues.

Moche, moche, moche, et, oh… c'est quoi, ce petit truc ?

Dans mes mains se trouve un mini string en dentelle noire. C'est pas mal du tout, ça… Je pousse son haut rose et tombe sur le soutien-gorge assorti. Maintenant, je l'imagine dedans, et… un début d'érection me surprend.

Stop ! Non, mais, je débloque à plein tube !

– Nathaniel ! hurle-t-elle de la pièce voisine.

Je m'allonge de tout mon long et mets mes bras derrière ma tête en attendant que miss Pumpkin vienne à moi sans rien du tout sur elle. Au bout de quelques secondes, elle ouvre la porte de ma chambre en la faisant claquer, et la vision qu'elle m'offre me fait enrager.

– C'est mon peignoir ! dis-je en le pointant du doigt.

– Ce sont mes affaires ! crie-t-elle.

Emma a noué mon peignoir vulgairement, ses cheveux

sont trempés et de l'eau dégouline sur mon parquet, formant une flaque sous elle.

– T'es en train de saloper ma chambre, putain !

Elle s'avance et attrape ses habits d'un geste vif, mouillant encore plus le sol.

– Tout va bien, ma chérie ? demande mon père, sur le pas de la porte.

Elle se tourne, le visage cramoisi, et moi, je me marre. Elle est à poil, avec mon peignoir sur le dos, et le tout dans ma chambre… Je ne dirai rien qui pourra enlever les idées mal placées que mon père a en ce moment. Hors de question de lui faire ce plaisir à elle…

– Oui, je… venais récupérer mes vêtements.

– Ici ? s'étonne-t-il.

Elle ouvre la bouche, mais rien n'en sort. La pauvre, elle est en pleine crise de léthargie. Ça me tirerait une larme si j'étais sensible. Au contraire, je savoure ma petite victoire !

– Oui, répond-elle en relevant la tête. Je vais préparer le petit déjeuner.

Elle passe à côté de mon père et avant de ne plus l'avoir dans mon champ de vision, je me saisis de son string, le lève fièrement avec deux doigts et lui crie :

– Pumpkin, tu as oublié ton string !

Elle s'arrête net dans son élan et se tourne vers moi, l'œil aussi noir que l'enfer. Mon père a la bouche grande ouverte, et je me régale de la mettre dans cette situation.

– Je te le laisse, tu pourras te vanter devant tes copains de l'Association des éjaculateurs précoces anonymes de ne pas avoir fini en regardant la dentelle.

Mon père met une main sur son visage, l'air désespéré, et moi, je me redresse pour lui dire un truc, mais elle me prend de court et disparaît au bout du couloir.

– Mais quelle connasse ! dis-je, ahuri.

– Nathaniel, s'il te plaît…

– Non, mais, t'as vu ce qu'elle a dit ? Comme si j'étais…

– Vous êtes deux cas désespérés… Putain, les deux semaines vont être longues… dit-il en sortant de la chambre.

Emma, tu ne perds rien pour attendre, je vais te faire vivre l'enfer !

4

Emma

J'enrage toute seule en battant la deuxième pâte à pancakes. Je déteste ce type. Ça ne fait même pas vingt-quatre heures qu'il est là et j'ai déjà envie de l'achever à coups de pelle. Lorsque Phoebe entre dans la cuisine, elle me regarde tendrement et dresse la table pendant que je cuis la première tournée d'omelette, le temps que ma pâte à pancakes repose.

– Je peux vous aider ? demande Wendy en arrivant.

– Repose-toi, répond Phoebe. Tu dois prendre des forces pour gérer le mariage.

Elle la serre dans ses bras et nous propose du café, que j'accepte avec plaisir. D'habitude, après mon footing matinal, je me sens bien et sereine. Aujourd'hui, je suis électrique, à cause de ce connard. Tout l'apport bénéfique du sport s'est volatilisé lorsque j'ai compris que c'était un de ses coups bas. Quel individu psychologiquement sain aurait pu prendre mes affaires ? La réponse : personne, à part cette raclure de Nathaniel. Et lorsqu'on parle du loup…

– Coucou, maman ! dit-il, la bouche en cul-de-poule, ce qui me donne envie de le frapper avec la spatule jusqu'à ce qu'il ait les dessins imprimés sur le visage.

– Coucou, mon chéri, tu as assez dormi ? Il est tôt !

Je m'appuie sur le plan de travail et le défie du regard en portant ma tasse à mes lèvres. Il tire sa chaise, la faisant racler sur le carrelage tout en soutenant mon regard. Son attitude correspond exactement à celle qu'il avait il y a une dizaine d'années. Un gamin adolescent en pleine crise existentielle… Je n'attends que ça, qu'il l'ouvre, pour pouvoir le remettre à sa place.

– J'aurais aimé dormir un peu plus longtemps, mais…

– C'est un adulte, maintenant… répond Dwayne en entrant à son tour dans la pièce, désamorçant ainsi la bombe que nous étions en train de former tous les deux.

J'essaie de faire abstraction de tout ça et me retourne pour me concentrer sur la cuisson de l'omelette. Je sais qu'il ne l'aime pas baveuse, et si jamais je la fais cramer, je vais l'entendre jusqu'à la fin des deux semaines. Je ne veux pas lui donner plus d'armes qu'il n'en a déjà contre moi… Maxence entre à son tour, vêtu de son costume. Il embrasse Wendy, sa mère et s'approche de moi pour déposer délicatement un baiser sur ma joue.

– Bien dormi ?

– Oui, merci.

– Tes parents arrivent dans quelques jours, c'est ça, Emma ? demande Dwayne en se servant de pudding.

Je me tourne avec l'assiette qui contient l'omelette et la dépose sur la table avant d'attraper ma tasse à café et d'en boire une bonne gorgée.

– J'ai eu mon père au téléphone ce matin, il ferme le restaurant ce soir, donc si tout se passe bien, dans quelques jours, ils seront là, oui !

– T'as appelé ton père à cette heure-ci ? T'es obligée de réveiller tout le continent, Pumpkin ? s'exclame Nathaniel en prenant un pancake qu'il badigeonne de sirop d'érable.

– Mes parents ne font pas de grasse mat', Nathaniel, et puis je te rappelle qu'il y a deux heures de décalage horaire entre l'Arizona et Philadelphie !

Mon ton va crescendo, ce qui le fait sourire. Je me contiens comme je peux alors je souffle et bois encore une gorgée de café pour me donner le courage de ne pas l'étrangler en plein milieu du petit déjeuner.

– Comment marchent leurs affaires, d'ailleurs ? me questionne Dwayne.

Je suis sûre qu'il me pose cette question pour qu'il y ait le moins possible de creux dans la conversation, et que Nathaniel et moi ne puissions nous adresser la parole ou nous aboyer dessus. Mon sourire revient. J'avais oublié la relation qu'il y a entre nos familles. Si Maxence et moi sommes amis, nos parents le sont encore plus. Lorsque papa et maman sont venus me rejoindre à Philadelphie, Dwayne a vraiment été peiné... Et je sais qu'ils ne me lâcheront pas comme ça, ils restent présents dans ma vie et auprès de moi parce que ma mère attend comme le messie la venue de ma future progéniture... Même si, de ce côté, elle peut attendre longtemps. Je n'ai pas décidé d'avoir un enfant, et encore moins maintenant, sans mari ni petit copain attitré.

– Très bien, j'ai jeté un œil sur leurs bilans, et c'est excellent. Je les tanne pour qu'ils s'étendent dans un autre État, mais ils ne veulent pas pour l'instant.

– Pourquoi ?

– Parce qu'ils veulent rester à Philadelphie tant que j'y suis…

Il hoche la tête et enfourne une belle bouchée d'omelette en lisant le journal. Nathaniel se sert encore un pancake, et moi, je me contente d'un toast. J'ai l'estomac noué à cause de ce connard. Je ne pourrai rien avaler tant qu'il sera ici. Le seul aspect positif de sa présence à mes côtés : je vais perdre du poids. Et me faire un ulcère par la même occasion !

– Et toi, mon fils ? finit par demander Dwayne à Nathaniel.

Attention les yeux ! Maintenant qu'il a l'attention de tout le monde, son arrogance et son ego surdimensionné vont éclater dans toute la cuisine !

– Je suis en train de finir la conception d'un hélicoptère pour un particulier, et j'ai eu un rendez-vous avant de venir pour un avion militaire.

– Ça, c'est cool ! répond Maxence, fasciné par le métier de Nathaniel.

– C'est quoi, déjà, ta profession ? demande Wendy en buvant les paroles de cet enfoiré.

– Je suis ingénieur en aéronautique, je construis des avions, des hélicoptères, etc. Je travaille dans une boîte à San Diego.

– Waouh, c'est trop cool ! Tu pilotes aussi ?

– Oui, m'dame ! rétorque-t-il en haussant les sourcils vers moi.

Crois pas que ça m'impressionne ! T'es loin de me faire fantasmer comme Tom Cruise dans Top Gun !

– D'ailleurs, je ne voulais pas en parler, mais j'ai eu une proposition de poste un peu plus élevé...

– Comment ça ? interroge sa mère en posant la main à plat sur la table.

Elle ne lui a jamais avoué, mais ce métier ne l'enchante pas. Elle a toujours peur pour lui, et savoir qu'il vole, qu'il est en contact avec des militaires la stresse depuis qu'il est parti faire ses études.

– J'ai rendez-vous à Washington après le mariage. La Maison-Blanche voudrait...

– Tu vas bosser pour le président ? s'exclame son père en se redressant.

– J'ai pas dit oui, ils veulent me proposer un poste, je verrai si c'est intéressant !

– Putain, mais c'est géant, Nathaniel ! crie Maxence.

Je ne dis rien parce que j'avoue que ce serait une super occasion pour lui. Concevoir des avions ou des hélicoptères militaires est la consécration de son travail, alors s'il peut en plus bosser pour la Maison-Blanche...

– Vous y serez ensemble, donc... souffle Wendy.

Je fais comme si je n'avais pas entendu, car je n'ai pas envie que Nathaniel soit au courant. Je n'ai pas envie qu'il s'en serve à mes dépens.

– Qui ? demande Dwayne.

Je me fais toute petite, mais lorsque je vois le regard

de Maxence, je sais que j'ai déjà perdu pour ce matin.

– Emma va à la Maison-Blanche rencontrer le porte-parole du Président.

– Pourquoi tu vas voir le porte-parole ? crache Nathaniel.

– Peut-être parce que je suis journaliste… rétorqué-je en soutenant son regard.

– Je croyais que tu ne parlais que de malbouffe et d'agriculture !

– Quoi ? m'étonné-je en posant ma tasse à café sur la table. Pourquoi tu…

Mon cerveau tourne à plein régime, et je comprends.

– Je suis choquée ! T'as lu mon dernier article sur les pesticides ?

– Je n'appelle pas ça un article… Tu m'excuseras, mais c'était bâclé, et franchement, je ne sais pas comment ton patron a pu autoriser une merde pareille à voir le jour ! C'était soporifique, les dix pires minutes de toute ma vie !

Personne ne parle dans la cuisine. Je ne fais pas cas du fait qu'il critique mon article, mais plutôt du fait qu'il l'ait lu… Ça me laisse sur le cul. Littéralement. Nathaniel, qui est à l'autre bout du pays, lit mon article qui ne figure que dans le journal local dans lequel je bosse… Donc, ça veut dire qu'il a regardé sur le site…

– Je suis choqué aussi, répond Dwayne.

– Choqué de quoi ? continue-t-il sur un ton acerbe.

C'est à mon tour de répondre, parce que même s'il a lu mon article, je ne veux pas qu'il critique quoi que ce soit qui ait un rapport avec mon boulot.

– Moi aussi, je suis choquée. Par le fait que tu arrives à

lire ou que tu comprennes la signification du mot « soporifique », j'hésite.

– Ne me prends pas pour un illettré ! Je suis ingénieur, pas abruti.

Je fais une moue peu convaincue et vois son sourire se ternir, ce qui provoque l'hilarité de son père.

– Eh bien, ça faisait longtemps que je n'avais pas ri comme ça au petit déjeuner ! finit-il par dire.

***

Si un jour j'aurai pensé que je trouverai une fille comme toi, je ne l'aurai pas cru. Tu est tellement belle et tellement gentille avec moi. J'espère te rendre heureuse comme toi tu le fait et je te donnerai tout ce que tu désire pour que tu reste à mes côtés.

– Alors, comment tu trouves ?

J'ouvre la bouche, je cherche les mots justes pour ne pas le blesser ni le rabaisser. Maxence n'est pas sûr de lui, ça, je l'ai compris dès que je l'ai rencontré, mais là… ça dépasse tout ce que j'aurais pu imaginer.

– C'est cool, répond Nathaniel.

Mes yeux s'agrandissent comme des soucoupes. Il est timbré, ma parole ! Il ne peut pas dire de telles conneries dans ses vœux de mariage ! C'est affreux, le texte est mauvais, et je ne parle même pas des fautes d'orthographe qui m'ont crevé la rétine.

– Merci, frangin, et toi ?

– Maxence, je t'adore, tu sais, et je…

– Tu détestes ! dit-il en se levant.

– Non, je ne déteste pas, c'est juste que ce n'est pas…

– Laisse-la parler, Maxence, elle n'y connaît rien en amour, s'exclame Nathaniel en s'allongeant de tout son long sur un bain-de-soleil.

– C'est vrai que j'avais oublié que tu étais un expert, toi, en mariage…

Il se redresse et enlève les lunettes de soleil qu'il venait de mettre. Le fait que je lui balance ça au visage doit lui rappeler son statut de tout récemment divorcé…

– Tu veux discuter d'amour et de mariage, toi qui n'as jamais baisé de ta vie ?

– Quoi ? Mais de quoi tu parles ? Attends, t'es en train de penser que je…

– Je suis quasi certain qu'aucun mec n'a jamais voulu te baiser, et en plus, je suis persuadé que tu es comme une mante religieuse, tu dois couper la bite une fois que c'est fini.

Je me frotte la tête et souffle. Ce mec est désespérant.

– C'est la tête que les mantes religieuses coupent à la fin du coït. Si tu étais ne serait-ce qu'un peu cultivé, tu le saurais. Maintenant, nous ne sommes pas en train de parler de sexe, Nathaniel, mais d'amour. Ce sont deux choses différentes.

– Je suis curieux… C'est Maxence qui t'a baisée ?

– Quoi ? hurle son frère. Mais t'es ignoble, mon pauvre !

– Allez, vous pouvez me le dire, à moi…

– T'as vraiment un grain, dis-je, encore choquée par sa

vulgarité et par le fait qu'il puisse penser que Maxence et moi...

Je ne peux même pas finir de penser à ça sans avoir un haut-le-cœur. Enfin, bref ! Je me tourne vers mon meilleur ami et lui souris.

– Écoute, on va revoir tes vœux, les corriger et les embellir, et tu verras, ce sera le top du top. Avec une déclaration pareille, Wendy va tomber encore plus amoureuse de toi.

– Connerie ! crie Nathaniel en se vautrant de nouveau. De toute manière, on part pour Vegas demain matin, frangin.

Je reste bouche bée mais, d'un autre côté, j'étais sûre qu'il allait changer les plans à la dernière minute. Ce parasite ne peut pas s'empêcher de foutre le bordel autour de lui. Et que faire pour saboter les enterrements de vie de garçon et de jeune fille des futurs mariés ? La réponse est toute faite : choisir Nathaniel comme témoin de mariage. Et encore, je nous estime heureux qu'il ne sabote pas le mariage en lui-même.

– À Vegas ? répond Maxence.

– Eh ouais, mon pote ! On va enterrer ta vie de garçon à Vegas ! De l'alcool, des filles, du cul et de la musique ! Ça va être le pied intersidéral !

Oh, non, ça annonce des emmerdes ! Pourquoi Nathaniel emmène Maxence là-bas alors qu'il ne supporte pas l'alcool ? Je rejette les idées noires qui me traversent l'esprit et prends un ton assez hargneux.

– Tu changes les plans maintenant ? Sans me consulter ? Je suis aussi son témoin et...

– Oui, maman ! Je vais enterrer la vie de garçon de mon

frangin, tu ne t'en mêles pas !

– Je te signale qu'on doit se rejoindre à la fin, espèce d'enflure ! On était censés le faire dans quatre jours, et non demain soir ! Tu sais très bien que ce genre de choses se programment, alors tu…

Son sourire machiavélique va me hanter jusqu'à la fin de ce séjour. Je m'arrête net et m'humidifie les lèvres. Je ne laisserai pas la colère prendre le pas dans cette conversation devenue stérile à cause de ce ver de terre. Il me fait au revoir de la main et sourit de plus belle.

– On se casse à Vegas demain matin, et si tu ne peux pas venir… tant pis pour toi, Pumpkin !

5

Nathaniel

– J'adore Vegas, putain ! crié-je en direction de mon frère et de deux collègues de son boulot pendant que cette jolie brune se déhanche sur moi.

Il lève le pouce pendant que ses potes se marrent. Il est tellement bourré que je pense que c'est le bon moment pour lui parler de Wendy et de sa connerie concernant ce mariage. Je regarde de part et d'autre et admire le club dans lequel nous avons atterri. C'est l'un des meilleurs clubs de strip-tease du pays, les filles sont chaudes et tout est organisé pour que nous nous amusions. Il faut que je montre à mon frère adoré que cette union n'est pas une bonne idée, que cette fille n'est certainement pas honnête et qu'il doit rester célibataire toute sa vie. J'attrape la bouteille de whisky, dégage la nana de mes genoux et m'installe à côté de Maxence.

– Bon, alors, tu me parles de cette fille…

– Qui ?

– Wendy ! Tu sais, celle que t'as demandée en mariage !

Ses yeux sont vitreux, et je le plains pour le retour de cuite qu'il va subir demain matin. Heureusement que l'hôtel dans lequel nous séjournons est juste au-dessus du prochain bar où nous nous sommes donné rendez-vous avec Pumpkin. Parce qu'il est hors de question que je le porte jusqu'à sa piaule.

– Si tu savais comme elle me rend heureux… Je l'aime trop, frangin ! C'est trop la femme de ma vie…

Eh merde !

Ce n'est absolument pas bon pour moi, tout ça ! Je vais réussir à la faire sortir de sa tête… C'est juste qu'elle lui a retourné le cerveau, comme toutes les autres, sauf que mon frère est plus sensible et plus fragile que moi. Il est trop romantique, trop fleur bleue, bla-bla-bla.

– Maxence, des filles, il y en a plein, dans la rue, et je suis persuadé que tu…

– Pas comme elle. Tu te rappelles ce que tu m'as dit le jour de ton enterrement de vie de garçon ?

– Non, j'étais dans un état encore plus pitoyable que toi en ce moment. Je ne me souviens absolument de rien !

– Tu m'as dit que Laurie était la fille qui te convenait le plus. Je me suis toujours juré de ne jamais trouver cette excuse pour faire ma demande.

– Quoi ? Qu'est-ce que tu baragouines ?

Je commence à transpirer. Je ne supporte pas que l'on évoque Laurie, surtout maintenant que je sais qu'elle a emporté toutes ses affaires ce matin. Toby, notre voisin, lui a ouvert l'appartement pour qu'elle prenne le reste de ses merdes et désormais, c'est chose faite, je vais pouvoir penser à autre chose et oublier notre histoire, notre désastreux mariage et le fait que j'ai perdu mon temps avec une conne pareille qui, dès que j'ai eu le dos tourné, m'a poignardé de la pire des façons.

– Quand tu t'es marié, pas une seule fois tu m'as dit qu'elle te rendait heureux. T'as dit qu'elle te convenait, et Wendy ne me convient pas, elle me comble de bonheur. C'est pour ça que je veux l'épouser, que je *vais* l'épouser ! s'écrie-t-il, soudain pris d'un regain d'énergie.

– Non, mais tu deviens mielleux comme papa avec maman…

– C'est elle qui me rend comme ça, et toi, t'es tout aigri et con. Mec, il ne te reste plus qu'à vieillir pour ressembler au vieux Thomson.

– Retire ce que tu viens de dire ! hurlé-je en l'asseyant de force sur le canapé et en riant avec lui comme lorsque nous étions mômes.

Il renverse son verre sur ma chemise et alors que nos regards se croisent, je comprends que ma mission de faire foirer ce mariage va être beaucoup plus rude que je ne le pensais.

– Bois avec moi, Nathaniel. J'ai envie que tu sois aussi bourré que moi et qu'on enterre dignement ma vie de garçon.

– Il faut qu'il y en ait un qui reste sobre, Maxence.

– Je ne te l'ai pas dit, mais je suis désolé pour Laurie et toi.

– Arrête, tu n'as pas à…

– Non, mais je tenais à te le dire en personne. Je suis

désolé que ton mariage n'ait pas tenu et qu'elle soit partie avec un autre. Enfin, je comprends ta douleur.

– Ma douleur ? Je pense que tu dois continuer de boire parce que tu déblatères des conneries plus grosses que toi !

– Si tu bois avec moi !

– Je suis ta nounou pour ce soir…

– Emma, elle veillera sur nous. C'est ma meilleure amie…

– Rêve, si tu crois que je vais picoler alors qu'elle serait capable de me foutre dans un container, direction les pays de l'Est pour que je serve de nourriture sexuelle à des pervers en manque.

Il rit à gorge déployée et se sert de nouveau un verre bien rempli. Il s'en saisit, puis me le tend.

– Elle fera jamais ça. Si elle doit te faire souffrir, elle voudra être présente !

– Ravi de voir que t'as une psychopathe frigide dans tes amis.

– Allez, sois tranquille, Wendy ne boit pas une seule goutte d'alcool. Alors si Emma n'en a rien à foutre de ta gueule, Wendy, au contraire, te surveillera.

J'attrape le verre qu'il me présente. Moi aussi, j'ai besoin de me vider l'esprit et d'oublier une partie de ma vie. Quoi de mieux que d'enterrer la vie de garçon de mon frère ?

***

Lorsque je sors du taxi, je m'étale de tout mon long sur le trottoir en riant comme un con. Je crois que je ne contrôle plus rien depuis que j'ai attrapé le premier verre avec Maxence. Brett, un de mes cousins, me tend sa main, que je saisis, et m'aide à me relever. Ça tangue, et si je continue comme ça, demain matin, mon cerveau va vouloir sortir de mon crâne, mais pour l'instant, je m'en cogne ! J'ai envie de bouger mon corps sur la piste de danse, de boire jusqu'à plus soif et de rire avec Maxence, comme à l'époque.

– Je ne sais même pas si on va pouvoir entrer, vous êtes trop cramés, dit Brett, un sourire carnassier vissé aux lèvres.

Je supporte mon frère, ou lui me supporte, mais on se met à rire et je crois que c'est une des premières fois depuis longtemps qu'on se poile autant. La dernière fois, c'était avant l'arrivée de Pumpkin. Et quand on parle du loup… Maxence s'élance tant bien que mal vers sa future femme et moi, je reste statique à regarder la belle Emma dans sa tenue bien trop aguichante pour qu'elle ne cherche pas un homme, ce soir… Son top est tellement décolleté que je connais la couleur de son soutien-gorge en un regard, et lorsque mes yeux la détaillent, je remarque que sa jupe met en valeur son cul si bandant.

Arrêt sur image.

Son cul est bandant ?

Oui, bien sûr ! Un sourire naît sur mes lèvres. Il aura fallu que je sois complètement défoncé pour m'avouer qu'elle a un magnifique corps. Elle a grandi et embelli. C'est une magnifique femme, maintenant, sauf quand elle me casse les couilles. Je suis quand même halluciné que Maxence n'ait rien tenté avec elle… Ou alors il ne m'en a jamais parlé et c'est un pacte entre eux. Enfin bref, je m'en tape ! J'ai soif et je compte bien apaiser mes tensions. Je m'avance vers les filles. Emma écarquille les yeux et se met à rire discrètement. Ses joues sont un peu rosées. Si je ne m'abuse…

– Pumpkin ! T'as picolé !

– Moi ? Nan, dit-elle en se tenant à une fille qui doit certainement être une copine de Wendy.

– Mais si, t'es bourrée, continué-je en riant de plus belle. Oh ! La petite fifille toute sage qui se lâche enfin…

– Tu peux arrêter d'être un connard juste une fois dans ta vie ?

– Allez, on se calme, les enfants, dit Maxence en passant un bras protecteur autour de ses épaules.

Je sors mon paquet de clopes et m'en grille une sous l'air ahuri de mon petit frère. Emma a la bouche grande ouverte.

– Quoi ? Je m'en allume une de temps en temps, c'est pas comme si je me faisais un shoot d'héroïne ! Mais ce soir, Pumpkin, toi et moi, on va faire une trêve.

– Une trêve ?

– Ouais, pas de coups bas, pas de guerre. T'es *open* ou tu veux continuer à faire la connasse ?

Elle se met à rire et secoue la tête ; ses cheveux suivent le rythme qu'elle leur impose et ce spectacle me fait déglutir. Tout un tas de pensées assez salaces me traversent l'esprit.

C'est clair comme de l'eau de roche, j'ai besoin de baiser, et de toute urgence, parce que je commence à fantasmer sur Pumpkin…

– C'est comme ça que tu veux faire une trêve ? En me traitant de connasse ?

– Voilà, je te propose un arrangement, et toi, tu vois le mal, toujours et encore le mal partout.

Elle s'avance et me tend la main. Alors, parce que je ne peux pas m'empêcher de la titiller, je l'attrape et la serre dans mes bras pour sceller notre pacte, mais aussi pour humer son parfum, celui de ses cheveux. Je m'autorise cette pause et me délecte de ce moment, de son odeur qui m'enveloppe et me ramène à cette nuit où je m'étais couché à ses côtés sans qu'elle s'en rende compte, juste pour profiter de sa fragrance et du rythme régulier et apaisant de sa respiration.

6

Emma

Alors que je me réveille, j'ai l'impression d'être dans un sous-marin, très loin, au fond de l'océan ; j'ai des acouphènes et je n'identifie pas tout de suite les sons que j'entends autour de moi. La luminosité de la pièce m'agresse de la pire des façons, mes membres sont lourds et douloureux, ma tête cogne, semblant vouloir se tirer de là, et ma bouche est pâteuse comme si je n'avais pas bu depuis plus de six mois. Voilà le constat ! Je suis dans un état lamentable, pitoyable, pour être exacte. D'expérience, je dirais que c'est un retour de cuite, et pas n'importe lequel. J'ai dépassé de loin le niveau de la soirée de l'obtention de nos diplômes, à Philadelphie. Pourtant, je m'étais juré de ne plus jamais atteindre un seuil aussi terrible parce que j'avais mis plus de quinze jours à m'en remettre.

Je cligne plusieurs fois des paupières pour essayer de revenir sur la planète Terre. Mon cœur fait un bond dans ma poitrine lorsque j'entends cette chanson de John Legend qui emplit la pièce. Même avec ce mal de tronche qui me compresse les tempes, je ne peux résister au plaisir de l'écouter parce que c'est ma chanson préférée, celle pour laquelle j'arrête de travailler juste pour fredonner le refrain. Alors je ferme les yeux et me laisse bercer. Je savoure cet orgasme musical et occulte le reste.

« *'Cause all of me*
(Parce que mon être entier)
Loves all of you
(Aime tout de toi)
Loves your curves and all your edges
(Aime tes courbes et tous tes contours)
All your perfect imperfections
(Toutes tes parfaites imperfections)
Give your all to me
(Donne-toi à moi tout entière)
I'll give my all to you
(Je te donnerai tout de moi)
You're my end and my beginning
(Tu es ma fin et mon commencement)
Even when I lose, I'm winning
(Même quand je perds je gagne)
'Cause I give you all… of me
(Parce que je te donne tout… de moi)
And you give me all… of you
(Et tu me donnes tout… de toi) »[2]

2. « All of Me » est un titre de John Legend, sorti en 2013. Paroliers : John Stephens et Tobias Gad.

Les derniers accords résonnent, alors je souris. Mais la chanson reprend de plus belle ! C'est assez bizarre... Je finis par me retourner pour me mettre sur le dos, mais je bute sur quelque chose de... chaud et vivant.

Ça respire !

J'ouvre les yeux et dirige mon regard vers la personne à mes côtés. C'est un homme, il a la tête contre le matelas avec une partie de son oreiller sur le crâne comme s'il en avait marre d'entendre ce refrain. Je ne vois pas son visage, mais... Putain, il est nu, totalement nu... délicieusement nu. Je prends quelques secondes pour apprécier la vue. Je ne sais pas où je l'ai trouvé, celui-là, mais alors j'ai touché le jackpot ! Son dos est musclé et bronzé, mais mon attention est interpellée par ce qu'il y a plus bas, et je tombe sur sa chute de reins...

Nom de Dieu ! Ai-je le droit de le mordre ?

Non, parce qu'un fessier comme celui-là... je n'en croise pas tous les jours et, en général, je dors encore moins après. Je ne vois pas très bien, mais un tatouage orne sa hanche droite. On dirait un hélicoptère. Je n'en suis pas sûre parce que la couverture en cache une partie. Soudain, mon copain de lit bouge et finit par grogner. Prise d'un élan de lâcheté, je me redresse discrètement pour quitter ce lit, cette chambre, et certainement la nuit de débauche que j'ai vécue et dont je n'ai aucun souvenir. Parce que ça, c'est toute l'histoire de ma vie, je rencontre une bombe sexuelle, on passe la plus merveilleuse des nuits, et au petit matin, je suis amnésique.

Forcément !

Je pose mes deux pieds sur la moquette, et lorsque le drap tombe, je remarque que je suis entièrement nue, moi aussi.

Donc pas la peine d'avoir des doutes sur nos activités nocturnes…

Je tire doucement sur le bout de tissu pour dissimuler ma nudité, mais je n'ai pas le temps de me lever que je l'entends.

– Oh, ma tête…

J'écarquille les yeux, pousse un cri et couvre ma bouche de mes mains.

Non, non, non, non, non, noooooon !!!

Peut-être que si je ferme très fort les paupières, tout ça n'aura jamais existé.

– Pumkin ? Putain, on… Noooooonnn !!!

– Je ne suis pas là, ce n'est pas moi, ce n'est pas toi… J'ai besoin d'un cachet. Je veux sortir d'ici.

Je l'entends respirer profondément et décide de le regarder afin d'affronter la réalité. J'attrape le drap qui est retombé et le remonte jusqu'à mon menton. Il se retourne et se met sur le dos, me laissant le loisir de découvrir qu'il n'a pas de troisième testicule…

– Nathaniel, couvre-toi !

– Oh, merde ! crie-t-il en posant un oreiller sur son… intimité. Tu crois qu'on a… ?

– Non, je ne pense pas, réponds-je en mentant.

Il hausse un sourcil et descend son regard sur le drap que je maintiens fermement contre moi.

– Pumpkin, est-ce qu'il te reste des vêtements ?

– Je n'ai pas envie de te répondre, dis-je en regardant le plafond.

– Eh merde ! Mais comment c'est possible ?

– Je ne sais pas, je ne me souviens de rien…

– Ouais, alors si tu te souviens pas de moi dans ton lit, c'est qu'on n'a pas baisé !

J'expulse tout l'air que contenaient mes poumons et secoue la tête. Ça fait une minute qu'il me parle et j'ai déjà envie de le buter.

– T'es sérieux ? Tu crois réellement que c'est le moment de faire ressortir ton côté macho ? Ton ego ?

– Est-ce que tu as mal ?

– Mal ? Où ça ?

Il fait naître un sourire carnassier sur ses lèvres ; je pique un fard lorsque ses yeux descendent encore plus au sud. Il est en train de parler de ma… de mon intimité. Je me reprends immédiatement, sors du lit avec le drap enroulé autour de moi et claque des doigts devant son visage.

– C'est ici que ça se passe ! Espèce de…

– Emma ?

– T'es vraiment qu'un petit con, t'es tout le temps obligé de…

– Emma !!!

Mes prunelles plongent dans les siennes pendant qu'il descend du lit et s'approche lentement de moi. Mon cœur court le marathon et l'adolescente qui est quelque part dans ma petite tête a toutes les hormones en ébullition.

– Emma, depuis quand portes-tu une alliance ?

Quoi ?

Ma mâchoire se décroche et ma respiration se coupe lorsqu'il lève sa main à son tour. Nos regards s'accrochent à ce morceau de métal enroulé autour de son doigt, qui ressemble étrangement à celui qui orne mon annulaire gauche. J'éclate de rire et finis par m'asseoir sur le lit. Je crois que je vais faire une attaque de panique dans quelques minutes si je ne me réveille pas du sombre cauchemar qui se déroule devant mes yeux.

– Ce n'est pas drôle, Emma ! On est à Vegas et on…

– Je suis sûre que c'est une blague des autres. On était trop bourrés et ils ont voulu nous foutre la trouille ! Comment tu expliques le fait qu'on soit dans ta chambre ?

– Ce n'est pas la mienne, mais la tienne !

– Ah, non, ce n'est pas ma chambre.

Il fronce les sourcils, je l'imite. On se rue sur nos téléphones. Le mien est déchargé, rien ne s'affiche, l'écran est noir. Lorsque je me tourne vers lui, il semble captivé par la vidéo qu'il vient de lancer.

– Écoute, comment veux-tu que quelqu'un nous marie ? Je me souviens de rien et toi non plus ! lui dis-je.

– Je te rappelle qu'on est à Vegas. Marier des gens bourrés, c'est le principe même de cette ville ! Et si tu te crois plus maligne que les autres, regarde un peu ça ! aboie-t-il en orientant son téléphone vers moi.

Mon sang ne fait qu'un tour lorsque je vois apparaître à l'écran Nathaniel, qui me prend dans ses bras et me dit avec un énorme sourire :

– Allez, fais-moi un bisou, t'es ma petite femme, à présent !

Et le pire, dans tout ça, c'est que je relève la tête et que je l'embrasse comme si c'était indispensable à ma survie, comme si ma santé mentale en dépendait. Je regarde enfin Nathaniel, et ce que je lis dans ses yeux me déconcerte.

– Qu'est-ce qu'il y a d'autre ?

– On baise. Voilà ce qu'il se passe ensuite.

Son portable vibre, il me sonde et finit par décrocher et parler à son frère.

Mayday, mayday, je suis dans la merde !

***

Je retourne dans ma chambre et au lieu d'angoisser, j'opte pour la meilleure chose à faire en temps de crise : un bon bain moussant et bien chaud. Je me délasse donc en essayant d'occulter toutes les pensées négatives et le fait que je me sois mariée à Nathaniel hier soir. Je pratique les techniques de respiration que j'ai apprises au yoga pour éradiquer tous mes maux. Le mal de tête ne me quitte pas, et si je pense à ce que j'ai fait avec cet énergumène, je vais faire griller tous mes neurones. Je n'aurais jamais dû picoler à la soirée, je n'aurais jamais dû me marier avec Nathaniel, et je n'aurais surtout pas dû accepter d'être le témoin de Maxence. Tout ça, c'est la faute de mon meilleur ami.

Putain, quand il va le savoir, maintenant que j'y pense…

Je n'ose même pas imaginer ce qu'il va dire ou faire. Je focalise mon regard sur cette salle de bains impersonnelle pour ne pas me torturer l'esprit avec l'aîné des fils Cox.

Voilà, rien de mieux que d'admirer ces touches de beige et de taupe qu'il y a sur la faïence ! La porte s'ouvre en grand en claquant contre le mur, ce qui me déclenche le plus strident des cris. Je me cache la poitrine comme je peux avec la serviette que j'avais posée derrière ma tête, abasourdie par ce qui se passe dans cette pièce.

– Hey, ma petite femme d'amour !

– Nathaniel, sors de cette salle de bains ! crié-je.

Le sourire qui inonde son visage me donne envie de le brûler vif avec un briquet pour que ça dure le plus longtemps possible et qu'il souffre le martyre.

– Non, il faut que l'on discute de notre nouvelle organisation.

– Quoi ? Quelle organisation ? Tu m'excuseras, si tu n'as pas remarqué, assuré-je, pince-sans-rire, mais je suis dans mon bain. J'étais paisiblement dans mon putain de bain !

– Ouais, je vois…

– Écoute, on vient de passer une nuit entière dont je n'ai aucun souvenir, et je ne suis pas du tout d'attaque pour engager une discussion autour du mariage de Maxence. On pourrait reporter ça à demain ? Et veux-tu, s'il te plaît, sortir de cette salle de bains ? sifflé-je entre mes dents.

– Ma petite poulette, on est mariés, maintenant, et il faut qu'on officialise cette union devant mes parents, et bien sûr avec les tiens. On ne peut pas vivre cachés…

– Non mais, t'es dingue ! On ne va rien officialiser du tout !

– Quoi ? Bien sûr que si ! Je ne veux pas que l'on se cache, amour.

Je me pince les lèvres et me redresse avec la ferme

intention de lui rabattre son caquet et de le faire déguerpir d'ici le plus rapidement possible. Je place mon poing devant mes lèvres, le temps de me reprendre. Ce n'est pas la peine de lui hurler dessus, il ne comprendra pas mieux les choses. Nathaniel est un gosse, il faut que je réagisse comme une adulte responsable et que je lui balance cette vérité à la tronche, même s'il n'est pas prêt à l'entendre.

– Nathaniel, s'il te plaît, sois réaliste, bon sang ! On ne s'aime pas, je dirais même qu'on se déteste ! On ne peut pas rester mariés.

Il s'approche de moi et sourit encore plus. Sa main caresse ma joue qui s'enflamme comme lorsque j'étais adolescente. C'est une sensation que je n'ai pas connue depuis cette période, et ça me laisse plus que perplexe. De plus, Nathaniel, qui me touche de cette façon, si tendrement alors que c'est le plus gros connard que la Terre ait porté…

– Emma, on ne divorcera pas. C'est hors de question que je subisse un nouvel échec marital.

Un échec marital ? Non, mais il est encore plus timbré que ce que je pensais…

– Alors, lorsque tu auras fini de cuire dans ta baignoire, on va discuter de ton emménagement chez moi et de ton salaire, pour voir un peu ce que l'on peut faire pour tes… fringues.

Ma bouche s'ouvre en grand et mes pensées deviennent dignes d'un des meilleurs films d'horreur au monde. Je rêve ou il vient de critiquer ma façon de m'habiller ? Parler de mon salaire, comme si c'était le pire revenu de la planète ? Et d'emménager chez lui ?

Non, c'est certain, j'hallucine !

– Je sais que ce n'est pas fair-play, amour, mais tu ne te sapes pas comme il faudrait dans cet État. Tes vêtements manquent de classe et je…

Finalement, non, ce ne sont pas des hallucinations, ni un cauchemar, c'est bel et bien réel. Je viens de me marier à cet enfoiré, et maintenant monsieur ne veut pas entendre raison. Il faut d'abord que je me calme, mais avec son discours sur mes vêtements et sa façon de dénigrer mon travail, j'ai juste envie de le tuer.

– Dégage de cette salle de bains !!! Tout de suite !!! hurlé-je à m'en meurtrir les poumons.

– Alors, les hurlements pendant qu'on fait l'amour, c'est OK, mais quand on se dispute ou que tu as tes règles, tu oublies. Manquerait plus que les voisins pensent que c'est toi qui portes la culotte dans notre couple !

– Tuer des gens est illégal, tuer des gens est illégal, dis-je plusieurs fois.

Je répète cette phrase comme un mantra afin de me persuader de ne pas lui trancher la gorge. Mais lorsque mes yeux rencontrent de nouveau les siens, son sourire moqueur me prouve que mon self-control va être mis à rude épreuve.

– T'es une petite tigresse… Jamais je n'aurais cru que tu me chevaucherais comme une vraie *cow-girl !*

Je lève la main dans sa direction et essaie de respirer, mais une boule d'angoisse m'obstrue la gorge et je ne peux pas. Il a regardé la vidéo en entier, une vidéo où…

Putain, j'ai fait une sextape avec Nathaniel !

C'est maintenant que je réalise que je nage dans un énorme tas de merde !

– Efface cette vidéo ! dis-je, catégorique.

– Non, je la garde pour le jour où notre couple s'essoufflera, ça redonnera du piment.

– Je m'en fous d'aller en taule, mais je vais te tuer !

– Si tu veux, mais avant toute chose, amour, rassieds-toi dans l'eau. Tu as froid et tes jolis tétons pointent dans ma direction. Je n'ai pas encore pris mon petit déjeuner, continue-t-il en se léchant vulgairement les lèvres.

– Dégage, tout de suite !!!

Il passe la porte de la salle de bains en éclatant de rire, et moi, j'ai envie de me cacher dans un trou de souris pour ne plus jamais en ressortir. Je mets la tête sous l'eau et hurle tout ce que je peux en évitant de me noyer.

7

Nathaniel

Je m'assieds sur son lit et fais le vide dans ma tête. J'ai encore la gueule de bois, et le manque de sommeil se fait sentir. C'est certain, on a dû passer la nuit à baiser en rentrant à l'hôtel. Je suis crevé, j'ai encore son odeur sur moi, même après la douche que j'ai prise dans ma chambre, et j'ai cette sensation de flottement qui me suit lorsque je baise bien. Je finis par m'allonger, mais lorsque mes yeux accrochent mon alliance, je grimace.

Putain, je me suis marié ! Encore une fois ! Et avec Pumpkin !

Alors, celle-là… Je ne m'en remets pas…

– Qu'est-ce que tu fous encore là, toi ?

– Un peu de respect pour ton mari, Emma !

Je relève la tête et la détaille pendant qu'elle me fait un méga doigt d'honneur. Ses cheveux sont mouillés, sa serviette cache l'essentiel, et j'étouffe un rire lorsque je remarque qu'elle a quelques bleus qui lui tachent le bas du corps…

– Quoi ? Pourquoi tu me regardes comme ça ?

– Tes jambes ressemblent au pelage du dalmatien de mon voisin, dis-je en sortant ma langue, fier de ma connerie.

Elle zyeute vite fait l'étendue des dégâts, puis fronce les sourcils, ne comprenant ni ma blague, ni l'état de ses jambes.

– Je ne sais pas, j'ai dû me cogner… Et alors ? Je fais beaucoup de sport et je…

– Hum, non, rien à voir. Des bleus sur tes jambes, certainement la trace de ma main sur ton cul… Tout ça, c'est le signe de la meilleure levrette de ta vie, ma poule !

Emma fait une grimace. Bordel ! Elle était clairement mieux dans la vidéo, beaucoup moins coincée, et tellement plus dévergondée et sauvage. La Emma non bourrée n'est pas drôle du tout…

– Nathaniel, sors de cette chambre, sors de ma vie, putain !

– Amour, ne sois pas condescendante.

– Arrête de me donner ce surnom ridicule, à choisir, je préfère Pumpkin…

– Écoute, il faudrait que l'on discute de ce mariage.

– Je vais appeler la secrétaire de mon patron, son mari est avocat, il pourra l'annuler en un rien de temps, j'en suis certaine…

Je me redresse et la fusille du regard.

– C'est non !

Elle hausse les sourcils. Il faut qu'elle arrête, on ne pourra pas annuler. Certes, on était bourrés, mais les lois sont ce qu'elles sont, dans ce pays. On se connaissait avant de se marier ; aucun juge ne prononcera une annulation, et il est hors de question que je divorce ! On est mariés et on le restera, voilà ! Je ne veux pas revivre ce que je viens d'endurer avec Laurie. Le divorce, les disputes, etc. je n'en peux plus. Et puis, Pumpkin m'appartient, maintenant !

Cette dernière pensée me coupe le souffle.

Je rejette d'un revers de main tout ce à quoi je pourrais penser maintenant, notre ancienne vie et notre passé commun ainsi que le fait que mon frère se marie avec une autre qu'elle…

Emma pointe un doigt accusateur vers moi et me fixe de son regard meurtrier.

– Nathaniel, on ne restera pas mariés. On va faire annuler ce mariage, ou s'il le faut, on divorcera, mais il est hors de question que je sois liée à toi.

Je me lève et la toise de toute ma hauteur. Elle semble si petite, si fragile en cet instant.

– J'ai dit non.

– Non, quoi ?

– Amour, tu es ma femme, et moi, je suis ton petit mari. Quand tu seras disposée et surtout reposée, on aura une conversation d'adultes sur la suite à donner à notre situation, mais une chose est sûre : on ne divorcera pas.

– OK ! L'alcool t'a fait développer une maladie psychiatrique. Ce n'est rien, on rentre à Black Canyon City et je te prends un rendez-vous rapidement.

Je m'avance, réduisant considérablement la distance entre nous deux, et plonge mon regard dans le sien.

– Emma, hier soir, on s'est fait une promesse…

– Tu me fous la trouille !

– Quoi ?

– Tu m'appelles Emma, et non Pumpkin… Ça me déstabilise. La dernière fois que tu m'as appelée comme ça, j'avais 9 ans.

Un sourire naît sur mon visage alors je m'avance encore un peu, elle recule et bute contre le mur jusqu'à être à ma merci. J'attrape une mèche de ses cheveux et l'entortille entre mes doigts. Son parfum titille mes narines, et j'ai de plus en plus de mal à me contenir, à me retenir de lui sauter dessus et de respirer son odeur toute la journée. Cette fragrance m'ensorcelle et m'apaise. Et en plus, ma bite choisit ce moment pour se réveiller !

– On s'est promis amour et fidélité toute notre vie…

– Je décline toute responsabilité sur ce qui s'est passé hier et cette nuit !

– Tu n'as pas le droit de te cacher derrière cette jolie phrase. Assume tes actes !

Elle se mordille la lèvre, son regard est fuyant comme si elle souffrait d'un mal qui la ronge.

– Efface cette vidéo… s'il te plaît, Nathaniel.

Quelque chose se fracture en moi. Elle a l'air si triste, si vulnérable, et ça ne me plaît pas. Je sais que nous avons des différends, tous les deux, que nous nous chamaillons depuis que l'on se connaît, mais j'espère qu'elle ne croit pas que je pourrais balancer cette vidéo aux yeux de tous ? Je suis peut-être un connard, mais pas jusque-là. J'ai quand même des limites. Je ne ferai jamais de mal à Emma comme ça, je ne me le pardonnerais jamais, et mes parents encore moins, sans compter les siens.

– Tu crois que je serais capable de mettre notre sextape sur les réseaux sociaux, Pumpkin ?

– Avant, tu…

– Je suis adulte, et toi aussi, et puis t'es ma femme, maintenant, je suis là pour te protéger. Je ne te causerai pas de torts et ne te ferai pas subir une telle humiliation.

Et je le pense. C'est la première fois que je suis aussi sincère avec Emma et envers moi. Si je me suis marié avec elle, c'est que j'avais certainement une bonne raison. Et j'ai foi en moi… même bourré ! Je ne suis pas aussi inconscient que ça. Tout ce que je fais est réalisé avec discernement. Enfin… dans la plupart des cas.

– On ne peut pas rester mariés, Triominus.

Je serre la mâchoire. Emma sursaute lorsque quelqu'un frappe à la porte de sa chambre.

– Je peux entrer ? beugle mon frère.

– Je…

Je plaque ma main sur sa bouche et murmure contre son oreille :

– Ne lui dis pas que tu n'es pas habillée… N'oublie pas que je suis dans la pièce.

Elle me jette un regard noir et saute sur sa valise.

– Attends deux secondes, s'il te plaît, crie-t-elle à son intention.

Pour ma part, je me réinstalle sur le lit en replaçant discrètement mon érection. M'être collé à elle m'a un peu… titillé.

– Tourne-toi ! me chuchote-t-elle.

– C'est une blague ! Je te signale que je t'ai vue à poil

et que j'ai même exploré l'intérieur de ta…

– Tais-toi et tourne-toi, putain !

Je me renfrogne et tourne la tête pendant qu'Emma fait sa pseudo-mijaurée devant moi. J'entends la porte s'ouvrir et la vois vêtue et toute crispée de recevoir mon frère alors que je suis déjà dans sa chambre. Et je comprends immédiatement lorsque je vois l'air abasourdi de mon frangin.

Qu'est-ce qui se passe ? Je n'ai pas le droit d'être là ? J'ai pas le droit de la baiser ? De me marier avec elle ?

Bon, pour la dernière, j'avoue que j'aurais pu m'abstenir…

– Qu'est-ce que tu… commence-t-il.

– On était en train de parler de tes vœux et on s'est mis d'accord sur le fond, dit Emma en me défiant du regard.

OK, elle le prend comme ça ! Perso, je le vis mal, extrêmement mal qu'elle fasse passer notre moment à nous comme ça parce qu'on ne peut rien dire pour l'instant et parce qu'elle sait qu'elle est en position de force ! Et ça ne me plaît vraiment que moyennement !

– Sérieux ? commente-t-il.

Non, Maxence, on n'est pas d'accord, mais je ne peux pas te l'avouer maintenant. Et c'est juste qu'elle ne veut pas te dire qu'on a baisé cette nuit et qu'elle a adoré ça…

Je soutiens son regard, mais Emma continue pendant qu'il s'installe à mes côtés.

– On pense qu'il faut que tu parles de tes émotions, de ce que tu as ressenti lorsque tu as compris que c'était elle et pas une autre.

Conneries !!!

J'ai envie de hurler. Je serre si fort mes poings que mes

phalanges vont céder sous la pression que je leur inflige. Ma respiration se fait par à-coups. Je suis là dans un seul but, ruiner ce mariage, et non le propulser vers une lune de miel, putain. Emma est en train de tout faire foirer. Je ne sais pas comment je fais pour me retenir et ne pas exploser face aux énormités que déblatère ma *chère et tendre épouse !*

– Ouais, ce serait pas mal, mais il ne faut pas la faire pleurer, hein ?

– C'est son mariage, elle va pleurer, Maxence, quoi que tu dises… mais ne t'inquiète pas, j'ai prévu le maquillage waterproof, répond-elle avec un joli minois.

Il sourit de toutes ses dents et se tourne vers moi.

– T'es d'accord avec elle ?

– Mouais, dis-je en grognant, parce que je n'ai pas le choix.

Mais ça me coûte, putain que ça me coûte de dire ça ! Être obligé d'affirmer que je suis d'accord alors que non, ne pas lui dire que nous nous sommes mariés cette nuit et lui cacher bien d'autres choses que nous avons faites…

Il se lève, content, et nous notifie qu'il part dans le hall prendre le petit déjeuner avec le reste du groupe.

– Je vois un dernier truc pour te faire une surprise à ton mariage et je descends, dis-je, vite.

Il se mord les lèvres et sautille en sortant de la chambre comme le gamin qu'il est encore. Lorsque la porte se referme, je fusille Emma du regard. Elle se dandine un peu, finit par me toiser et, prenant de l'assurance, elle me dit :

– Quoi ? Ne me dis pas que ces vœux étaient super ?

Je lève les yeux au ciel parce que ça, je ne peux pas lui

enlever. Ces vœux étaient aussi nuls à chier que l'article d'Emma sur les légumes et les pesticides.

– Demande-moi avant de parler en mon nom, bordel ! Tu sais quoi ? La prochaine fois qu'on baise, pas de fessée ! T'es punie !

Elle se met à glousser, et bon sang, que ça me plaît d'entendre ce petit son sortir de sa bouche. Autant que de l'avoir entendue gémir dans la vidéo… D'ailleurs… J'attrape mon portable dans la poche arrière de mon jean, le déverrouille et lui tends.

Elle hausse les sourcils, alors je me lance comme je peux avant que mon attitude de connard ne se manifeste de nouveau.

– Efface la vidéo.

– Pourquoi, je…

– Tu seras sûre qu'elle n'y est plus.

– Tu l'as regardée jusqu'à la fin ?

– Y a pas grand-chose.

– Je croyais que… attends, tu m'as menti ?

– Mais non ! C'est juste qu'au bout d'un moment, j'avais les mains plus occupées à explorer ton corps qu'à tenir le téléphone…

– Oh, non, dit-elle en rougissant comme une pivoine.

Elle m'arrache le portable des mains et enclenche la vidéo. Elle se mord la lèvre et finit par me rendre le téléphone.

– Je l'ai supprimée… murmure-t-elle.

– C'est très bien ! On en fera une autre plus tard, avec un meilleur éclairage et un son un peu plus…

– Casse-toi au petit déj, Nathaniel, avant que je t'étrangle !

J'éclate de rire et sors de sa chambre avec la ferme intention de continuer cette discussion sur notre mariage à un moment plus opportun. On laisse cette histoire de côté parce que, pour l'instant, j'ai bien plus important à faire, comme le sabotage du plus beau jour de la vie de mon frangin.

8

Emma

J'ai effacé la vidéo sur son portable, mais je me la suis envoyée avant. Et finalement, j'hésite à cliquer pour voir son contenu de mes propres yeux. Je tourne comme un lion en cage. Comment tout ça est-il arrivé ? Non, mais franchement, je me suis mariée bourrée à Las Vegas avec quelqu'un que je n'aime pas alors que, depuis toute petite, mon souhait est de faire un beau et grand mariage de princesse. Je crois avoir programmé ce jour avant même de savoir marcher. Je m'assieds lourdement sur mon lit et soupire. Je viens de faire de mon rêve le plus précieux mon pire cauchemar.

Pour qui ? Nathaniel Cox !

Pourquoi ? Aucune idée !

Comment ? Avec des cocktails par milliers…

Le constat me laisse un goût amer en bouche.

Allez, Emma ! Ressaisis-toi !

J'attrape mon portable et contacte *la* personne appropriée dans ce genre de cas… Penny m'aidera, elle se foutra peut-être de moi, mais elle ne me laissera pas comme ça, dans cette galère sans nom.

Si, elle porte un nom : Cox, et tu le portes aussi, maintenant.

Un frisson me traverse pendant que ma conscience se réveille enfin, après un coma d'une nuit entière, et je ne saurais dire si ces pensées proviennent d'un sentiment de dégoût ou autre…

– Salut ! Alors, l'Arizona ?

– Je suis dans la merde, Penny. Je me suis mariée à Vegas cette nuit.

– Tu… quoi ?

– Ouais, je sais, c'est la *loose*. Et en plus, c'est avec Nathaniel Cox !

– …

– Penny ?

– Désolée, je viens juste de décéder. Attends, t'as fait quoi ? renchérit-elle en prenant une voix stridente.

– S'il te plaît, ne me fais pas répéter !

– Oh, mais si, tu vas le redire, et plus d'une fois. Mais bon sang, qu'est-ce qui t'a pris ? Je croyais que ce mec était le pire de tes cauchemars ?

– Oui, tout est vrai. En plus, j'ai un mal de tronche intense que je n'arrive pas à calmer. Et y a pire encore…

– Que de te marier à la sauvette avec ton ancien tortionnaire ?

Je me masse les tempes. Je sais que mon cas est à la limite du désespoir, mais bon… J'ai besoin des talents d'avocat de son mari, et voilà !

– On s'est filmés…

– Le mariage ?… Mais non, bien sûr, quelle conne je suis ! C'est la nuit de noces que vous avez filmée ! Mais putain, Emma ! Si tu veux faire du porno amateur, fais-le avec quelqu'un en qui tu as confiance !

– Non, je pense que je peux avoir confiance en lui, là-dessus. Je sais que c'est un gros connard, mais il avait l'air sincère, tout à l'heure.

– Mouais ! Du coup, vous avez réussi à discuter de tout ça ? Tu as besoin des talents de mon petit mari d'amour ?

– Oui, je voudrais qu'il me fasse les papiers pour l'annulation, s'il te plaît.

– Pas de soucis, je vais demander à Zane de s'en occuper rapidement. Est-ce que je dois savoir autre chose, ou tu m'as tout dit ?

Je me mordille les lèvres et bouge frénétiquement les pieds sur la moquette. Bien sûr, elle ne voit pas mon embarras…

– Nathaniel ne veut pas annuler, ni divorcer.

– Quoi ? Mais pourquoi ?

Sa voix stridente vient de me perforer le tympan. J'entends un sifflement et change d'oreille le temps que le bruit se calme.

– Il ne veut pas subir un deuxième échec marital…

– Bon… Ne t'inquiète pas, ma poulette, ce mec est mentalement atteint. Zane va faire en sorte que tout se passe comme tu veux, OK ?

– Merci, mais je vais essayer de raisonner Nathaniel pour qu'il comprenne qu'on ne peut pas rester mariés. Il va retrouver la raison…

Putain, c'était une des phrases que je n'aurais jamais pensé dire… Nathaniel, retrouver la raison ? La phrase en elle-même est incohérente.

– Alors ?

– Alors, quoi ? demandé-je.

– Ben… comment il est ?

– Penny !

– Quoi ? Ne fais pas ta choquée, allez, partage avec ta copine… En plus, tu n'as pas arrêté de me dire qu'il était beau gosse, au lycée, et que toutes les filles lui couraient après.

– Je ne sais pas ; je ne me souviens de rien !

– Soit ton niveau d'alcool t'a fait faire un black-out, soit c'est qu'il est over méga nul.

Je me mets à rire parce qu'elle est toujours comme ça, Penny. Je l'adore. On parle de tout, et elle est toujours de très bon conseil. C'est une amie en or. Elle finit par me raconter les derniers ragots du boulot que j'ai manqués, et nous raccrochons avec le sourire aux lèvres.

Je regarde mon doigt et retire mon alliance, que je mets dans ma trousse de toilette rangée sur l'étagère de la salle de bains. Lorsque je reviens dans la chambre et que mes yeux se posent sur mon téléphone, je m'en saisis avec une pointe d'adrénaline. Je m'installe confortablement sur mon lit et enclenche cette vidéo avec la ferme intention de la terminer, cette fois-ci.

Nathaniel a les yeux injectés de sang lorsqu'il regarde le téléphone, et moi, je suis dans ses bras, collée à son torse. Il me serre encore plus contre lui et me parle avec un large sourire :

– Allez, fais-moi un bisou, t'es ma petite femme, maintenant !

Sa phrase remue quelque chose en moi, surtout lorsque je vois la passion qui nous anime pendant le baiser que je lui offre. Comment on a pu en arriver là ? Puis tout s'enchaîne… Je lui enlève sa chemise tellement vite que des boutons sautent, et il rit encore plus quand il s'aperçoit de l'état dans lequel j'ai mis son vêtement.

Mes joues s'enflamment lorsque je me vois embrasser son buste sculpté. Il est vraiment beau, bien taillé et bâti comme un roc. Mon amant se mord les lèvres, et je jure de m'embraser sur place si, un jour, il refait ce geste devant moi. J'entends le bruissement des fringues et fais une grimace de désapprobation quand je remarque que je descends bien plus au sud de son anatomie que je ne devrais pour une première fois. Je note juste qu'il ne me filme pas, et je l'en remercie. On ne voit que lui, et c'est tant mieux. Nathaniel desserre les dents et laisse sortir un filet d'air de sa bouche, ce qui provoque un léger gémissement. Cette vision commence à ruiner le peu de neurones encore vivants qu'il me reste en ce moment.

– Emma… Oh, bordel… Tu…

L'expression de son visage, les mimiques qu'il fait lorsqu'il prend du plaisir sont tout bonnement… divines. Je crois qu'il est encore plus beau comme ça, sans barrières, sans limites, même s'il n'en a jamais eu… Je peux dire qu'il est magnifique pendant l'acte. De le voir comme ça, grâce à moi… ma température corporelle augmente de façon fulgurante. Je touche mes joues qui sont brûlantes, tout comme le reste de mon corps. Nathaniel se penche un peu, et me revoilà à l'écran, mais je n'ai pas le temps d'apprécier la vue qu'il m'embrasse sauvagement, et tout un tas d'images se succèdent jusqu'à ce que je comprenne que nous sommes tombés sur le lit. Nous rions comme des gosses qui s'apprêtent à faire la pire connerie du siècle. Je suis installée à califourchon sur lui et parsème son corps de baisers. Il se redresse, m'embrasse encore une fois et se tourne vers le téléphone.

– Maintenant, on va profiter de notre nuit de noces !

Il salue le portable pendant que je souris bêtement, et la vidéo se coupe.

Je souffle tout l'air que je contenais dans mes poumons. Il avait raison, il n'y a pas grand-chose sur cette vidéo. À part le fait qu'on montre bien que l'on va… baiser. Je m'évente avec la main pour reprendre une contenance. Il faut dire que de voir Nathaniel dans cette position, avec moi, ça m'a un peu… émoustillée. Mais je dois me reprendre. Ça n'arrivera plus et ça ne doit pas rester dans mon esprit. Je me lève, récupère la carte de la chambre et descends au petit déjeuner, rejoindre les autres.

***

Une fois installée aux côtés de Wendy et en face de Nathaniel, je remarque que tout le monde a la tête comme enfouie dans le sable. Kendra, la copine de Wendy, a carrément la gueule de bois, tandis que certains garçons discutent entre eux comme si de rien n'était. Je me sers de toasts et d'œufs brouillés en écoutant Duncan, un des employés de Maxence, parler d'hélicoptères militaires, ce qui fait relever les yeux de Nathaniel de son assiette.

– Quel modèle ? demande-t-il.

Je retrouve la même lueur dans ses yeux que dans la vidéo. Les trucs volants, c'est son dada. D'aussi loin que je me souvienne, Nathaniel a toujours été passionné par les hélicos. Parfois, lorsque je rejoignais Maxence, je voyais Nathaniel dans le garage, et je savais qu'il bossait sur une maquette. Contrairement aux idées reçues, il était populaire, il était aimé de tout le lycée, de toutes les filles, mais il ne planchait pas sur une vieille voiture achetée une misère dans une casse pour épater les nanas et les attirer dans son pieu. C'était au-delà de ça. Dwayne lui a toujours acheté des maquettes d'hélicoptères ou d'avions, surtout des militaires, et il restait des heures entières enfermé à les monter. Ça ne fait pas viril du tout pour un jeune de son âge, mais avec le recul, je comprends pourquoi il avait cette fascination lorsque je vois le métier qu'il fait maintenant.

– D'ailleurs, pourquoi tu portes une alliance, Nathaniel ? demande son cousin, que je n'aime pas du tout, soit dit en passant.

Et du coup, je remarque que cet abruti de première n'a pas enlevé sa bague, alors je me décompose. Nathaniel regarde son doigt et sourit comme un benêt. Il se lèche les lèvres rapidement et moi, j'ai le souffle coupé en attendant la sentence qu'il va m'infliger en ouvrant la bouche.

– Je la mets toujours quand je sors.

– Oh, pour être tranquille ? questionne Wendy.

– Non, les femmes adorent les hommes mariés, et au moins, après, elles ne viennent pas me les briser pour une relation longue durée, si tu vois ce que je veux dire...

Je me frappe le front du plat de la main. Ce mec est une cause perdue ! J'hésite entre le remercier parce qu'il n'a rien dit sur *l'accident de parcours marital* d'hier soir et lui envoyer une belle pique sur le comportement de connard dont il fait preuve. Son regard bifurque vers moi alors il esquisse un sourire diabolique, et là, je sais que j'aurais dû m'abstenir de tout geste. Les autres mecs le regardent avec admiration, et les femmes sont tout simplement... déçues, envieuses, choquées, un peu tout à la fois.

– Pourquoi tu souris comme ça ? continue Maxence.

Le regard qu'il me lance me cloue sur ma chaise.

– Je repense à une sextape que j'ai faite avec une...

– T'as fait quoi ? s'époumone Maxence.

Et moi, j'ai juste envie de me cacher dans un trou de souris ! Je me sens tellement nulle, tellement honteuse. Comment ai-je pu penser qu'il n'allait pas en parler, même en ayant supprimé la vidéo ? C'est Nathaniel Cox, bon sang ! Le mec qui ne doute de rien et encore moins de lui, celui qui se met en avant tout le temps, qui a un ego surdimensionné, et qui prône les saloperies avant tout le reste !

– J'étais bourré, elle aussi, on s'est laissé emporter, et voilà...

– Je suis choqué ! Y a vraiment des filles qui font ça ?

– Si tu savais, frangin...

Et moi, j'ai subitement envie de mourir, là, tout de suite, sur la table du petit déjeuner, dans mes œufs brouillés.

– Je ne comprendrai jamais ce genre de filles, dit Wendy tout haut.

Encore une fois, je me ratatine sur ma chaise. Je suis au fond du fond du trou. J'essaie de paraître naturelle, mais je sais que si Maxence me regarde, il devinera tout, et ce sera une telle pagaille.

– Oh, Wendy, ne crois pas qu'il y a un type de filles pour ça… Elle a une attitude de prof d'histoire-géo à la retraite, mais une fois que tu l'allumes, bordel, c'est pire qu'un volcan en éruption, elle est chaude comme la braise, elle…

– C'est bon, je crois que tout le monde a compris, dis-je vivement pour arrêter ce massacre qui me met de plus en plus mal à l'aise.

– Ça te gêne de parler de sexe, Pumpkin ?

– Ce qui me gêne, surtout, c'est que tu parles d'une femme avec qui tu as fait l'amour et que tu…

– Ouh là ! Je n'ai pas fait l'amour avec elle. D'ailleurs, si tu regardes la vidéo, tu te rendras vite compte que c'est elle qui me baise, renchérit-il en haussant les sourcils.

Je vais vomir de honte, de malaise, de gêne, de déshonneur. Maxence éclate de rire, suivi de tous ses copains, pendant que les filles engagent une discussion à laquelle je n'ai pas envie de participer parce que je me sens trop mal à l'aise pour évoquer un sujet qui, maintenant, ne m'est plus du tout inconnu.

9

Nathaniel

Le retour en avion a été une réelle torture. Je n'arrête pas de penser à cette vidéo, à Emma, à nous deux dans cette chambre d'hôtel, à ce que l'on a fait. J'ai enfin retiré mon alliance et l'ai mise de côté. Si c'est passé comme une lettre à la poste devant les personnes présentes pour l'enterrement de vie de jeune fille et de garçon, devant mon père, ça ne passera jamais. Lui seul sait ce que j'ai enduré ces six derniers mois, lui seul sait comment j'en ai chié après la trahison de cette salope de Laurie. Il ne gobera jamais que je puisse remettre cette alliance qui ne veut plus rien dire, et qui, finalement, n'a jamais été le symbole de quoi que ce soit. J'ai refusé d'en parler avec maman, alors que lui, enfin… Papa est froid avec les autres, mais je sais qu'il m'écoutera toujours et qu'il sera juste avec moi, même si ça veut dire que je dois prendre une claque derrière la tête. Je lui fais confiance pour ça. Il faut simplement que je trouve le bon moment pour lui annoncer mon récent mariage. Parce que celle-là, je crois qu'il va devoir la digérer. Il adore Emma, c'est sa chouchoute, mais il va me détester pour ce que j'ai fait. Il connaît notre relation, la façon dont on a évolué chacun de notre côté, et cette union… Ses parents et les miens sont amis depuis qu'ils ont emménagé ici, et… J'espère ne pas faire tout foirer avec cette histoire. Je ne dois pas me comporter comme un con, bien au contraire. Rien que d'y penser, un long frisson dégringole le long de mon échine. Enfin, haut les cœurs ! Je n'ai pas envie de penser à ça maintenant.

Nous sortons des taxis et payons nos courses. Pendant un instant, je la vois sourire et s'avancer vers l'entrée. Elle est rayonnante, comme chaque fois que je la regarde en douce. Et là, je comprends sa soudaine euphorie…

Ses parents…

Merde !

Ils sont arrivés bien plus tôt que je ne le pensais. Mon père est ravi, et les parents d'Emma l'étreignent comme s'ils ne l'avaient pas vue depuis des décennies.

J'avais oublié combien ils étaient fusionnels. Si jamais elle leur raconte… je suis cuit. J'attrape les deux poignées de mon sac, l'envoie par-dessus mon épaule et le cale dans mon dos. Je les rejoins avec un sourire de tombeur sur les lèvres.

– Nathaniel ! s'écrie sa mère. Comme tu es beau ! Tu es encore plus séduisant que la dernière fois !

– Merci, Kat, je suis content de vous revoir.

– Nous aussi, dit son père en me donnant une tape amicale dans le dos.

– Regardez comme vous avez tous grandi, s'exclame Kat, nostalgique.

Je souris discrètement. Sa mère a toujours été très maternelle avec n'importe lequel d'entre nous. Elle est comme ça, c'est son tempérament. Je me souviens de nos excursions au restaurant, on sortait toujours avec des gâteaux de crabe, des donuts double chocolat et des bonbons. Même quand on séchait les cours…

– Allez ! Déprime pas, Katy ! Emma te fera des petits-enfants bientôt, hein, Emma ? lance mon père, et là, c'est moi qui m'étouffe silencieusement.

Si tu savais, papa… Si tu savais…

– Mais oui, elle vous a dit que son petit ami est aussi journaliste ? C'est un garçon charmant… Emma, où est-il en ce moment, d'ailleurs ?

Quoi ???

Mes yeux fusillent ma *nouvelle femme* du regard. Comment a-t-elle pu me cacher un truc pareil ?

– Il est au Venezuela, il couvre un reportage sur les… commence-t-elle.

– Et il a un nom, je suppose ? demandé-je tout à coup, en proie à une jalousie qui s'immisce dans tous les pores de ma peau.

J'ai l'impression qu'elle vient de me frapper alors que je suis déjà à terre. Putain ! Je ne pensais pas qu'Emma serait capable d'avoir un… petit ami. Et puis, d'un autre côté, pourquoi elle n'en aurait pas ? Elle est belle, un peu coincée, mais dans l'intimité, elle se dévoile doucement, et elle est drôle, et normalement, fidèle ! Putain, je suis son mari, même si ça ne fait que quelques heures ! Comment se fait-il que je ne sois pas au courant de ça ?

– Il s'appelle Caleb, renchérit Wendy en arrivant près de nous avec mon frère qui porte leurs valises.

Mon regard en dit long, ma poitrine se soulève et redescend à une allure un peu vive, je le vis mal. Je ne devrais pas, parce qu'elle et moi, ce n'est pas… cohérent, logique, naturel et normal. C'est spontané, et maintenant, c'est… Je n'ai pas de mots. Pour l'instant, je suis juste fâché et un peu blessé. Et même si ce mariage est récent et complètement fou, c'est un truc dont elle aurait dû me parler !

– On le rencontre quand ? demande mon père en la regardant avec des yeux doux.

Putain, papa, tu ne m'aides pas du tout à me calmer, là !

Je suis en train de bouillir. Je crois que j'ai besoin d'un peu d'air, de sommeil, aussi, pour dégager toute cette frustration que je ressens depuis que je me suis levé, ce matin, à ses côtés. J'ai besoin d'évacuer mon stress et cette colère qui vient de pointer le bout de son nez. Et j'ai surtout besoin de faire le point sur ma vie parce que c'est plus que le bordel en ce moment.

Je n'ai toujours pas digéré la trahison de Laurie, et puis je suis crevé ! Et frustré parce que j'ai senti l'odeur d'Emma sur moi, et même la douche ne me l'a pas enlevée !

– Il ne peut pas venir au mariage, on verra plus tard.

– Il revient quand ?

– Dans trois semaines, répond-elle en se dandinant, gênée d'engager la conversation sur son amant caché.

Finalement, nous entrons dans la maison, et lorsqu'elle monte les escaliers pour aller dans sa chambre, je la suis avec la ferme intention d'avoir notre première scène de ménage. Je n'attends pas d'être réellement convié à entrer, et je claque la porte derrière moi en soutenant son regard. Je croise les bras devant mon torse. Elle secoue la tête et plisse les yeux.

– Ce n'est pas le moment, Nathaniel, dit-elle, catégorique.

– Oh ! Et tu allais me parler quand de ce connard ? Lors de ton cinquième accouchement ?

– Quoi ?

– Ne fais pas l'innocente ! Comment as-tu pu me cacher un truc pareil, putain ! Je suis… en colère.

– Je vois ça, et tu n'en as pas le droit, Nathaniel.

– Comment ça ? Attends, tu te tapes un mec et tu…

– Exactement, tu as tout compris ! Ce n'est pas mon petit ami. C'est un ami avec qui je…

Sa voix n'est plus qu'un murmure. Emma lance sa main en l'air pour clore cette conversation, mais je ne l'entends pas de cette oreille.

– Pourquoi tes parents pensent que toi et lui êtes…

– Parce qu'un jour, ils sont passés à l'improviste chez moi, et Caleb prenait le petit déj ; je ne me voyais pas dire à mes parents que… Voilà, quoi. Et tes parents sont très proches des miens. Ma mère a immédiatement pris son téléphone pour en avertir la Terre entière. Voilà pourquoi tout le monde connaît Caleb.

Je passe une main dans mes cheveux et tire un peu dessus. Ça va être encore plus compliqué que ça ne l'était. En plus, je n'imagine pas du tout Emma avoir ce type de relation. Je la vois tellement coincée, tellement réservée, et pas du tout sexuellement débridée.

Pourtant, on a quand même fait une sextape...

J'émets un rictus qui la fait se tourner vers moi. Je décide de remettre à plus tard une conversation aussi lourde de sens.

– Je vais me reposer, mais après, j'aimerais qu'on parle, Emma, tous les deux, comme des adultes.

– T'en es capable ? me défie-t-elle.

– Ne me cherche pas, ce n'est pas le bon jour pour me titiller. Je n'ai pas beaucoup dormi, je suis en manque de sexe, je me suis marié, j'ai appris ta soudaine trahison, et en plus, je dois me payer ma famille entière dans quelques heures.

– Ma soudaine trahison ? Putain, mais t'as vraiment un plomb qui a sauté quelque part dans ta minuscule cervelle !

Je m'approche d'elle, si près que je sens son souffle contre mes lèvres. Ça me picote et m'envoie des décharges dans le ventre. Je vais la déstabiliser parce que je trouve qu'elle prend un peu trop l'ascendant sur moi, et il faut que ça change. Je ne permettrai plus à une femme de me traiter comme une merde, de me trahir ou de se payer ma tête. Et ça commence maintenant ; dommage que ça tombe sur Emma. Je lève la main et caresse sa joue de mon pouce, puis descends jusqu'à sa lèvre. Je ne lui dirai pas toutes les émotions qui me traversent, mais lorsque je la vois inspirer brusquement, je sais qu'elle n'est pas insensible.

– Je suis en manque de sexe parce que je me souviens de ta peau douce contre la mienne. Ça me perturbe, lui soufflé-je.

Je m'approche et dépose un léger baiser sur son front avec le cœur qui tape comme un forcené. Jamais je n'ai eu de gestes aussi doux, et je ne comprends pas pourquoi ça me fait cet effet avec Emma. Je veux être dur avec elle, mais dès que je m'approche et que je sens l'odeur de ses cheveux… Qu'est-ce qu'il m'arrive, à devenir une guimauve ?

Peut-être que c'est parce que j'ai été un royal connard avec elle pendant toutes ces années. Mais maintenant, je suis marié avec elle.

– Je vais me coucher, on se voit tout à l'heure…

Je la plante là, au beau milieu de la chambre d'amis, avec la bouche encore ouverte et les yeux qui reflètent l'incompréhension.

***

Je n'ai pas réussi à dormir. Rien. *Nada*. Je suis resté allongé plus de deux heures sur mon lit, sans succès. Je raccroche avec mon ancien ami, avec la promesse de le voir rapidement pour boire un verre, et souris sincèrement pour la première fois depuis que je suis arrivé ici. Je prends une douche rapide, enfile un tee-shirt noir et un jean et sors de ma chambre en direction de la sienne.

Je suis nerveux, c'est la première fois que je fais un truc pareil. Sa porte est ouverte alors j'entre sans frapper et la trouve devant son ordinateur. Emma lève les yeux vers moi, visiblement étonnée de me voir là.

– T'as besoin d'un truc ? me demande-t-elle en soulevant les sourcils comme pour me défier.

Et j'adore ça ! J'adore quand elle prend cet air rebelle, surtout avec moi… ça lui donne un petit côté sauvage, comme quand… Bref, ça m'excite, mais on n'en est pas là encore…

– Ouais, viens avec moi. On doit parler.

Elle soupire et affiche un sourire de circonstance que je déteste voir sur son visage.

– Nathaniel, je suis en train de préparer le mariage de ton frère pendant que toi, tu te tapes une sieste, je n'ai pas le temps de parler maintenant. Le fleuriste ne trouve pas les roses que Wendy veut, et je te dis pas, c'est la panique, en bas…

– S'il te plaît, dis-je en lui tendant la main. J'aimerais que l'on parle de ça, et de notre mariage.

– Du fleuriste ?

– Je voudrais qu'on organise le plan de table parce qu'ils se sont disputés à ce propos, dans l'avion, et je ne veux pas que…

– Oh… Je ne savais pas. OK, OK.

– Prends ta veste.

– Pour quoi faire ? Je te signale qu'il fait quarante degrés à l'ombre.

– On sort, Emma, on ne va pas rentrer tout de suite, et je suis persuadé que tu vas en avoir besoin…

Elle hoche la tête, et sitôt dit, nous sommes dans ma bagnole. Elle attache sa ceinture et fixe une feuille qu'elle tient dans ses mains.

OK, Emma, j'ai compris que tu n'es pas du tout à l'aise quand je suis dans les parages, mais tout ça va changer, promis !

– Bon, commence-t-elle, il faut gérer le fleuriste, la musique, l'entrée des mariés, les décorations sur les tables,

les aider à finaliser le menu, aller au restaurant pour vérifier le nombre de tables et de chaises, qu'il y a bien un accès pour le fauteuil de ta grand-mère, il faut aussi aller à la chapelle pour discuter avec le pasteur…

– Emma !

– Il y a les dragées, aussi, ne pas oublier de commander les cartes de remerciements, appeler le photographe pour confirmer l'heure du rendez-vous…

– Emma !

– Merde, j'ai pas encore ma robe, et toi ? Putain, il me faut des chaussures aussi, et…

Je tire le frein à main, la voiture fait un petit dérapage et s'immobilise. Emma a enfin lâché sa liste et me regarde, accrochée à la poignée de la portière.

– Maintenant que j'ai toute ton attention, laisse-moi te dire quelque chose… Maxence était mon témoin quand je me suis marié, et il n'a même pas fait le quart de ce qu'il y a sur ta stupide liste. Ne crois pas que je vais organiser son mariage comme si c'était le mien. J'adore mon frangin, mais là, clairement, il nous prend pour des billes. Alors on ne va pas aller voir le pasteur, ni chercher des roses que le fleuriste ne trouve pas. On va faire ce foutu plan de table pour leur enlever une épine du pied et s'occuper de nos tenues, c'est tout ! C'est compris ?

Elle hoche timidement la tête, alors je reprends le volant et conduis jusqu'à ce lieu que je chéris tant. Je me gare et vois Emma se décomposer sur son siège.

Qu'est-ce qu'elle a, encore ?

– Nathaniel…

– Ouais ?

– C'est quoi, ça ?

– C'est un hélicoptère.

Un superbe et magique hélicoptère ! Parce que c'est le mien, enfin, pas le mien au sens propre du terme, mais c'est celui que j'ai conçu et construit, le tout premier ! D'ailleurs, il s'appelle *First,* et chaque fois que je reviens ici, je le pilote !

– Un hélicop… Non, Nathaniel, c'est non !

– Quoi, c'est non ? Bien sûr que c'est oui, tu veux dire !

– Je ne monterai pas dans un hélicoptère.

– Oh, que si, tu vas monter dans l'hélico, et c'est moi qui vais piloter.

Elle éclate de rire et se cramponne au siège. Elle est toute blanche, et je jurerais qu'elle flippe.

– Va faire mumuse avec ton joujou, je t'attends là. Pendant ce temps, j'appellerai le photographe…

– OK, dis-je en sortant.

Je fais le tour de la bagnole et ouvre sa portière. Je défais sa ceinture et l'extirpe de force du véhicule. Emma commence à gueuler comme une morue alors je la balance sur mon épaule.

– Nathaniel, pose-moi par terre tout de suite !

– Je te fais décoller, amour, profite un peu d'être portée comme une princesse. D'ailleurs, après le mariage, tu te mettras à la diète parce que je vais avoir un tour de rein, putain.

Et là, elle fait un truc dont jamais je l'aurais crue capable. Elle m'insulte en me mettant des tapes sur le cul. Je m'arrête, encore stupéfait de ce qu'elle vient de faire, de ce que *ma*

Pumpkin réservée et coincée vient de me faire et de dire.

– Attends, tu m'as mis une fessée en m'insultant ?

– Je crois, répond-elle d'une petite voix.

– Ça ne va pas, Emma, c'est moi qui mets les fessées, pas toi. N'inverse pas les rôles, veux-tu ?

Je secoue la tête et continue mon chemin jusqu'à *First*. Billy, le proprio, est amusé, et lorsque je lâche Emma, je fais rapidement les présentations avec une femme toute rouge de honte à mes côtés. J'ouvre la porte et l'oblige à monter.

– Nathaniel, s'il te plaît, j'ai le mal de l'air, et je te jure que je suis trop jeune pour mourir…

Je me hisse à côté d'elle et l'attache pour qu'elle ne m'échappe plus. Là, au moins, je sais qu'elle ne pourra pas s'enfuir.

– Tu ne vas pas mourir, je sais piloter, et je te signale que je suis dedans avec toi. Fais quelque chose de fou dans ta vie, Emma !

Elle baisse les yeux, et finalement, lorsqu'elle relève le menton, son regard s'est teinté d'une couleur que je ne lui avais jamais vue.

– Avec toi, je ne fais que ça depuis hier soir…

Voilà qui est juste.

10

Emma

Je me sens mal, je transpire, je suis au bord de la crise d'angoisse. Je suis coincée dans cet engin qui va certainement écourter ma vie, avec un énergumène qui me terrorise depuis mon enfance. Mon séjour est une catastrophe ambulante depuis le début. Je le regarde appuyer sur un nombre incalculable de boutons et parler dans un casque. Il m'en tend un que je mets immédiatement sur mes oreilles.

– Tu m'entends ? demande-t-il.

– Oui.

– Parfait, on va décoller. Arrête de stresser, tout va bien se passer. Profite de la vue, il n'y a pas beaucoup de maris qui offrent ça à leur femme…

Je secoue la tête. Ce mec est désespérant. Pas une seule fois il ne doutera de lui.

– Tu te prends pour Christian Grey ? Parce que t'es loin de lui ressembler !

Même si Nathaniel est très beau, il ne ressemble pas à Jamie

Dornan. Il esquisse un sourire, et je ne sais pas pourquoi, mais je pense que la suite va nettement moins me plaire.

– Alors comme ça, on lit des livres de cul ?

– Quoi ? m'indigné-je.

– *Cinquante nuances*…

Je hausse les épaules tandis qu'il continue à rire, ce qui m'irrite un tant soit peu.

– Pumpkin qui aime le porno… On va bien s'entendre, tous les deux.

– Ce n'est pas du porno !

– Tu t'enflammes…

Je vais le tuer. Il m'énerve, c'est incroyable comme ce mec peut m'agacer en un rien de temps.

– Allez, amour, on en regardera un ensemble si t'en as jamais vu…

– J'en ai déjà vu ! Et depuis hier soir, j'en ai fait, aussi…

Il se mord la lèvre tandis que mes joues rosissent à l'évocation de notre petit tournage maison, puis il ouvre sa magnifique bouche, un sourire en coin.

– T'as regardé la vidéo ?

– Euh… non, réponds-je d'une toute petite voix, cachant mon trouble comme je le peux.

– Emma !

– Quoi ? Toi aussi, tu l'as regardée !

– Attends, je ne vais pas me gêner, je suis l'acteur principal, je te signale ! Alors, tu nous as trouvés comment ?

– Nathaniel !

– Ne t'inquiète pas, on fera mieux la prochaine fois !

– Quoi ? Ah, non, mais il n'y aura pas de prochaine fois !

Je m'agrippe à mon siège lorsqu'il bouge le manche et que le sol se dérobe sous nos pieds.

– Tout va bien, Emma, regarde comme il a envie de voler...

– J'ai le cœur qui va exploser...

Et c'est vrai, entre la sensation du décollage, la vue qui s'offre à nous, la proximité de Nathaniel et la peur qui m'entrave le corps, je ne sais plus où donner de la tête. Mon esprit s'est barré loin d'ici. Je ressens les battements de mon cœur jusque dans mes tempes. D'instinct, j'attrape son bras, que je serre de ma main gauche, et de l'autre, j'agrippe le siège. Je respire par à-coups, des petits points blancs se forment devant mes yeux. Si ça continue, je vais faire un malaise, parce que je crois que c'est bien parti.

– Emma, calme-toi. Tout va bien, à part que je n'arriverai pas à piloter correctement si tu me bousilles le bras comme t'es en train de le faire...

– On va...

– Regarde-moi !

Avec beaucoup d'efforts, je tourne la tête et plonge mes iris dans les siens. Il semble si serein, dans son élément, alors que moi, je suis au bord de l'apoplexie.

– Il ne t'arrivera rien parce que *je* pilote, OK ?

– Mais tu...

– Personne n'est au courant qu'on est mariés. Si jamais je meurs, c'est Laurie qui va empocher le pactole ! Hors de question de lui laisser ne serait-ce qu'un dollar !

Mon cerveau se connecte sur l'énormité qu'il vient de balancer.

– As-tu seulement quelques rudiments de droit ?

Il sourit alors je retire ma main de son bras et le fixe, l'air complètement ahuri.

– Je dis juste que si je meurs dans un crash… Enfin, j'ai des assurances en cas de… problèmes, mais j'ai pas eu le temps d'enlever son nom des papiers.

– J'ai envie de te mettre la plus grosse claque du siècle tellement t'es débile ! Des fois, je me demande vraiment si tu le fais exprès ou si c'est inné…

– C'est pas très gentil, je te signale que tu me dois le respect !

– Crois-y !

– J'ai un papier signé de ta main qui le prouve !

– Ça aussi, je ne m'en remets pas… Mais, attends ! T'as l'acte de mariage ?

– Il était dans la poche de mon jean…

Je souffle, rassurée qu'il ne tombe pas dans les mains d'un des membres de sa famille… Je regarde le spectacle qui s'offre à moi et qui me coupe le souffle. C'est tellement beau, c'est époustouflant. Le canyon, la ville, les nuages, les rayons du soleil qui se reflètent dans l'eau, je n'ai jamais rien vu d'aussi beau de toute ma vie.

– C'est pour ça que tu es passionné ? demandé-je à Nathaniel.

– La vue ?

Je hoche la tête, il sourit, mais pas de n'importe quelle manière. De celle qui me dit que je ne suis pas totalement dans le vrai.

– C'est pas la première raison… La sensation de liberté

quand tu voles, ça, c'est la *number one ;* ensuite, t'as la vue, le fait de piloter, et puis j'ai toujours été captivé par les hélicoptères, d'aussi loin que je me souvienne.

– Je sais, tu restais des heures dans le garage de tes parents à faire tes maquettes, comme un geek sur son ordi !

– Voyez-vous ça, Pumpkin ! En fait, tu me matais, quand on était ados ?

– Non, ne sois pas bête ! Je t'ai vu plusieurs fois quand je venais chercher Maxence, c'est tout, ne fais pas de plans sur la comète…

Son sourire de vainqueur, comme s'il avait gagné à la loterie, me donne envie de le castrer.

– Tu craquais sur moi, avoue ! Voilà pourquoi on s'est mariés, tu m'as fait boire, et tu t'es dit allez, hop !

– T'es en plein délire, putain. Reviens dans cette cabine, et vite fait, avant que ton ego et tes pensées paranos prennent le pas sur tout le reste ! D'ailleurs… On en parle, du… mariage ?

– *Yes,* c'est pour ça qu'on est là, ma poule.

– Alors, pour que tout se passe bien, Nathaniel, ne m'appelle plus ma poule parce que ça me donne envie de te tuer, et je te rappelle que nous sommes en vol et que c'est toi qui pilotes, donc…

– Comme tu veux, amour.

– Ça non plus !

– Il faut bien que je t'appelle !

– Au risque de te choquer, j'ai un prénom…

– Ouais, mais je préfère les petits noms, ça te va tellement bien…

– Super, après la citrouille, je me tape la volaille !

Je souffle d'exaspération et reporte mon attention sur ce petit bout de chair rose qui sort de sa bouche. Tout un tas de pensées me traversent l'esprit, que je rejette d'un revers de main. Hors de question de nourrir quoi que ce soit concernant Nathaniel Cox !

– À moi, maintenant, dit-il. Alors, je veux que tu me fasses des gâteaux de crabe trois fois par semaine, et même si t'es crevée…

– Quoi ?

– Et puis on baise un soir sur deux, ça te va ?

J'ouvre la bouche, outrée qu'il planifie des relations sexuelles qui ne se réaliseront que dans mes pires cauchemars et qu'il ait pu ne serait-ce que penser à ça.

– Mais t'es complètement dingue, ma parole ! T'es en train de planifier des… enfin, le fait qu'on…

– Baise. Tu sais, ce mot ne va pas te traumatiser, Emma, t'es une grande fille, t'as le droit de dire que tu baises avec moi. Par contre, tous les mois, quand t'auras tes machines, hors de question que j'aie du sang sur moi !

– Je te déteste ! Comment je peux rester assise à tes côtés comme ça sans te tuer ? Mon self-control est presque au bout de sa vie en l'espace de quelques minutes avec toi.

Je me frotte le crâne et essaie d'enlever ce mal de tête qui vient de s'incruster de façon si violente.

– Nathaniel, je pensais qu'on allait *vraiment* discuter tous les deux, de *vrais* sujets !

– Mais j'y tiens, amour.

– C'est peine perdue… T'es un cas désespéré, je jette l'éponge.

Je fronce les sourcils et m'humecte les lèvres. Il faut que je lui pose une question, car j'ai besoin de savoir une chose. Pourquoi ? Je ne sais pas, mais j'ai vraiment besoin de le savoir.

– Pourquoi t'as divorcé ? Elle n'était plus *open* pour des séances de baise planifiées sur le frigo ?

Son regard change tout à coup ; je vois de l'orage, une mer tumultueuse et des éclairs se former au fin fond de ses prunelles. Je crois qu'il n'apprécie guère ma soudaine demande.

– J'ai pas envie de parler de Laurie ! aboie-t-il.

– Sauf que moi, oui. C'est ton ex-femme, et je...

– Justement, c'est mon ex, comme ex, comme partie, comme je veux plus en entendre parler ! s'énerve-t-il.

– Tu refuses de parler d'elle, et moi, je refuse toutes tes propositions concernant notre mariage, donc une chose est sûre, ce n'est pas le bon moment pour que l'on parle tous les deux, tranché-je. On va attendre d'être un peu plus *open,* chacun de notre côté !

Les muscles de son visage sont tout à coup plus saillants, tellement il crispe les mâchoires. Cette vision me donne brusquement chaud. Nathaniel est beau, mais lorsqu'il est contrarié, il l'est encore plus. C'est fou, mais vrai. Il fait plus viril, plus bestial, plus maître de lui, et... Une douce chaleur s'insinue au creux de mon ventre alors que je sens mes joues rosir. J'essaie de me reprendre comme je peux en me rappelant toutes les monstruosités qu'il m'a fait subir pendant mon enfance. Ça a le don de calmer toutes mes ardeurs en un rien de temps ! Je crois que ça a été pire lorsqu'il s'est mis avec elle.

– Comment t'as fait pour l'épouser ?

– Quoi ? demande-t-il, ahuri.

Je hausse les épaules. Cette fille est… Je n'ai pas de mots pour la décrire correctement. Disons que c'est une peste doublée d'une garce sans cœur. Ça résume un peu la personne, alors lorsqu'elle a vu que j'étais dans les parages, elle n'a pas hésité à m'en mettre plein la gueule, et ce, depuis le début.

– Enfin, tu utilises correctement ton cerveau, de temps en temps, et je suis sûre que t'es pas aussi débile que tu veux bien le faire croire, et elle… Elle est… Bref, c'est la pire des pétasses qui puissent exister sur Terre. Comment t'as pu te dire que c'était une bonne idée de te marier avec elle ? De baiser avec elle ? De…

– OK, OK ! Stop ! Je t'ai dit que je n'avais pas envie d'en parler, mais je vois que tu ne la portes pas trop dans ton cœur…

– En effet…

– C'est bien, tu dois toujours être en accord avec moi, c'est comme ça, entre époux, la femme doit se ranger à la décision de l'homme !

– Le fait d'entendre ça me donne envie d'être de son côté à elle !

Il me fait un clin d'œil et sort sa langue pour me narguer.

– J'aime quand tu fais ta rebelle ! Regarde ! On survole le restaurant de tes parents !

Et là, j'arrête de penser, je mets mon cerveau en veille et profite de cette balade hors du commun que m'offre Nathaniel, de ce moment de tranquillité entre nous.

11

Nathaniel
Dix ans auparavant

Je suis calé dans le fauteuil de mon père, dans notre salon, et profite de ce début d'été. On s'est tous réunis avant de partir à l'université. La nouvelle chanson d'Akon emplit la salle pendant que Laurie tente de chanter juste. Je pose ma tête contre le dossier et ferme les yeux.

« *What really hurt me is I broke your heart,*
(Ce qui m'a vraiment blessé, c'est de te briser le cœur,)
Baby you were a good girl and I had no right,
(Bébé, tu étais une fille bien
et je n'en avais pas le droit,)
I really wanna make things right,
(Je voudrais vraiment arranger les choses,)
'Cause without you in my life, girl, I'm so…
(Car sans toi dans ma vie, chérie, je suis si…) »[3]

3. « Lonely » est une chanson d'Akon, sortie en 2004.

– Vous pouvez pas mettre un truc un peu plus sympa ?

J'ouvre les yeux et me mets à rire quand je vois mon père qui secoue la tête.

– Attends, je change, dis-je en attrapant la télécommande et en mettant une chanson qui lui fait péter les plombs chaque fois.

« *Had me thinking 'bout that ass after I'm gone*
(Je pensais à ce cul en partant)
I touch the right spot at the right time
(Je lui en mets plein la vue au bon moment)
Lights on or lights off, she like it from behind
(Les lumières allumées ou éteintes, elle aime tout ce qui vient par-derrière)
So seductive, you should see the way she winds
(Tellement séduisante, tu devrais voir comment elle bouge ses hanches)
Her hips in slow-mo on the floor when we grind
(Ses hanches bougent lentement, sur le sol quand on baise) »[4]

– Je n'appelle pas ça de la musique…

La sonnette de la porte retentit et après un : « Entrez ! » crié par mon paternel, elle apparaît !

Emma…

Je grimace, je n'aime pas lorsqu'elle arrive comme ça et que… Je me redresse, elle a un truc qui a changé, et je

4. « Candy Shop » est une chanson de 50 Cent, sortie en 2005.

ne parle pas de sa coupe de cheveux, mais de son regard, de son attitude. Mon père, comme à son habitude, est en admiration devant elle. Il la considère comme sa fille…

– Maxence ! beugle-t-il. Emma est là !

Elle sourit, et lorsque ses yeux captent les miens, son sourire se ternit, elle détourne vite la tête, me laissant le loisir d'admirer son cou…

Mais bordel de merde, c'est un suçon !

Oh, misère, j'ai des nausées, et une pointe de jalousie me tiraille le ventre. Mais pourquoi ? Sans doute parce que je ne veux pas qu'elle soit dans les parages, je ne veux pas qu'elle soit là quand Laurie est ici, je ne veux pas voir qu'elle a des suçons parce que je ne veux pas penser qu'elle baise avec d'autres types, et encore moins avec mon frangin.

– J'ai vu ton père, ce matin, commence papa, je ne savais pas que tu avais dormi ici…

Elle pique un fard et ouvre la bouche pour se justifier, mais le preux chevalier Maxence arrive à sa rescousse.

– Elle est venue, tu dormais déjà, dit-il en posant un bras autour de ses épaules, ce qui cache le suçon.

Mais je suis sûr que ce n'est pas lui qui lui a fait, et qu'il l'a juste caché aux yeux de papa. Et une chose est sûre aussi : elle n'a pas dormi à la maison. Je suis resté éveillé une bonne partie de la nuit, je l'aurais vue si elle avait été là. Mon père, qui n'est pas convaincu pour un sou, acquiesce, non sans mal.

– Vous sortez ? demande Sean.

C'est à mon tour de le regarder de travers. De quoi je me mêle ? Depuis quand il s'intéresse à la vie de mon frangin et de sa meuf ?

– Ouais, on va voir *Lord of War*, au ciné… répond Maxence.

– Un film de garçons, Emma ? demande mon père, l'air ahuri.

Et elle lui répond toujours de la même manière, c'est-à-dire en étant la plus franche et sincère possible, ce qui a toujours plu à mon père… Voilà pourquoi le mensonge de Maxence sur la nuit qu'elle n'a pas passée ici le titille un peu.

– J'y vais parce qu'il a envie de le voir, mais aussi parce qu'il y a Nicolas Cage et Ethan Hawke.

Mon père éclate de rire, et mon frère secoue la tête.

***

De nos jours

La balade terminée, je pose l'hélicoptère où je l'ai pris et me tourne vers Emma pour avoir une explication.

– Où étais-tu la nuit où t'as menti à mon père ?

– Quoi ? Quelle nuit ? J'ai jamais menti à ton p…

– Si ! T'es venue l'été où je partais à la fac, t'avais un énorme suçon dans le cou et tu as fait semblant d'avoir dormi chez nous alors que tu…

– Oh… cette nuit-là… répond-elle en regardant partout sauf dans ma direction.

Je coupe les pales de l'hélico et lui donne un petit coup d'épaule pour l'inciter à me parler, et parce que j'ai réellement envie de savoir où elle était et ce qu'elle a fait…

– Maxence t'a couverte, j'aimerais vraiment savoir pourquoi tu…

– Cette nuit-là, c'était ma… Enfin, c'est super gênant de parler de ça, et encore plus avec toi.

– Attends, c'était ta première fois ?

– Oui.

– Mais avec qui ?

– Non, mais, je te demande, moi, avec qui tu as couché ?

– Première fois : Noémie Charts, j'avais 13 ans. Après, honnêtement, je ne peux pas te faire une liste, ce serait trop long, dis-je avec un méga sourire.

– Ça, je veux bien te croire, t'as baisé avec tout le lycée !

– N'abuse pas, non plus, les filles du club de maths, j'ai pas fait, à part Colleen Jarko.

– Quoi ! dit-elle, les yeux exorbités. T'as couché avec Colleen ? La fille du shérif ? Je suis choquée, putain.

– Ouais, et si tu savais… Je n'ai pas baisé toutes les filles du lycée, juste les plus jolies. Sauf toi… mais maintenant, c'est chose faite.

Ses yeux me fusillent sur place, et je ne comprends pas pourquoi. Je viens tout de même de lui faire un sacré compliment ! Elle n'est jamais contente, c'est une éternelle insatisfaite ! Elle inspire profondément et regarde au plafond comme si ça allait la sauver de cette conversation, puis elle se résigne.

– OK, donc j'ai passé la nuit avec Sean.

Mon cœur s'arrête, ma respiration aussi. J'hallucine. Clairement. Choqué. En colère. Ahuri. Peiné. Voilà les mots que m'inspire la situation.

– Sean ! hurlé-je. Mon meilleur pote, Sean ! Quel enculé ! Putain !

Connard. Enculé. Bâtard. Sale chien. Enfoiré. Salaud. Et voilà ce que mon soi-disant ami m'évoque !

– Calme-toi, Nathaniel, ce n'est rien. On a couché ensemble, mais ça faisait déjà six mois qu'on se voyait en douce.

– De quoi ? Mais continue à aggraver la situation, toi ! J'hallucine que mon meilleur pote m'ait fait ça ! Putain, tu sortais avec lui ?

– Oui, quand tu es parti, on a continué à sortir ensemble jusqu'à mon départ pour Philadelphie. Il a pleuré toutes les larmes de son corps quand on s'est quittés.

J'inspire et expire plusieurs fois. C'est avec lui que je parlais d'Emma, la plupart du temps, à lui que je racontais tout ce qu'on faisait avec Laurie. C'est carrément lui qui m'a incité à sortir avec elle ! Mais maintenant, je comprends mieux, putain. Il s'est foutu de ma gueule, ce gros bâtard ! Combien de fois je lui avais dit que je trouvais ma voisine jolie, quand nous avions un peu trop bu, pour voir sa réaction, mais il est toujours resté très neutre, faisant comme si de rien n'était !

– Nathaniel ? Tout va bien ?

Je la regarde et détache mon harnais de sécurité. Elle fait de même et continue à me scruter.

– Je vais le tuer.

– Quoi ? répond-elle en criant presque.

– Il s'est foutu de ma gueule, il doit mourir.

– OK, je crois que les seuls neurones dispos qu'il te restait sont morts. Nathaniel, regarde-moi, s'il te plaît.

Je tourne la tête vers elle et plonge mon regard dans un océan de beauté.

– Sean a été très bien avec moi. Depuis le début du lycée, il me courait après, et contrairement à toi, il ne m'en faisait pas voir des vertes et des pas mûres !

– Putain, l'affreux suçon que t'avais, c'était lui ?

– Oui.

– Je vais le tuer.

Je sors de l'hélico avec Emma qui trottine derrière moi et qui plaide en faveur de l'autre gros connard de merde. Une fois dans la voiture, je bouillonne toujours. Qu'elle ait eu une aventure, OK, mais avec Sean, non ! C'est une trahison. Putain, mon pote ! *Mon* pote ! Elle a baisé avec Sean. Elle a baisé avec mon pote. Mon pote l'a baisée. J'ai envie de vomir, tout à coup. Elle attache sa ceinture alors que je fais ronronner le moteur.

– Nathaniel, Sean était amoureux de moi. Il n'arrêtait pas de me le dire, tout le temps, tous les jours. Il me le prouvait constamment, et tu ne peux pas être en colère pour ça.

– Il ne me l'a jamais dit !

– T'as vu ta réaction ? Tu crois qu'ado, t'aurais mieux réagi que maintenant ? Non ! Tu me détestais ! Et ta connasse de copine était pire que toi ! Tu te pavanais avec elle comme si c'était un trophée à exhiber. Eh ben, crois-moi, vu sa gueule maintenant, le trophée a bien morflé ! Avec Sean, on n'a rien dit, et c'est totalement normal.

Lorsque mes yeux se posent sur elle, un sentiment me traverse l'esprit. Mes lèvres s'entrouvrent, laissant s'échapper un petit peu d'air, et mon cœur bat frénétiquement. Dans un élan de courage et de désir, j'attrape sa tête et pose brutalement ma bouche sur la sienne. Elle me rend timidement mon baiser, mais moi, j'en veux plus. Je la serre contre moi encore plus fort alors que je suis au bord de la crise cardiaque. Je force la barrière de ses lèvres pour y enfourner ma langue, à la recherche de la sienne. J'ai l'impression de me venger, de la brutaliser pour y laisser ma marque et faire disparaître celle de l'autre, mais c'est tellement différent, elle et moi ! Et tout à coup, je me retire et pose mon front sur le sien, des papillons plein le ventre…

Ses yeux sont empreints de désir, je ne me trompe jamais là-dessus. Son souffle est erratique, tout comme le mien. Je crois que je me rends compte de ce que je viens de faire. Si, il y a quelques secondes, j'étais dans une colère sans nom contre Sean, la caresse de ses lèvres sur les miennes l'a apaisée, comme si ce baiser était indispensable à ma survie. Je ne dois pas laisser ce genre de pulsions prendre le pas sur tout le reste. C'est Emma, pas n'importe qui !

12

Emma

Le trajet du retour se fait dans le silence le plus total. Je n'ose pas le regarder, et lui n'émet aucun son. Je crois qu'on est entrés tous les deux en léthargie, depuis son baiser… si brutal, si sensuel, si… perturbant. Il monte le son de la radio pendant que je tourne et retourne la liste des invités pour faire ce foutu plan de table. À la moitié des convives, je jette l'éponge. Je n'arrive pas à me concentrer quelques foutues secondes parce que je suis sans cesse en train de repenser à ce baiser, à ses lèvres sur les miennes, à leur chaleur, à leur sensualité sauvage, et c'est très… déroutant. Finalement, nous nous laissons guider jusqu'à la demeure familiale des Cox sans un mot l'un pour l'autre. Une fois arrivée dans l'allée de la maison, j'émets un long soupir de soulagement. Cette situation est dérangeante, surtout depuis que Nathaniel m'a embrassée. Parce que c'est ce qu'il a fait ! Il m'a embrassée… passionnément. Comme si sa vie en dépendait.

J'essaie d'occulter ces pensées et sors de la bagnole. J'ose un regard vers lui, mais il reste impassible. C'est étrange, j'ai réussi à clouer le bec de Nathaniel ! Bon, concrètement, moi, je n'y suis pour rien, c'est lui qui m'a… Stop !

Je ne veux plus y penser !

Lorsque nous pénétrons dans la maison, on entend des éclats de voix et les rires de nos familles réunies. Dwayne fronce les sourcils dès qu'il nous aperçoit. J'enlève ma veste et la pends, imitant Nathaniel.

– Vous étiez ensemble ? demande Phoebe, intriguée.

– Ouais, on s'est envoyés en l'air, répond Nathaniel en souriant comme un benêt.

– Quoi ? crie mon père dans sa direction.

Maxence rit, puis se lève et ressert du café à tout le monde. De mon côté, je dévisage Nathaniel. Comment a-t-il pu dire une chose pareille ? Et devant mes parents et les siens, en plus ! Et puis surtout, ce n'est pas vrai, putain !

– J'ai emmené Emma voler sur *First*, continue-t-il en s'asseyant. Du calme, y a rien de sexuel là-dedans.

Dwayne écarquille les yeux, puis son regard fait des allers-retours entre son fils aîné et moi. C'est à ce moment que je me liquéfie encore plus que lorsque nous sommes entrés dans la maison. Parce que Dwayne ne nous lâche pas et laisse transparaître son incompréhension, son étonnement. Il a l'air complètement perdu dans ses pensées, et ça ne me plaît pas.

– T'es allé voler ? finit-il par demander. Avec Emma ? Enfin… tous les deux ? Ensemble ? Sans qu'il y ait de morts ?

– Ouais, sur *First*.

Il dévisage son fils avec une pointe d'angoisse dans le regard. Ma mère hausse un sourcil et me couve de ses yeux doux tandis que Dwayne a la bouche ouverte, sans qu'aucun son n'en sorte.

– J'avais envie de voler, et j'ai emmené Emma. Il fallait qu'on discute de l'organisation du mariage et du plan de table.

– Oh ! C'est trop gentil… couine Wendy.

Je reste plantée là, au beau milieu de la pièce, le regard de Dwayne posé sur moi et qui attend quelque chose de ma part. Sauf que je ne peux pas ! Je ne peux rien faire, je ne peux rien dire ! Ton fils m'a embrassée et je suis encore toute retournée par son attitude envers moi, par tout ce qu'il vient de se passer, ce mariage à Vegas et la détermination de Nathaniel à ne pas vouloir divorcer… et je ne comprends rien à tout ça !

– Je me disais aussi, tu n'as jamais pris personne quand tu voles… renchérit Maxence.

– Si, t'es déjà venu avec moi, précise mon *cher et tendre époux*.

– Pas sur *First*… renchérit Dwayne, atterré.

– C'est quoi, *First* ? demande mon père.

– La première conception et réalisation de Nathaniel. C'est un hélicoptère. C'est *the* hélico, Jack, s'avance mon beau-père.

Il se frotte le front et fixe un point sur la table. Je dois réagir vite parce que j'ai l'impression que tout ça va tourner au vinaigre. Et moi, je reste là à ne rien dire, à ne rien faire. Juste plantée comme ça, sans bouger, sans parler, et ce n'est absolument pas moi ! Si j'avais été dans mon état normal, et non dans la post-embrassade de Nathaniel, je l'aurais envoyé sur les roses, comme d'habitude, alors le fait que je ne dise rien… J'ai l'impression que cela envenime la situation, pourtant pas si catastrophique que ça, vue de leur côté.

– Ne fais pas de plans sur la comète, Maxence. Ton frangin sait très bien que j'ai peur du vide… Tu crois quoi ? Que c'était une balade agréable ? J'ai encore les jambes qui flageolent et le cœur qui est prêt à sortir de ma poitrine.

– Oh… je n'étais pas au courant, Pumpkin, rétorque Nathaniel avec un sourire sardonique sur les lèvres. Tu m'en vois désolé, c'est pour ça que tu étais toute blanche, au décollage ?

Et là, je retrouve mon tortionnaire. Nathaniel vient de comprendre qu'il n'a franchement pas été malin avec nos familles. Et je ne tiens absolument pas à gâcher l'union de Maxence et Wendy, et encore moins à décevoir mes parents avec ce mariage à la sauvette avec le rejeton des Cox. Je le fusille du regard tandis que mon père éclate de rire avec Phoebe.

– Il faudrait enterrer la hache de guerre, un de ces quatre, non ? demande-t-elle en couvant son fils aîné des yeux.

– Ouais, dis-je, mais d'abord, je m'en sers sur sa tête !

– Ah, ah, ah, c'est hilarant, Emma ! clame-t-il en mettant une cuillère dans sa tasse à café.

– T'es déçu de ne pas avoir trouvé la vanne avant ? C'est ça, quand on a un train de retard…

C'est au tour de Dwayne de secouer la tête. Wendy tape sur son téléphone, puis, d'un air vainqueur, lance :

– Je vais voir mon esthéticienne pour le maquillage, tu

m'accompagnes, Emma ?

Les étoiles qui pétillent au fond des prunelles de Nathaniel me vrillent le ventre. Je crois qu'il a envie de dire une connerie, mais qu'il ne peut pas, et je l'en remercie silencieusement. Je hoche la tête et sors du salon afin de pouvoir souffler un peu et évacuer toute cette pression familiale ainsi que cette tension sexuelle qui règne entre nous deux. Mon portable vibre, et lorsque je vois le message, une pointe d'adrénaline me tord les tripes. Ma peau se recouvre de frissons, et mon rythme cardiaque s'accélère comme lorsque j'étais adolescente et que je voyais Nathaniel par inadvertance.

[Épilation intégrale, Pumpkin,
et fais-toi masser,
t'as l'air tendue !]

Je vais le tuer !

***

La journée se termine, et je sens Wendy de plus en plus stressée à l'approche du mariage, de plus en plus paniquée… J'entre dans la salle de bains, me brosse les dents et me déshabille pour passer mon pyjama. Je fulmine toute seule parce que j'ai fait exactement ce que m'a demandé Nathaniel chez l'esthéticienne, alors que je ne recoucherai pas avec lui. D'ailleurs, selon Maxence, son frère est parti en virée avec ses anciens potes de lycée. Du coup, je sais que je ne vais pas le voir dans les parages avant un bon petit moment, ce qui suffit à me rendre le sourire. Je vais pouvoir me détendre avec ma tisane en lisant mon documentaire sur la politique internationale. Je me regarde dans le miroir et, instinctivement, touche mes lèvres du bout des doigts. Tout un tas de pensées incohérentes traversent ma pauvre cervelle endormie.

C'était quand, le dernier baiser comme celui-là que j'ai reçu ?

Jamais... Même Caleb n'a jamais été aussi passionné, aussi brutal, aussi...

Je secoue la tête parce que ce baiser, c'est de la poudre aux yeux. Nathaniel Cox sera toujours un gros connard manipulateur, et son comportement restera le même ! Je sors de la salle de bains et m'installe confortablement contre la tête de mon lit en chassant cet enfoiré de mes pensées. J'ouvre enfin mon bouquin et me plonge pleinement dedans. Au bout d'un bon moment, ma vue se brouille. Je regarde mon téléphone et constate que la politique chinoise m'a tenue éveillée jusqu'à deux heures du matin. Je pose le livre sur la table de nuit, éteins la lumière et m'allonge douillettement. Le sommeil me submerge petit à petit quand soudain, la porte s'ouvre brutalement. Je sursaute comme une dingue, me frotte les yeux et allume la lampe de chevet. Nathaniel se tient dans l'encadrement avec un regard de rapace, celui qui en dit long sur son état de santé. Je crois qu'avec ses potes, ils ont un peu abusé de la bouteille, ce soir...

« *Hail, with it baby*
(Salue avec ça, chérie)
Cause you're fine
(Parce que tu es bien)
And you're mine, and you look so divine
(Tu es mienne et tu es si divine)
Come and get your love
(Viens chercher ton amour) »[5]

Ma bouche se décroche tandis que Nathaniel chante à tue-tête en avançant comme il peut vers le lit et en se déhanchant grossièrement sur cette musique entraînante. Ça me rappelle la fois, au lycée, où il venait juste de se mettre avec Laurie et où il était rentré bourré chez lui en chantant « I'm so excited » et en dansant. Je me souviendrai toujours de la réaction de Dwayne… Bref !

– Qu'est-ce que tu fais ici ? Sors de cette chambre !

– Oh, ma petite tigresse ! Ma *cow-girl* d'amour !

Je penche un peu la tête et fronce les sourcils.

– Attends, mais t'es complètement bourré ? Oh, oui, pour me donner un surnom aussi ridicule et un…

– Oh, non, ne me fais pas une scène parce que je suis allé boire un verre avec mes potes… parce que ça va arriver souvent, OK ? Je suis pas alcoolique, je dis juste que de temps en temps, ça peut arriver, et là, en l'occurrence, ça faisait un bail que je les avais pas vus, donc on a un peu picolé ! Alors il faut t'y faire direct, et tout ira bien entre nous !

5. « Come and get your love » est une chanson de Redbone, sortie en 1974.

C'est une conversation stérile, Emma. Il n'est pas dans son état normal. Enfin, pas comme d'habitude.

– Nathaniel, va dans ton lit et fous-moi la paix !

– Non, attends, on n'a pas encore consommé ce mariage hors amnésie, il faut remédier à ça ! J'ai envie de savoir ce que ça fait de coucher avec toi, d'avoir ta peau contre la mienne, de sentir ton goût et d'avoir ton odeur sur moi… Je veux me rappeler ce que j'ai ressenti à Vegas…

Je déglutis et croise les bras devant ma poitrine parce que je sens déjà les papillons qui me parcourent l'estomac. Cet abruti est en train de m'exciter alors que ça ne devrait pas du tout être le cas ! Je me racle la gorge pour reprendre une contenance et essaie de garder mon sérieux face à son sourire enjôleur et à ses yeux de biche shootée à la morphine.

Même comme ça, il est craquant !

– On ne va rien consommer du tout, et ce mariage n'existe que dans tes rêves et dans mes pires cauchemars, Nathaniel !

Il enlève ses chaussures et se retient in extremis au mur, puis s'écroule sur le lit en riant innocemment. Il rampe vers moi avec un sourire lubrique. Cette vision achève mes neurones encore lucides. Le désir s'invite dans le creux de mon ventre et, sans que je m'en aperçoive, son pouce caresse ma lèvre.

– Hey… coucou, toi, dit-il avec une haleine aromatisée au whisky qui me fait tourner la tête.

– Va prendre une douche et brosse-toi les dents. À peine tu me parles, j'ai déjà dix grammes !

Il éclate de rire et s'approche encore plus.

– Ne fais pas ta prude, bébé.

Ses yeux descendent sur mon décolleté, et avec deux doigts, il attrape mon pyjama et le secoue légèrement.

– Par contre, les pyjamas de mamie, c'est non. Quand tu dors avec moi, tu dors nue, entièrement et totalement nue.

– Je garde mon pyjama de mamie, que ça te plaise ou non. Et puis, ce n'est pas un pyjama de mamie !

– De toute manière, tu vas tellement vouloir qu'on baise que tu te trimballeras à poil à longueur de journée.

– J'utiliserai mon vibromasseur pour me calmer. C'est le pied chaque fois, avec lui, pas besoin de simuler, et pas de déception, rien du tout !

Sa bouche s'ouvre légèrement, et il se mord la lèvre. Sa langue passe langoureusement dessus et sa tête s'approche de la mienne. Il faut que je stoppe ce moment d'égarement qui est sur le point de se produire parce que Nathaniel n'est pas dans son état normal, et je ne veux pas qu'il se passe quoi que ce soit lorsque l'un de nous est bourré… encore une fois. Je réfléchis à la vitesse de la lumière, et là, en une fraction de seconde, je sais ce qui fait flipper les hommes de son âge dans le monde entier.

– Avant de faire quoi que ce soit, j'aimerais que l'on parle de notre avenir, dis-je vite.

Il fronce les sourcils et pose délicatement ses lèvres sur mon cou. Je me contiens difficilement parce que s'il comprend que c'est une de mes zones érogènes, je suis foutue ! Ma respiration commence à se hacher, et mon pouls file à toute vitesse. Ça fait un petit moment que je n'ai pas… pratiqué, mais en étant en pleine possession de mes moyens, je ne veux surtout pas refaire ça avec lui !

– De quoi veux-tu parler ?

– De bébé !

Ses yeux rencontrent les miens, il hausse un sourcil, et je jurerais qu'un vent de panique le submerge.

C'est ça ! Il flippe à mort ! C'est gagné !

– De bébé ? Tu veux parler de bébé ? Genre un môme, un mioche ? Maintenant ?

– Oui, je pense que maintenant que nous sommes mariés, il nous faudrait des enfants.

– C'est... continue-t-il en écarquillant les yeux jusqu'à les faire sortir de ses globes oculaires.

– Rapide ? Ouais, non, et puis, il faut d'abord que ça prenne, et ensuite que...

– T'es en train de dire que mon sperme n'est pas de bonne qualité ? Parce qu'il l'est ! C'est le meilleur que tu puisses recevoir !

– J'avais oublié l'ego surdimensionné que tu te trimballes depuis ton enfance...

– Ma mère sera ravie quand je lui annoncerai qu'elle sera bientôt grand-mère. Elle va sauter de joie, elle attend ça comme le messie...

– Non, mais attends, on ne dira rien à ta mère. Et puis aujourd'hui, j'ai mes règles, de toute manière, donc ce n'est pas pour ce soir !

Il grogne et se met sur le côté. Ouf ! J'ai évité le pire ! La bonne vieille excuse marche encore ! Surtout après ce qu'il m'a dit dans l'hélicoptère...

Nathaniel retire son tee-shirt d'un seul mouvement, me

montrant ses plaquettes de chocolat bronzées et terriblement tentantes. Il fait de même avec son jean. C'est alors que je remarque l'énorme bosse qui déforme son boxer. Mon cerveau finit par se connecter de nouveau lorsqu'il me parle, mais je me sens perdue plus au sud de son anatomie…

Bon Dieu, j'avais juste oublié sa superbe plastique…

Il s'installe contre la tête du lit et énonce tout naturellement :

– Vu que tu ne veux pas baiser, tu peux me sucer, à la place.

Je suis stupéfaite par tant de… vulgarité, et de… Non, mais ! Il croit quoi, sans déconner ?

– Allez, bébé ! T'es ma femme, maintenant, t'as pas le droit de me laisser comme ça. Je bande trop fort pour toi…

Voyant que je ne donne pas suite à sa requête, il souffle de mécontentement et s'allonge de tout son long sur le lit.

– Avant de parler d'enfant, faudra déjà parler de ta frigidité…

C'est la goutte d'eau ! Sans réfléchir, mon poing entre en collision avec son mur de muscles et se contracte un peu. Je sais que c'est mal, que c'est très mal de frapper quelqu'un dans son état, mais merde ! Il le mérite, depuis toutes ces années. La colère m'envahit, et je ne contiens plus ce flot de paroles.

– Dégage dans ta chambre et va te branler ! Je ne baise pas avec des abrutis doublés de connards dans ton genre !

Il regarde au plafond et souffle, mais ce n'est pas d'exaspération, cette fois, plutôt de…

– J'ai envie de vomir…

– Putain, Nathaniel, casse-toi ! Je t'assure que si tu

dégueules, je te laisse mourir dedans ! Et sans une once de regrets !

Il attrape ma tête et la pose contre son torse.

– Mais à quoi tu joues ? demandé-je en me débattant.

– Laisse-moi sentir tes cheveux, ça m'apaise…

Je ferme les yeux et me mords furieusement la lèvre. Ma vie est d'un facile, en ce moment !

13

Emma
Douze ans auparavant

– Je suis en train de mourir, Emma !

– Non, Maxence. Tu as juste la grippe, ça va passer. Tu veux que je te fasse une tisane avec du citron pressé et du miel ?

– Ça va me guérir ?

– Oui, je suis sûre que d'ici deux ou trois jours, tu n'auras plus rien.

– Si jamais je meurs, je veux que ce soit toi qui récupères mes affaires de cours et tous mes jeux vidéo…

– Super, qu'est-ce que je suis heureuse pour tes jeux de guerre, j'en demandais pas tant ! dis-je en retenant un fou rire.

Ma mère m'avait dit que papa était terrible quand il était malade… J'ai comme l'impression qu'il n'est pas le seul ! Je crois que je viens de comprendre pourquoi Phoebe voulait que je reste dormir chez eux ce soir. Maxence a chopé la grippe de Nathaniel, alors s'il est chiant, je n'ose même pas imaginer son frangin !

J'attrape mon élastique pour m'attacher les cheveux, mais il me pète dans les doigts. Je grogne, et finalement, ouvre la porte en laissant mes boucles dégringoler sur mes épaules. J'écoute les bruits de la maison, mais rien à l'horizon, ses parents sont couchés et son frère est chez sa petite amie, donc je ne serai pas dérangée en pyjama. J'avance dans le couloir, passe devant la chambre de Nathaniel, et alors que je descends les escaliers, l'aîné des Cox les monte en fredonnant « Come and get your love ». Il semble surpris de me voir là, dans cette tenue. Je ne porte qu'un simple débardeur avec un petit short, et lui est... torse nu, avec seulement son caleçon. Je comprends mieux pourquoi toutes les filles lui courent après. Non seulement il est beau, mais en plus, il est taillé comme un dieu grec ! Je pique un fard lorsque je me rends compte que je viens de le mater et me racle la gorge afin de me justifier alors que je n'en ai pas besoin, tout en me cachant la poitrine de mes bras.

– Je vais faire de la tisane à Maxence parce qu'il est malade.

Il hausse les épaules et me regarde de haut en bas sans discrétion, ce qui lui ressemble tellement ! J'attends une petite pique bien sentie de sa part, parce que même à cette heure-là, je suis sûre qu'il ne pourra pas s'en empêcher... Il ne rate jamais une occasion de m'humilier ou de m'agresser.

– Ne l'embrasse pas, sinon tu vas la choper.

– Ah, mais je...

– Tu as perdu du poids, Pumpkin.

Je regarde mon ventre. C'est vrai que je me suis un peu amincie depuis que je vais courir tous les matins avant le lycée, mais je ne pensais pas qu'il s'en serait aperçu. Je lui fais un sourire de convenance et, en passant à ses côtés, je lève la tête vers lui et souris.

– Au fait, joyeux anniversaire, Nathaniel.

Ses yeux plongent dans les miens, et une agréable sensation se diffuse dans le creux de mon ventre. Il attrape une de mes boucles et l'entortille entre ses doigts.

– Tu devrais laisser tes cheveux détachés, tu es bien plus jolie comme ça…

– Oh…

Il lâche ma mèche comme s'il venait de se brûler et monte dans sa chambre sans rien ajouter. Je reprends mon chemin, et avant d'arriver au bout des escaliers, j'entends un chuchotement provenir de sa bouche :

– Merci, Emma.

Je crois que c'est une des seules fois où il ne m'a pas appelée Pumpkin.

***

De nos jours

Le réveil me tire de mon demi-sommeil avec difficulté. Je n'ai pas beaucoup dormi, et j'ai chaud comme si je m'étais enroulée dans un énorme plaid en polaire alors qu'on est en été. Je me relève du torse de Nathaniel et jure entre mes dents. Putain, il a dormi dans mon lit, avec moi ! Lorsqu'il m'a obligée à mettre ma tête sous son nez afin de respirer mes cheveux, j'ai dû m'assoupir un instant, et j'ai finalement sombré en écoutant les battements de son cœur. Je m'étire un peu et attrape mon téléphone pour éteindre le réveil.

– Mais c'est quoi, ce bruit, putain ! beugle mon compagnon de lit.

– Le réveil, Nathaniel ! Dans la vie des adultes, c'est quelque chose dont on se sert tous les jours pour aller travailler.

– Sauf qu'aujourd'hui, on est en vacances ! grogne-t-il.

Le retour de cuite ne doit pas très bien passer.

Sans doute mieux que la dernière fois, vu que cette fois-ci, il ne s'est pas marié… Enfin, j'espère !

– C'est très sain de se lever tôt même lorsque l'on est en vacances. Tu n'as pas l'habitude, mais je t'assure que c'est une chose normale.

Je m'étire de nouveau, et avant de pouvoir me lever, je suis basculée en arrière. Nathaniel se pose sur moi de tout son poids.

– Mais qu'est-ce que tu…

– Je te montre qu'avec moi, tu ne te lèveras pas avant neuf heures. Il est sept heures, donc on va s'occuper, tous les deux…

– Arrête ! Je n'ai pas envie de…

Ma voix s'estompe lorsque je sens sa bouche se poser sur mon cou. Ma respiration s'accélère, comme mon rythme cardiaque, et je ferme instinctivement les yeux. Entre nous, tout est insatisfaction depuis cette nuit à Vegas. Il faut que je me reprenne et que je ne laisse pas mes hormones et ma frustration sexuelle parler pour moi. J'ai de plus en plus de mal lorsqu'il effleure le lobe de mon oreille avec son nez et qu'il hume mon odeur à pleins poumons. Je serre les couvertures dans mes poings pour ne pas les rentrer dans ses cheveux. Je me lèche les lèvres et souffle doucement pour éviter de gémir.

– Laisse-toi aller, bébé… j'ai envie de t'entendre gémir, de t'entendre jouir sous mes coups de langue, de reins.

Nathaniel Cox est sur moi, en train de bander comme un taureau contre ma cuisse, et l'adolescente qui est en moi aimerait sautiller de joie, de peur, de désir, enfin tout ça réuni en une seule sensation. Il déplace sa main et touche le grain de ma peau. Je n'arrive plus à parler, je suis sous le choc de ses paroles, de ses gestes, de ce qui est en train de se produire dans cette chambre, dans ce lit. Ses doigts remontent lentement le long de mon ventre et attrapent mon sein de sous mon débardeur. Ma respiration se coupe et lorsqu'il tire sur mon téton, je gémis indécemment parce que j'apprécie, et d'ailleurs beaucoup trop à mon goût. Il descend progressivement pendant que mon cerveau est en pause. Il lape une première fois mon téton, le faisant pointer fièrement, et entre son autre main dans ma culotte. Lorsqu'il me touche, une onde de choc me traverse de part en part et je me cambre sous ses caresses. Des frissons s'emparent de tout mon être, j'ai la tête qui va éclater de plaisir. Il me déshabille de mon short et sa bouche fait une pluie de baisers sur mon ventre, il sort sa langue et joue avec sur ma peau, autour de mon nombril, oscillant entre baisers, mordillements et lapements. Je suis en train de m'enflammer.

J'ai l'impression que le temps s'est arrêté, que j'ai quitté mon enveloppe corporelle, et que mon esprit est parti loin d'ici, sur la planète des plaisirs charnels. Lorsque sa langue touche mon petit bout de chair, je défaille. Nathaniel est doué, je ne peux pas lui enlever ça. Je commence à frissonner de plaisir et à trembloter. Il joue avec mon bouton, l'agace, le mordille et me fait voir des étoiles. Il m'est impossible de résister. Le désir s'insinue en moi trop rapidement, je tremble de plus en plus. J'attrape ses cheveux et me mords les lèvres, et alors, je laisse passer un gémissement de plaisir. Nathaniel me fait jouir en moins de temps qu'il n'en faut pour le dire. Je m'agrippe à sa chevelure et crie tout le plaisir qui me submerge. J'ai encore des spasmes lorsque je me rends compte de ce que nous venons de faire. Il remonte à mon visage en parsemant mon corps de baisers mouillés.

– Nathaniel… tu… dis-je, à bout de souffle.

– Je savais que j'allais réveiller la chienne qui est en toi, bébé…

– Quoi ? je m'insurge en le repoussant.

Je n'y crois pas. Ma bouche se décroche et une rage sans nom s'empare de moi. Comment ai-je pu croire, ne serait-ce que quelques secondes, que cet abruti, ce connard invétéré soit un tant soit peu doux et gentil ?

– Emma, qu'est-ce que tu… ?

– La chienne qui est en moi ? je reprends comme une furie.

Il n'a pas le temps d'en placer une, ni de sentir le vent sur sa joue avant que ma main l'atteigne. J'en ai même des picotements tellement j'ai dû le frapper fort. Mais, putain, il le mérite ! Par réflexe, il remonte sa pogne jusqu'à son visage, certainement endolori, et frotte un peu en me regardant d'un air halluciné.

Non, mais, la blague !

Je me lève, mets une culotte, puis attrape ma tenue de sport pour l'enfiler afin d'aller courir et dégager toute cette rage que je ressens maintenant. Je suis tellement furieuse contre lui, contre moi. Parce que j'ai toléré qu'il me touche, je lui ai permis de profiter de la situation. Jamais je n'aurais dû l'autoriser à dormir avec moi.

Comment j'ai pu me laisser aller à ce point, putain ?

– Attends, qu'est-ce que tu fais ? demande-t-il en se redressant.

– Je m'habille ! hurlé-je de plus belle en enfilant mon pantalon et mon débardeur.

– OK, on va se calmer. Je vois que tu n'apprécies pas les mots cochons au lit…

– Je ne suis pas une chienne, espèce de connard ! Toi, ta bite et ta belle gueule, vous pouvez aller vous faire foutre !

Il se redresse et me tend sa main. Je hausse un sourcil ; si jamais il s'approche, je le castre !

– Hey, bébé, ce n'est rien, je…

– Ne m'appelle pas bébé, je ne suis pas ton bébé, ni ton amour, ni ta chérie, ni ta chienne ! Je ne suis rien de tout ça, putain !

– Amour, tu t'énerves pour rien. Reviens au lit, je vais te faire passer l'envie de me crier dessus, tu vas tellement jouir que tu vas oublier tout ça.

– Tu doutes vraiment de rien, toi… dis-je, atterrée.

Il m'offre son plus beau sourire, ce qui me donne envie de le frapper jusqu'à le faire disparaître. Il faut absolument que je sorte d'ici, que j'évacue tout ça avant de commettre un acte irréparable.

– Merci, finit-il par dire. Allez, reviens là, je vais m'occuper de tes petites fesses…

– Dans tes rêves !

J'enfile mes baskets et ouvre la porte de la chambre. Il bondit sur ses pieds et me dévisage.

– Emma !

Je lui adresse un regard en haussant un sourcil pour bien lui montrer que rien, venant de lui, ne m'atteint.

– Ne quitte pas cette chambre ! T'as vu l'état dans lequel je suis depuis hier soir ?

En effet, lorsque mon regard descend de quelques dizaines de centimètres, je vois une énorme érection contenue dans son caleçon, ce qui me fait encore plus enrager.

– Oh, eh bien… branle-toi sous la douche comme l'adolescent que tu es encore ! Ciao, enfoiré !

14

Nathaniel

Je suis d'une humeur de chien. Cette fille me fera toujours péter un plomb ! Elle m'a laissé comme ça, dans cet état ! Je lui ai offert, j'en suis sûr, le meilleur orgasme de sa vie et elle me jette comme une vieille chaussette parce qu'elle joue à la prude ! Putain, j'ai les boules ! Surtout que ça fait vingt minutes qu'elle est sortie et que je n'arrive pas à… redescendre. Je refuse de me branler. Hors de question d'en arriver là !

Et comment elle a osé me parler, cette connasse ? Me traiter d'adolescent, d'enfoiré ! Non, mais je vais lui apprendre qu'on ne se moque pas d'un Cox, et encore moins de moi !

Putain, je suis vert.

Je me lève, récupère mes affaires qui gisent sur le sol depuis hier soir et sors de cette chambre au pas de course. Je ne voudrais pas tomber sur mes parents, ni dans cet état de colère, ni avec une érection comme celle-là. J'entre dans ma chambre, claque la porte, passe dans la salle de bains et jette mes fringues dans le panier à linge. Je retire mon boxer et pose les deux mains sur le lavabo. Je souffle plusieurs fois en essayant de penser à des choses qui ne m'excitent pas du tout, voire le contraire.

Le gâteau de Laurie pour mon anniversaire qui ressemblait à du vomi de soirée arrosée, les baisers de ma vieille tante qui me laissaient plus de bave qu'autre chose…

Je me pince les lèvres et souffle d'apaisement. Je fais craquer ma nuque et entre dans la cabine de douche. J'ouvre les jets brûlants et me délecte de cette chaleur qui apaise la froideur du regard d'Emma.

Comment elle a pu me faire une chose pareille ? Je crois que je ne comprendrai jamais cette fille. Si j'essaie, je vais virer fou avant la fin de mon séjour chez les parents. Je me frotte énergiquement et me lave les cheveux. Je sens encore son odeur sur moi, partout, son goût sur ma langue…

Stop !

Il ne faut surtout pas que je pense à elle, pas maintenant. Je n'ai pas envie de bander de nouveau pour descendre au petit déjeuner en sachant qu'Emma ne fera rien pour me soulager de toutes mes tensions. Bien au contraire, elle fera tout pour me frustrer encore et encore. Je sors, m'essuie rapidement et entre dans ma chambre avec une serviette à peine posée sur les hanches.

– T'es déjà levé ? me demande Maxence, tranquillement assis sur mon lit.

C'était moins une !

Putain, s'il était venu dix minutes plus tôt, il ne m'aurait pas trouvé ici, mais dans la chambre d'Emma avec une gaule du tonnerre ! Je lui souris et rejette toutes les pensées qui m'assaillent pour me concentrer sur mon objectif premier.

– Ouais, je me suis dit qu'il fallait placer oncle Edgar à côté de tante Jordane, qu'est-ce que t'en penses ?

– Euh… mec, ils ne se parlent plus depuis des années, et je crains qu'ils ne se disputent, non ?

– Si on n'essaie pas, on ne saura jamais.

– Oui, mais j'ai pas envie qu'ils se tapent dessus au mariage.

Je me frotte la nuque pour montrer que je réfléchis à la chose, mais c'est certain, ils vont se foutre sur la gueule, ils ne peuvent pas se blairer.

– Ne t'embête pas avec ça, Emma a fait le plan de table avec maman hier soir. Alors, t'as vu qui, à ta soirée ?

La connasse ! Elle profite de ce que je me casse voir mes potes pour me faire un bébé dans le dos ! Elle m'aura tout fait, celle-là !

– Que c'est gentil de sa part… dis-je, pince-sans-rire.

– Je suis content que tu t'entendes un peu avec elle… pour moi.

Si tu savais comment j'aurais voulu que l'on s'entende, tous les deux, y a pas trente minutes…

Je lui fais un sourire sans réelle motivation et m'habille pendant qu'il tourne la tête de l'autre côté. Je ne suis pas pudique, et je ne sais pas pourquoi ils sont tous prudes, ici !

– Tu ne m'as jamais pris avec toi pour voler sur *First*…

Ils me font chier avec ça !

– Maxence, j'avais envie de voler, y avait *First,* et Emma m'a saoulé avec ton plan de table, ton fleuriste qui ne trouve pas les roses que veut Wendy ! Bref, il fallait que j'allie les deux ! S'il n'y a que ça, je t'emmènerai sur *First* sans problème !

Il hoche la tête et me lance un coussin en riant.

– Alors, t'étais avec qui, hier soir ?

– Sean, Jonas et Tristan. C'était cool, on est allés manger au restaurant des parents d'Emma, et ensuite on a picolé en se racontant nos vies. Tu savais que la femme de Tristan était enceinte ? Des jumelles ! Putain, le pauvre ! Deux femmes de plus chez lui !

– Non, je ne savais pas. C'est super cool.

Et là, je me tourne vers lui. Non, il ne faut pas. Putain, ses yeux de merlan frit me répondent avant même que je pose la question qui me brûle les lèvres et qui me terrifie en même temps.

– Tu veux des gosses, Maxence ?

– Bien sûr ! Quelle question ! Wendy en veut plein...

Tu m'en diras tant...

– Elle a des frères et sœurs ?

– Deux sœurs et un demi-frère. Beaucoup plus jeune, il n'a que 10 ans, mais il est adorable. Son père est parti avec une collègue de travail lorsque Wendy était petite, et finalement, il l'a épousée quelques années plus tard. Mais c'est sa mère qui a eu le petit avec son conjoint actuel.

– Putain, ne fais pas de mômes maintenant. Laisse-toi le temps de vivre avec elle, de voir si vous êtes compatibles...

– Regarde, toi et Laurie, vous avez passé plus de dix ans ensemble, et elle est bien partie. Ce n'est pas parce que je vais attendre ou que je vais me précipiter que les choses n'évolueront pas comme elles le devraient. Je veux vivre ma vie à fond et ne pas me soucier de ce qu'il pourrait se passer dans six mois, dans deux ans ou bien dans quinze ! Je ne veux pas m'enterrer dans une routine, ni rien. Je veux que Wendy se sente bien dans notre couple et que nous marchions tous les deux à notre rythme.

Je le sonde quelques secondes. Bon, OK, il n'a pas franchement tort, mais il n'a pas spécialement raison non plus. Je fronce les sourcils lorsque je le vois sourire comme un benêt, et je comprends.

– OK, vas-y, balance ! dis-je en jetant mes bras vers lui.

– « Rappelle-toi ce jour particulier de décembre, celui où tu m'as servi le pire des cafés en me disant que la machine était nouvelle et que toi aussi. Je savais déjà que j'étais en train de tomber amoureux, je savais déjà que je voulais faire le chemin avec toi, j'ai respecté les codes de notre société et je ne t'ai rien dit, je ne voulais pas t'effrayer. Et maintenant, aujourd'hui, devant nos familles et nos amis, je veux te promettre de marcher à ton rythme, de faire tout ce qui est en mon pouvoir pour te rendre heureuse, de t'offrir la chance d'être une mère exceptionnelle et que toi, tu m'offres la chance d'être heureux rien qu'en recevant ton amour. »

Je déteste Pumpkin et son comportement fleur bleue !

– Alors qu'est-ce que t'en penses ? Elle déchire, ma meilleure amie ! Je suis trop heureux qu'elle ait préféré le journalisme au droit. On a bossé ça ensemble hier après-midi quand elles sont revenues de chez l'esthéticienne.

Je confirme, je la déteste.

Mais comment elle a fait pour faire le plan de table, l'esthéticienne et les vœux de Maxence en moins de vingt-quatre heures, avec le retour de la cuite qu'on a prise à Vegas ? Non, parce que là, même moi, elle me surprend !

– Mouais, pas mal…

– Menteur ! Tu ne veux pas le dire parce que c'est Emma !

C'est juste, et je ne l'avouerai pas, même à l'agonie !

Il se lève, me frotte le crâne et rit de plus belle.

– Eh, ouais, je vais faire plein de bébés avec mon épouse, et tu seras leur tonton rageur préféré !

– T'es tellement immature, dis-je en le jetant sur le lit et en le pointant du doigt. T'es loin d'être prêt pour avoir des enfants !

– Et dire que c'est Nathaniel Cox qui parle ! rétorque-t-il en s'étouffant presque de rire.

– Non, mais regarde-toi ! Je ne t'ai pas vu grandir ! Dans ma tête, t'es encore trop un gamin, je ne te vois pas faire des enfants, ni te marier.

Soudain, il reprend son sérieux comme si j'avais touché un point sensible.

– Tu crois que je ne devrais pas me marier ?

Son expression me vrille le ventre. Je ne peux pas lui faire ça, il a l'air tellement heureux avec elle. Même si j'ai des doutes sur sa future femme, comme d'ailleurs sur toutes les femmes, je ne peux pas faire ça à mon frère. Je suis peut-être le plus gros connard du monde, mais en cet instant précis, on parle de mon petit frère, le seul et l'unique, c'est ma famille, mon sang. Il est ce que j'ai de plus important au monde, lui et ma famille. Je ne veux pas le perdre, il doit apprendre de ses propres erreurs, et non des miennes. Wendy n'est peut-être pas comme Laurie. Je m'approche de lui et m'assieds à ses côtés.

– Pour moi, tu seras toujours le petit de 7 ans qui me faisait chier. Mais je suis fier de toi, de ton travail, de ton humanité, du fait que tu arrives à supporter Pumpkin depuis toutes ces années, et surtout de l'homme que tu es devenu. Si tu sens, ici, continué-je en posant ma main sur son cœur, que c'est le moment, alors fais-le. Des conneries, on en fait tous, moi le premier. Je pense que tu as raison de te marier pour tes raisons, et non pour les miennes.

– Merci, répond-il en me faisant un câlin.

– De rien.

– C'est important pour moi d'avoir ton avis, ton aval, parce que t'es mon modèle depuis que je suis né. Quand t'es arrivé, j'avais peur parce que je ne te sentais pas vraiment à l'aise avec Wendy, avec le mariage, enfin avec tout ça, et maintenant, je respire un peu mieux.

Putain, il me tue !

– Putain, dis tout ça à Emma, s'il te plaît. J'aimerais qu'elle sache combien je suis vénéré, ici-bas !

– Mais t'es irrécupérable ! Je te parle à cœur ouvert, et toi, t'en profites pour te mettre en avant et lancer des piques !

– C'est pas parce que tu te transformes en ourson en guimauve enrobé de chocolat que je dois faire pareil, Maxence. Je tiens à ma virilité et à ma réputation !

– Petit con, va ! dit-il en me poussant sur le lit de toutes ses forces. Viens déjeuner et prendre un café pour avoir les idées claires !

***

J'entends mes parents discuter et rire, en bas. Mon frère ouvre le pas, et mon visage capte immédiatement le sien quand on se retrouve dans la cuisine.

– Sean ? dis-je, encore un peu étonné de le voir ici.

– Hey ! Je suis venu voir comment tu te sentais ! Hier, t'étais un peu… enfin, pas très frais, continue-t-il en souriant, un peu gêné par la situation.

– Ça va, je lui mens.

Parce que, non, de toute évidence, ça ne va pas comme je le voudrais. J'ai mal dormi, j'ai la gueule de bois, et j'ai envie de baiser avec Emma depuis un bail ! Ajoute à ça le fait que je viens de lui donner un orgasme et qu'elle s'est barrée comme une voleuse en me laissant dans un état pitoyable, alors tu obtiens ma situation actuelle.

D'ailleurs, pourquoi est-il là, celui-là, en réalité ? À cette heure-ci ?

Je le scrute quelques instants, puis lève les yeux vers la pendule qui est accrochée sur le mur de la cuisine. 7 h 47… Pumpkin devrait être rentrée de son footing, même si je l'ai un peu retardée, ce matin…

Ce connard est venu pour la voir !

– Sean ! Quel plaisir de te revoir !

Kat se matérialise à mes côtés et embrasse Sean en lui posant tout un tas de questions sur son parcours depuis qu'ils se sont vus. Mes yeux font des allers-retours entre cette foutue pendule et Sean.

– Tu viens manger un morceau, fils ?

Je tourne la tête vers mon cher père qui, lui, a son regard de « il se passe un truc dans cette maison, et je vais bientôt savoir quoi ». Je me passe la main sur le visage afin d'ôter toutes ces vilaines pensées de Sean et Emma en train de baiser qui m'assaillent.

– Ouais, vu que dans cette baraque, on ne peut pas dormir !

– Bienvenue dans le monde des adultes, répond mon frangin en tirant une chaise.

– Tu restes avec nous, Sean ? le questionne gentiment ma mère.

Putain, maman, ne t'y mets pas, s'il te plaît…

Le temps semble se figer quand la porte s'ouvre et que je l'entends fredonner dans le hall d'entrée. Les yeux de Sean s'allument comme des merguez sur un gril.

Il est bien venu pour la voir, elle !

Emma apparaît et je serre les mâchoires. Elle ne porte que sa brassière de sport et un legging. Même un aveugle banderait pour un corps pareil.

– Sean ? Oh ! Je ne savais pas que tu étais ici ! s'exclame-t-elle.

Elle s'approche, mais hésite.

– Désolée, je viens de courir, et je…

– Je m'en fous, viens là ! Ça fait tellement longtemps que je ne t'ai pas vue ! dit-il en l'attrapant et en la serrant très fort dans ses bras, bien trop fort à mon goût.

J'ai senti un truc exploser dans ma tête. Je ne sais pas ce que c'est, mais je peux déjà dire que ce n'est pas, mais pas du tout, une bonne chose !

15

Emma

Il me serre dans ses bras comme à l'époque où nous étions ensemble. Et ça ne me gêne absolument pas. Sean a toujours été un amour avec moi. Sa fragrance titille mes narines, et je m'envole loin d'ici. Je retourne dans notre passé, lors de notre première nuit, de nos moments à tous les deux, tout un tas de souvenirs qui m'ont finalement manqué remontent à la surface. Parce que la réalité est là : si je n'avais pas quitté Black Canyon City, je serais certainement encore en couple avec lui. J'étais bien, j'étais amoureuse, et il me donnait tout ce que j'attendais d'une relation. J'ai énormément pleuré lorsque je l'ai abandonné en quittant la ville. Je me suis remémoré notre histoire, ma vie en sa compagnie, et ça a été réellement dur ; pourtant, je suis partie, et il ne m'a pas suivie…

– Mon Dieu, je crois que la dernière fois que je t'ai vu, c'était… dis-je en me décollant de lui.

Mon cerveau se connecte de nouveau, et heureusement, parce que toute la famille Cox nous regarde, ainsi que mes parents. Je n'ai pas envie qu'ils pensent que Sean et moi… enfin, qu'ils sachent ce qu'il s'est réellement passé entre nous.

– Y a une éternité, répond-il.

– Je te pensais en voyage… Ta dernière publication sur Facebook, c'était…

– Je suis rentré de Paris il y a deux jours, pour ne pas manquer le mariage de Maxence.

– Oh, Paris… dis-je en gémissant. J'aurais vraiment dû être architecte !

– Ouais, mais pas pour mon père… Parce qu'il faut le supporter ! Je ne sais même pas pourquoi j'ai voulu bosser avec lui !

J'éclate de rire. Il est vrai que son père est très… rude. D'aussi loin que je me souvienne, il a toujours été exigeant avec son fils. Je peux comprendre sa rigidité, maintenant que je vois Sean, ce qu'il est devenu, sa profession et sa façon de faire. Il n'a pas « mal tourné » comme certains de leurs copains de leur ancienne bande.

– Si tu voyais mon patron, tu changerais vite d'avis sur ton père…

– Tu ne voyages pas beaucoup, toi, la grande journaliste ?

Je rougis. J'avais oublié comment était Sean lorsqu'il parlait de moi. Il a toujours été adorable, me faisait beaucoup de compliments, de surprises. Enfin, c'était un amour de petit ami. Un de ceux que toutes les filles rêveraient d'avoir. Et pourtant, je suis partie…

Et maintenant, je me tape l'ancien bad boy du lycée et me marie secrètement avec lui, alors qu'il a un comportement de psychopathe, la mentalité d'un gosse de 4 ans et qu'il m'irrite dès que je l'aperçois...

Oui, je suis une fille parfaitement équilibrée...

J'efface ces pensées d'un revers de main et ne veux surtout pas me remémorer pourquoi je suis si tendue aujourd'hui... Je souris et aborde un sujet sérieux, pour une fois.

– Mon patron vit encore à l'âge de pierre, je suis sans cesse obligée de lui montrer qu'une femme peut avoir plus de couilles qu'un mec !

Il se met doucement à rire, alors je me mordille la lèvre.

Putain, il est encore plus beau qu'au lycée ! Et ses fossettes... Aaaahhhh ! Voilà pourquoi j'avais autant craqué sur lui...

– Je te jure que je n'exagère pas ! Nous ne sommes que deux femmes, au journal, sur une quinzaine d'employés.

– Ta collègue est timide ?

– Ouh, non ! Penny est... extravertie. C'est le mot, mais elle est adorable. Son mari est avocat, il a quinze ans de plus qu'elle, et leur relation est encore un mystère.

– Un mystère ?

– Oui, elle l'entretient depuis que je la connais, comme si c'était le secret de l'année. En fait, il n'y a qu'elle qui me retient là-bas.

Il sourit, et je me liquéfie. Parce que je viens d'avouer le truc que je cache à mes parents depuis toutes ces années, depuis que je me suis rendu compte que je ne serais jamais à égalité avec Caleb ou mes autres collègues masculins.

– Tu veux quitter ton travail ? demande mon père, inquiet.

Je ne voulais pas qu'il soit soucieux de ma situation au bureau, parce que je sais ce qu'il a fait pour que nous restions ensemble, et non séparés par plusieurs États. J'inspire discrètement et me tourne, avec un sourire aux lèvres qui se veut rassurant.

– Non, papa, je ne veux pas quitter mon travail. Je dis juste qu'heureusement que Penny est là, c'est tout.

Le mensonge est un gros vilain défaut, mais je pars du principe qu'un petit mensonge rikiki de rien du tout qui permettrait de ne pas leur briser le cœur vaut mieux qu'une dispute avec crise de larmes et mélodrame.

– Tu m'as fait peur… répond ma mère.

Sean a un sourire en coin que je capte immédiatement. Je suis une mauvaise menteuse, et mon ancien petit ami le sait.

– Je vais prendre une douche, et je… commencé-je en joignant le geste à la parole.

– Si tu ne fais rien ce soir, on pourrait dîner ensemble pour se remémorer l'époque du lycée…

Et là, je reste sans voix. Ma bouche est légèrement ouverte, et je suis persuadée que ce n'est absolument pas sexy, sur moi, parce que je suis estomaquée, et non sexuellement surprise.

– Ah… eh ben…

Vraiment très constructif, comme phrase, Emma ! Heureusement que tu es journaliste, et logiquement à l'aise avec les mots !

– C'est clair, ce serait cool, répond Nathaniel à ma place.

– Tu veux qu'on se fasse une soirée avec tous les anciens potes du lycée ? demande Sean à Nathaniel.

Lorsque je croise le regard de mon futur ex-mari, je panique légèrement. J'ai l'impression qu'il est jaloux, et si j'en crois son regard meurtrier, je ne me trompe pas.

– Ça te tenterait ? me questionne Sean.

Je préférerais faire une soirée en tête-à-tête avec Sean plutôt que de revoir les tronches de ceux qui m'ont pourri la vie avec Nathaniel durant toute mon enfance.

– Je ne sais pas… À part Maxence et quelques copines, je n'ai plus franchement d'amis, ici.

– Oh, Pumpkin, t'inquiète, je te prête les miens, si tu veux… Tu me diras, tu n'as pas demandé la permission, parfois ! dit Nathaniel en me fusillant du regard.

J'ai encore plus envie de le broyer depuis qu'il m'a traitée de chienne, ce matin. Et quand les soupapes sont prêtes à exploser…

– T'as raison, ça pourrait être super cool de refaire les mêmes choses qu'à l'époque ! dis-je en papillonnant des cils vers lui pour le faire enrager.

Il mord dans son pancake, et j'entends une chanson en acoustique qui sonne la fin de ma vie. « It's a Man's, Man's, Man's World » résonne dans la pièce, chanté par Caleb. Les yeux de ma mère pétillent, mon père sourit et Wendy y va de son commentaire :

– C'est lui qui chante ? Waouh, il a une voix de malade !

– Qui ? demande Sean.

– Mon mari, dis-je, vite.

– Quoi ? Tu penses au mariage, ma chérie ? continue ma mère. Oh, je savais que votre relation allait évoluer comme ça !

– Non, non, je me suis trompée ! Je veux dire, c'est mon… petit ami, pas mon mari. C'est pas lui, mon mari… Je ne suis pas mariée avec lui, mais avec… enfin, avec personne, c'est juste que je… dois répondre.

Bordel, je suis en train de m'enfoncer dans la boue et de rouler dedans !

J'essaie de respirer convenablement et de ne pas croiser le regard de Nathaniel ou de Sean parce qu'ils vont me griller ! Je prends l'appel en me connectant à la visio, et Caleb apparaît à l'écran.

– Hey !

– Oh, mon Dieu, mais dans quel état tu es ! dis-je en mettant ma main sur mon front.

Ses cheveux sont un peu plus longs et lissés en arrière comme les mafieux. Il a le visage parsemé de boue, et il semble trempé comme une soupe ! Il sourit en creusant ses jolies fossettes, ce qui provoque une vague de culpabilité en moi. Je sais que l'on ne se doit rien du tout, mais je me sens coupable de m'être mariée avec Nathaniel et d'avoir… mal agi.

– Je viens de me faire ratatiner au foot par des gamins de 10 ans.

– Attends… il pleut ?

– Des trombes d'eau depuis que j'ai atterri…

– Moi qui pensais que le Venezuela, c'était Ibiza XXL…

Une main attrape mon portable et le maintient pendant qu'un bras se pose sur mes épaules. Je panique jusqu'à ce que je voie Maxence sourire à côté de moi.

– Salut ! dit-il à Caleb, qui fronce les sourcils. Je me

présente parce que si on attend après elle… Maxence !

– Oh ! Je suis ravi de te connaître, Emma m'a beaucoup parlé de toi, répond-il. Félicitations pour le mariage, et désolé de ne pas être présent.

– J'espère qu'elle ne t'a rien dit de méchant ?

– Non, que du bien, rassure-toi…

– Elle a intérêt ! rit-il comme l'enfant qu'il était. Emma m'a dit que t'étais sur un reportage ?

– Ouais, et franchement, à part la pluie, c'est cool.

– Je te présente à tout le monde ? lance Maxence en m'arrachant le portable des mains.

J'ai envie de me cacher…

Il tourne le téléphone vers Sean et fait le tour des personnes assises autour de la table du petit déjeuner.

– Alors là, tu as Sean, un copain à nous du lycée. Ensuite, mon père et ma mère, mon grand frère, Nathaniel, ma future femme, continue-t-il avec un sourire qui n'en finit pas, et tes beaux-parents, que tu connais déjà.

Ma mère engage une petite discussion avec Caleb pendant que je rentre en communion avec le parquet.

J'ai envie de mourir, finalement.

Mes yeux croisent ceux de Nathaniel, durs et froids. Il se lève en faisant racler sa chaise sur le sol et monte à l'étage. Maxence, quant à lui, revient vers moi avec une banane en guise de sourire. Je récupère mon portable et le fusille du regard.

– Désolée, dis-je à l'intention de Caleb. Il ne sait pas se tenir ! Si je ne le connaissais pas, je dirais qu'il est sous l'effet de la cocaïne.

– Non, je suis content de rencontrer tout le monde. Au fait, j'ai avancé mon retour…

– Comment ça ? demandé-je, ne me sentant plus bien du tout dans mes baskets.

– L'avion atterrit une semaine avant, du coup, je pourrai venir te chercher à l'aéroport.

Je souffle de soulagement, un peu plus et je croyais qu'il allait me rejoindre ici pour le mariage… Putain, là, j'étais foutue ! Caleb et Nathaniel dans la même maison…

– C'est cool, finis-je par dire.

– Bon, je ne peux pas rester plus longtemps, je te rappelle dans quelques jours ?

– Oui, bien sûr.

– Pas de bêtises, dit-il en me faisant un clin d'œil.

Oh, non, je n'en ai pas fait ! J'ai juste picolé plus que de raison et me suis mariée à Vegas avec le frère de Maxence, ce connard qui m'a harcelée toute mon enfance… mais à part cela, je n'ai rien fait de mal…

Je lui souris, cachant mon trouble, cette culpabilité qui commence à me ronger de l'intérieur.

16

Nathaniel

Je pianote sur mon téléphone et envoie les invitations à tout le monde lorsque j'entends l'eau de la douche couler. Ma chère et tendre épouse se lave, je vais aller lui exposer le fin fond de ma pensée. Je jette mon portable sur le lit, me lève et entre dans la salle de bains. Elle a encore une fois laissé la porte ouverte, je prends ça comme une invitation.

– Emma !

Elle sursaute et lâche un petit cri qui me rend mon sourire en quelques secondes.

– Qu'est-ce que tu fous dans cette salle de bains ? Tu ne peux pas me laisser tranquille quelques minutes ?

– Tu laisses la porte ouverte, donc j'entre ! Et puis je veux qu'on parle de ce connard de Sean.

– As-tu seulement la notion d'espace vital dans ton cerveau de piaf ?

– Je suis ton mari, donc je suis ton essentiel. Tu vas baiser avec lui ?

– Quoi ?

Elle a tiré le rideau de douche, cachant une partie de son corps, et elle est encore plus belle comme ça : mouillée et choquée. Ses cheveux sont trempés et ses boucles tombent sur ses épaules nues.

Je lève les yeux au ciel pour ne pas être perturbé par ce que je vois, et parce que je suis déjà bien assez frustré depuis que je suis arrivé ici. Je me concentre quelques secondes, et attaque.

– Sean, est-ce que tu vas coucher avec lui ?

– Non, mais, c'est quoi, cette question, Nathaniel !

– T'as vu comment tu l'as regardé ? On aurait dit que vous alliez vous sauter dessus et baiser devant tout le monde !

– C'est tellement puéril d'être jaloux, Nathaniel ! D'où ça te vient ? Tu n'as jamais été comme ça ! Où sont passées tes couilles ?

Je serre les mâchoires. Je ne veux plus penser à ça, et surtout pas lui dire que j'ai perdu confiance en moi depuis que Laurie s'est payé ma tête. Je préfère crever plutôt que de lui avouer. Et il faut dire que Sean est un sacré concurrent… Entre le fait que c'est avec lui qu'elle a vécu sa première fois, et le fait que j'ai vu dans ses yeux qu'il lui plaisait encore…

Ce dernier constat me fait légèrement vriller.

– Tu m'as saoulé, je vais voler !

– Non, mais, attends… tu ne peux pas partir comme ça ! Tu dois m'aider pour le…

– Non, je suis un gosse, n'est-ce pas ? Tu me le balances assez souvent au visage ! Donc je vais me comporter comme tel. Je vais voler, toi, tu vas baiser avec Sean, et tout le monde sera heureux dans le meilleur des mondes. Je me casse !

Elle sort de la cabine de douche et attrape sa serviette, qu'elle enroule autour d'elle comme une furie.

– Écoute-moi bien, Nathaniel, avant que je te mette une droite dans ta tronche de bad boy jaloux et casse-couilles ! Arrête de me prendre pour la pire des salopes parce que ça commence à m'énerver au plus haut point. Je ne suis pas une fille comme ça, je ne baise pas avec le premier venu, je ne me tape pas des ex pour soulager une frustration, je préfère de loin me masturber avec mon vibro. Regarde-moi bien, Nathaniel ! Je ne suis pas une pute, ni une salope, ni une chienne, ni une fille facile, ne me cherche pas trop là-dessus parce que tu pourras te vanter de ne plus pouvoir enfanter !

Elle pointe son index sur mon crâne, et avec toute la colère qu'elle a emmagasinée, elle appuie fort dessus.

– Même si cela ne te regarde pas, je ne vais pas coucher avec Sean ! Maintenant, tu vas me foutre la paix avec ça, tu vas me laisser me doucher tranquille et organiser le mariage de ton frère comme tu devrais le faire !

Un sourire s'invite sur mon visage et, soulagé par ses mots, je ne résiste pas. J'attrape sa tête entre mes mains et pose brutalement mes lèvres sur les siennes, douces et humides. Je la plaque contre la cabine de douche. Emma s'est raidie, mais alors que j'approfondis notre baiser, elle se détend, si bien que je l'entends gémir très distinctement. On se dévore totalement, et putain, que ça me plaît. Emma est très sauvage dans sa façon de faire, elle fait tellement « petite fille toute sage », mais là, elle révèle son côté volcanique qui fait éclater tous mes neurones. Ses doigts se glissent dans mes cheveux et tirent légèrement dessus tandis que ma langue rencontre la sienne, tout aussi avide que la mienne. Savoir qu'elle se laisse aller avec moi, dans cette salle de bains, m'excite encore plus et fait monter ma température corporelle d'une centaine de degrés. Je veux qu'elle se sente à l'aise, que nous prenions du plaisir tous les deux, je veux qu'elle se lâche complètement avec moi. Je déplace mes mains sur la serviette jusqu'à son cul si tentant.

– Emma ?

On sursaute tous les deux. Emma rougit instantanément en reconnaissant la voix de mon petit frère qui nous dérange dans un moment où on était très près de baiser… Enfin !

Et là, tout va très vite, à tel point que je ne comprends pas tout de suite ce qu'il se passe. Emma me gifle et m'engueule comme jamais.

– Sors d'ici, Nathaniel ! Va déverser ton venin ailleurs !

– Quoi ! dis-je, encore sous le coup de sa gifle.

Je pose ma main sur ma joue. Cette fille est fêlée. Elle me fait un clin d'œil, alors je serre les mâchoires. Mais qu'est-ce que… ?

– C'est la deuxième fois aujourd'hui que tu me frappes ! dis-je plus fort.

– Qui aime bien… Sors d'ici ! Maxence ! appelle-t-elle.

La porte s'ouvre d'un coup, et mon frère hausse les sourcils et écarquille les yeux.

– Qu'est-ce que tu… commence-t-il.

– Maxence, s'il te plaît, fais-le sortir, geint-elle.

– Nathaniel, laisse-la tranquille ! crie-t-il vers moi.

Arrêt sur image !

Ma tête fait des allers-retours entre cette peste d'Emma et Maxence qui ne comprend pas ce qui se trame sous le toit de nos parents.

– Attends, c'est pas ce que tu… commencé-je.

– Ouais, c'est ça ! répond Emma. Je t'ai invité à entrer pour baiser ! Dégage de là !

– Je suis choqué, répond mon frère. Tu vas t'arrêter à quoi, la prochaine fois, Nathaniel ? Enfin, elle est sous sa douche, je ne vois pas pourquoi tu l'emmerdes jusqu'ici… C'est dégueulasse…

– Non, attends, tu ne comprends pas que…

Et là, je perds toute ma contenance quand j'entends sa voix à lui.

– Qu'est-ce qu'il se passe, ici ?

Mon père se matérialise dans l'encadrement de la porte alors je ferme les yeux parce que ça ne va pas être joli à voir.

– Dwayne, j'aimerais prendre ma douche, et seule ! dit Emma.

– Papa, Nathaniel est entré dans la salle de bains pendant qu'Emma…

– Quoi ? Nathaniel ?

Je vais me la faire, et ça ne va pas lui plaire du tout. Elle est en train de me faire passer pour un gros porc psychologiquement atteint.

– Rien à voir, tenté-je.

– Dehors, tous les deux, beugle mon père.

– Attends, tu vas la croire, elle ? demandé-je, estomaqué. Papa, je te jure que je…

– Ce que je vois, c'est qu'elle était sous sa douche et que toi et ton frère, vous êtes dans la salle de bains. Alors dehors, maintenant !

Sans discussion, et parce que j'ai envie de partir de cette maison le plus vite possible, je sors, mais avant de passer la porte, j'entends cette connasse dire :

– Merci, Dwayne.

– De rien, Emma.

Je serre les mâchoires et descends dans la cuisine avec la ferme intention de me venger. Cette fille est complètement timbrée. Elle n'arrête pas de dire que je suis un gosse, mais là, elle m'a tué. Lorsque j'entends de nouveau la douche couler, je pars en direction de la cave. Je coupe l'arrivée d'eau et entends Emma gueuler jusque-là. J'étouffe un fou rire et sors au pas de course avant que mon père se pointe. Une fois dans ma bagnole, j'allume le contact et décide de partir voler un peu. Ça va me faire du bien avant la soirée avec les anciens du lycée. Il faut que je m'éloigne d'elle. Je perds mon assurance et ma patience quand je suis près d'elle. C'est une chose que je ne supporte pas. Je fais ronronner le moteur et lui envoie un petit texto en me jurant de ne pas en rester là.

[Tu m'as fait passer pour un pervers !
Devant ma famille, en plus !]

[C'est pas ce que tu es ?]

[;)]

[Tu dois te sentir libéré
de ce fardeau maintenant
que tout le monde
est au courant…]

[C'était bas, Emma !]

[T'es irrécupérable,
mon pauvre vieux…]

[Attends, quand t'as fait
ton petit numéro tout à l'heure,
t'étais pas mieux !]

[Mes talents d'actrice s'améliorent,
avec toi… Moi qui croyais
que le séjour allait être terrible.
Finalement, c'est top !]

[Connasse !]

[Allez, sans rancune !]

[C'est moi qui ai coupé l'eau ;)]

[Connard, j'en étais sûre !
Je te déteste, j'avais pas fini
de rincer mon shampooing !]

[Ouin !]

[Tu vas me le payer !]

[Bla-bla-bla… Au restaurant
de tes parents, ce soir, 20 h.
Essaie d'être jolie, pour une fois…]

[Va te faire foutre, Nathaniel !]

[Cow-girl, c'est toi qui en as
le plus besoin, je pense…]

J'éclate de rire comme un con dans ma bagnole, je sens que la soirée va être chaude !

17

Emma

– J'ai le droit de dire que tu es magnifique ?

Je me tourne vers Maxence et souris. Cette journée est épuisante, et elle n'est pas encore finie. Je redoute le pire. Nous devons nous rendre au restaurant de mes parents pour nous retrouver entre amis… Tu parles d'amis, toi ! Je n'ai pas envie d'y aller, d'abord à cause de Sean, qui est loin d'être discret, et ensuite, à cause de Nathaniel qui n'a fait ça que par pur accès de jalousie et de surcharge de testostérone…

Je déteste les mecs !

– Merci, c'est gentil, Maxence.

– Je suis désolé pour Nathaniel, Emma. Franchement, je ne sais pas ce qu'il lui a pris, il n'est pas comme ça, d'habitude. Depuis quelques jours, on le trouve bizarre, avec papa, mais bon, c'est Nathaniel.

Je me pince les lèvres et étouffe un fou rire. Si Nathaniel était là… Tout ceci est ma faute, mais hors de question de le blanchir, après tout ce qu'il m'a fait voir, toutes ces années, je trouve que c'est de bonne guerre…

– Ce n'est rien, dis-je en souriant. Wendy est prête ?

– Ouais, elle est encore plus belle que toi !

J'éclate de rire face à sa mine déconfite.

– Désolé, putain, Emma, je ne voulais pas dire que tu es…

– Relax, c'est normal que ta future femme soit plus belle que les autres, à tes yeux, OK ? Ne pars pas dans le mélodrame ! J'ai pas besoin de ça, aujourd'hui.

– Ça va aller, toi ? Enfin, je veux dire… le lycée, les anciens, Sean, et tout et tout ?

Je souffle et le regarde dans les yeux. Je ne dois plus me cacher comme la petite fille apeurée que j'étais avant, je suis une femme forte, bien dans ses pompes, avec un super job et plein de rêves en tête. Je ne suis plus cette « bonne poire » que j'étais avant. Tout ça, c'est révolu, et je compte bien leur montrer, ce soir.

– Disons que Dieu ne m'a pas envoyé une belle grippe pour me sauver de là, donc c'est qu'il estime que je dois y aller.

– T'es dingue !

– Et si je n'y vais pas, ton frère va en profiter pour passer une bonne soirée, donc rien que pour ça, j'y serai !

***

Je hume l'air doux de la nuit et profite des bruits qui m'entourent. Le restaurant de papa et maman est plein à craquer, comme à l'accoutumée, ce qui m'arrange parce que, ici, je suis chez moi, c'est ma deuxième maison, et personne n'osera mal me traiter. Un sourire naît sur mes lèvres, car je ne suis plus une petite fille qui ne sait pas se défendre. Je suis une femme forte et indépendante qui emmerde le système et tous les gens qui ne m'apprécient pas comme je suis. J'ai un job, une vie équilibrée, des amis sur lesquels je peux compter et une rage au ventre que j'entretiens depuis l'âge de 9 ans. Je pose la main sur la poignée de la porte et la pousse doucement. L'odeur de friture et d'épices emplit mes narines et m'apaise dès lors que je reconnais ce parfum de mon enfance. Tout un tas de souvenirs me submergent, et j'adore ça. Et ça me fait cet effet dans chaque restaurant de mes parents. Mon père a été très clair lorsqu'il a quitté la ville : tout doit rester comme c'est ! Et les employés de papa et maman respectent à la lettre les recettes et le management de notre famille.

Alors qu'il m'aperçoit, Marlon, le plus âgé de nos employés, me sourit et ne se prive pas de venir me serrer dans ses bras. Il sent l'after-shave, et sa chevelure est grisonnante. Si, à une époque, il n'avait que quelques poils blancs, causés par sa fille, selon ses dires, maintenant il a les cheveux poivre et sel, et même plus sel que poivre. Mais ses yeux n'ont pas changé, ils pétillent toujours de bonheur chaque jour que Dieu fait. J'adore cet homme pour son humanité et sa loyauté envers mes parents depuis toutes ces années.

– Qu'est-ce que tu as grandi, Emma ! T'es une jeune femme, maintenant, et moi, je suis un vieux croûton !

– Ne dis pas ça ! Comment va ta femme ? Ta fille ?

– Ma femme est stressée parce que Alizée nous fait prendre du galon. Elle attend un bébé, un petit garçon.

– Oh, mais c'est génial, ça ! Félicitations !

– Et toi ?

– Quoi, moi ?

– Eh bien, un enfant…

– Un bébé ?

– Oui, c'est quand que tu t'y mets ?

Je ris nerveusement. Un bébé ? Mais avec qui ? Caleb ? Non, impensable ! Nathaniel ? Rien qu'à cette idée, mon utérus vient de déclarer forfait.

– Je ne… suis pas prête pour ce genre d'aventure. Je laisse ça aux grandes personnes, aux adultes.

– Tu as la tête sur les épaules, et je suis certain que tu feras une super maman.

– Merci, c'est très gentil, mais je t'assure qu'il ne vaut mieux pas, pour l'instant !

Vu les décisions de merde que je prends en ce moment… comme celle de me marier à Nathaniel à Vegas.

Très bon exemple d'une adulte responsable…

Nous terminons notre conversation, puis je me tourne et remarque que la table est bien plus grande que ce à quoi je m'attendais. Nathaniel rit aux éclats avec Tristan, sous l'œil de quelques filles qui l'idolâtraient, à l'époque. Il est en plein milieu du groupe, comme toujours. Il a pourtant grandi, mais il reste le mec le plus populaire de la ville.

Et là, il revient en homme blessé par une femme… Son cœur saigné à blanc par la trahison d'une connasse.

Merde ! Ça ressemble tellement aux romances que j'adore lire…

– Emma !

Je lève les yeux et remarque Sean qui se tient à côté de Tristan. Il me fait un signe et me montre la place à sa droite qui, bien sûr, est vide. Je m'y installe ; au moins, la compagnie de Sean ne me stresse pas, contrairement à celle de Nathaniel qui est en grande conversation et joue son rôle d'enjôleur et de séducteur à la perfection devant toutes ces anciennes *cheerleaders* que j'ai en horreur.

– T'es magnifique, me murmure Sean.

– Merci, je n'avais pas prévu que nous…

– T'es encore plus belle que dans mon souvenir.

Je rougis et entends ricaner mon meilleur ami. Alors que je tourne la tête vers lui, je remarque qu'il y a Colleen, une de mes copines de cours. Elle est en train de boire les paroles de Nathaniel, et maintenant, savoir qu'il a été avec elle me… dérange. Enfin, je veux dire, c'était quand même ma copine et elle n'a pas hésité à baiser avec lui en sachant qu'il m'en faisait voir des vertes et des pas mûres.

Pendant presque deux heures, tout se passe bien, on se remémore les professeurs que nous avions, les aventures plus ou moins malencontreuses qui nous sont arrivées. Au moment de commander le dessert, je bois une gorgée du délicieux vin rouge qu'il y a sur la table, et Sean se penche discrètement en posant sa main sur ma cuisse.

Je le trouve légèrement tactile pour de simples retrouvailles…

– Ce matin, je pensais plus à un dîner tous les deux… en tête-à-tête.

– Je… Maxence ne m'a pas dit que tu étais rentré. J'étais persuadée que tu étais à Paris.

– Je n'aurais certainement pas raté une occasion de te revoir.

Je sens mes joues rosir alors je bois un peu de vin pour cacher mon trouble.

– Si tu veux, on pourrait se voir plus tard ?

Je lui souris, mais je n'ai pas le temps de lui répondre que je sens deux bras me tirer en arrière.

– Alors, ma petite Pumpkin ! Ça fait trop un bail qu'on ne s'est pas amusés, tous les deux !

À cet instant, toutes les nanas autour de la table me jettent un regard de merlan frit empreint d'agressivité. Même Colleen y va de son œillade noire, et moi, je le foudroie de mes prunelles de tueuse.

– Ça ne m'avait pas manqué ! lancé-je pour qu'il me lâche.

– Menteuse ! Je suis sûr que tu n'attends que ça !

– Nathaniel ! le somme Maxence.

– Quoi ? Qu'est-ce qu'il y a, frangin ? Tu ne l'as plus pour toi tout seul, maintenant ! Il faut que tu t'y fasses !

– Nathaniel, arrête tout de suite ! asséné-je pour le faire cesser avant qu'il fasse ou dise quelque chose qu'il va regretter ou qui va lui faire péter les plombs.

– Arrête quoi ?

– Tu n'as pas besoin d'être comme ça !

– C'est toi qui me provoques depuis tout à l'heure !

Ses yeux me lancent des éclairs, et je comprends sa réaction lorsque je sens la main de Sean glisser de ma cuisse à mon genou. J'inspire bruyamment et me lève, rompant le contact avec mon voisin de table. Nathaniel ne me lâche pas du regard, alors je le prends à son propre jeu et dis sur le ton de l'amusement :

– Tu veux quoi, Nathaniel ? La guerre ? Ou un bisou, peut-être, parce que t'es en manque de câlin, d'amour ?

Son sourire revient au galop, il tend la main, et du bout de son pouce, me touche la joue. Ce geste, si ténu soit-il, me perturbe plus que je ne l'aurais pensé. Sa caresse est si douce, si intime, si… Elle ne ressemble pas à Nathaniel, et pourtant, j'ai l'impression de partir de ce restaurant et de me retrouver dans une des chambres de l'hôtel à Vegas. Lui et moi…

– Ma petite Pumpkin qui se rebelle !

– J'ai grandi, Triominus ! Tu veux jouer à la bagarre ?

Ses mâchoires se serrent, et mon éclat de rire envahit le restaurant parce que je ne suis plus la seule à m'esclaffer.

– Alors il faut qu'il y ait de la boue !

– Oh, Nathaniel ! Putain, t'es irrécupérable ! dis-je en le frappant du plat de la main sur le torse.

– Ça doit être animé, chez vous, ricane Tristan en s'adressant à Maxence.

– T'as pas idée ! répond celui-ci.

– Pumpkin, de la boue ! Je vote pour la boue, pas vous ? clame-t-il vers l'assistance.

– Un combat dans la boue… mais pas avec toi, lance Tristan à son intention. Avec une autre fille ! Putain, ouais !

Je plaque ma main sur mon front, même si Nathaniel a des idées de merde, les autres vont le suivre. C'est un fait ! Le saint gourou Nathaniel a parlé !

La tension s'amenuise progressivement, j'en profite donc

pour aller prendre l'air et faire descendre cette poussée d'adrénaline.

– Tu baises avec lui ?

Lorsque je me tourne, les yeux de Tristan me fusillent.

– Je te demande pardon ?

– Est-ce que tu baises avec Nathaniel ?

– Alors, tout d'abord, je n'ai absolument pas l'intention de répondre à une question pareille. Tu te crois où, et tu te prends pour qui pour…

– Jamais il n'a été comme ça, et contrairement à lui, je sais que toi et Sean, vous avez été ensemble.

– Le fait que Sean et moi… n'a rien… commencé-je.

Il fronce les sourcils, puis jette son mégot de clope avant de passer les portes du restaurant.

– Nathaniel a toujours été jaloux lorsqu'il s'agissait de toi.

Les portes claquent. Je tremble alors qu'il ne fait pas froid. Pourquoi Tristan m'a dit une telle chose ? Je ne le comprends pas. Nathaniel a toujours été affreux avec moi, et loin d'être jaloux, sauf du fait que je lui prenais son frère.

– J'ai fait venir tes copines pour que tu sois à l'aise, et finalement, tu te casses dehors…

Mon souffle se coupe. Nathaniel est debout contre le mur. Je ne l'ai même pas entendu sortir, ni approcher.

– J'avais besoin d'un peu d'air, rien de plus. Et ce sont tes copains et copines, pas les miens.

– J'ai été obligé de faire ce repas, sinon…

– Je sais, mes parents auraient compris, les tiens aussi, etc.

Il s'approche doucement de moi. Il est tellement près que la fragrance de son parfum emplit mes narines, si bien que je me délecte de cette odeur. Elle me rappelle des souvenirs encore enfouis dans ma cervelle. Lui et moi, enlacés dans ce lit, ma tête reposant sur son magnifique torse, repue et heureuse. Ce constat m'angoisse légèrement. Comment puis-je penser à ça, à lui, de cette façon ?

– Tu avais ce parfum, ce soir-là, à Vegas, murmuré-je.

– Tu te souviens ?

– Je me souviens de m'être endormie en sentant ton odeur.

– Oui, tu étais sur moi, le nez dans mon cou.

– Comment on en est arrivés là ? soufflé-je.

– C'est évident, non ?

– L'alcool ?

Il sourit discrètement et enfonce ses mains dans ses poches comme un adolescent embarrassé.

– Ouais, des quantités d'alcool !

Je pouffe, mais cette parenthèse est de courte durée.

– Tu l'as déjà baisée, hein, petit con ! J'étais sûr qu'elle allait ouvrir les cuisses pour toi !

Leeroy, le cousin de Nathaniel, se tient derrière nous ; il a visiblement abusé de la bouteille. Non seulement il est vraiment con, mais en plus il ne sait plus ce qu'il dit. Ce n'est pas du tout le bon timing, Nathaniel est à prendre avec des pincettes, ce soir.

Et là, je sens que tout va partir en couilles.

– Tu retires ce que tu viens de dire ! hurle-t-il.

– Nathaniel, calme-toi, dis-je en me positionnant devant lui.

Ça ne l'empêche pas de me mettre de côté sans ménagement. Il attrape son cousin par le col et le menace.

– Tu vas t'excuser, et tout de suite, parce que je t'assure que tu vas finir à l'hôpital, et tant pis si je dois me retrouver en taule !

– Nathaniel, stop, c'était une blague, dis-je pour apaiser la tension qui vient de se créer autour de nous.

– Désolé, Emma, balbutie son cousin.

– Ce n'est rien, Leeroy, tu devrais retourner à l'intérieur…

Nathaniel me fusille du regard, dépose son cousin sur ses pieds et part.

Non, mais, il me fait quoi ?

18

Emma

J'entre dans le restaurant, récupère mes affaires et passe discrètement derrière Maxence. Je lui chuchote ces quelques mots :

– Ton frère vient de menacer ton cousin. Je gère, OK ?

– Merci. Si tu veux, je m'en charge.

– Non, profite de la soirée.

Il hoche la tête, je fais un signe de la main à tout le monde et promets d'appeler Sean le lendemain matin. Je sais qu'il attendait plus que ce que je lui accorde ce soir, vu le regard empli de tristesse et de déception qu'il affiche, mais là, je dois vraiment m'occuper de quelque chose de pressant. J'ai besoin de savoir comment va Nathaniel, et j'ai surtout besoin d'avoir une vraie discussion avec lui. Cette histoire, cette guerre entre nous, ça ne peut plus continuer ainsi. Je quitte la soirée et pars en direction de la demeure familiale des Cox. Je croise la voiture de mes parents et des siens sur le court trajet qui relie la maison au restaurant. Ils vont certainement dîner dehors, eux aussi.

Lorsque j'arrive, le silence règne. Nathaniel n'est pas là. Je pose mon sac à main sur la console de l'entrée et déambule dans toutes les pièces jusqu'à entendre un plongeon.

Il est dans la piscine, ce con !

Une fois dehors, la vision qu'il m'offre me coupe le souffle. Il fait des longueurs, tape en arrivant sur le rebord et repart en sens inverse. Ses muscles se contractent à chacun de ses mouvements. Mais cette expression, cette colère qu'il essaie de maîtriser, son visage si dur, en cet instant, ses lèvres si douces, si tentantes… Je ne peux pas le nier, Nathaniel est vraiment un bel homme. Si, adolescent, il était déjà beau, avec l'âge et le corps sculpté qu'il s'est fait, je peux certifier qu'il est canon. Je m'évente avec la main, parce que le voir ainsi, quasi nu, faisant onduler ses formes… Et ce regard… Ça m'émoustille !

– Nathaniel, qu'est-ce que tu fais ?

– Rien, tu peux retourner avec eux et finir cette soirée de merde, dit-il sans un regard pour moi.

Je retire mes chaussures et m'assieds sur la margelle. Je trempe mes jambes ; la fraîcheur de l'eau me fait un bien fou. Il fait une longueur de plus et lève les yeux vers moi. Quelque chose change lorsqu'il me regarde. Un je-ne-sais-quoi qui m'échappe, mais « ardent » serait le meilleur adjectif pour le caractériser. Il passe délicatement sa langue sur sa lèvre en signe de convoitise, ce qui augmente le désir que je ressens pour lui depuis cette fameuse nuit, et nage doucement, puis sort de la piscine pour s'asseoir à mes côtés.

– Pourquoi tu t'emportes à ce point ?

– Personne n'a le droit de te parler comme ça !

– C'est toi qui as commencé, quand on était petits… Les gens ont suivi le mouvement, c'est tout. Ton cousin a reproduit exactement ce que tu faisais bien avant aujourd'hui…

– J'ai été un enfoiré, avec toi, au collège.

– Oh… eh bien, au collège, oui, mais tu oublies l'école primaire, et le lycée, aussi. En fait, je ne te connais qu'avec ton comportement de connard.

– Super… je me sens vachement mieux, maintenant ! Merci, Emma.

– Je ne dis que la vérité, Nathaniel. Tu as toujours été infect avec moi, même quand on était mômes, et la version du Nathaniel adulte que je connaissais est encore pire que celle de l'adolescent, et crois-moi, je n'y pensais pas du tout.

– J'ai été con depuis le départ, avec toi… continue-t-il en passant sa main dans ses cheveux noirs trempés, comme gêné par son comportement.

– Une fois, tu m'as fait pleurer, et ta mère m'a réconfortée en me disant que tu étais amoureux de moi et que c'était pour ça que tu étais méchant.

– On avait quel âge ?

– Une dizaine d'années, si mes souvenirs sont bons.

– J'ai toujours cru que tu terminerais avec Maxence.

– T'es dingue ! Je le considère comme un frère !

– Vous êtes plus fusionnels que lui et moi…

– Non, on est juste amis, et toi et moi, on est… mariés.

Je me mordille la lèvre lorsqu'il me fait son sourire charmeur. Ça me rend toute chose de le voir ainsi et de savoir que lui, Nathaniel Cox, a pris ma défense contre une personne de sa propre famille… Il tourne la tête vers moi, et nos regards plongent l'un dans l'autre.

– Ouais, on est mariés, répète-t-il, le souffle court. Je n'ai même pas eu le temps de te dire que tu es très belle, comme ça.

Bon Dieu, je suis foutue. Il a ce regard, celui qui est empli de désir, celui qui déconnecte mon cerveau et qui affole mes hormones et toutes les parties de mon corps que je lui refuse. C'est ce même regard qu'il avait à Vegas. Je le revois chaque fois que je ferme les yeux et que je pense à lui. Nathaniel lève le bras et me caresse la joue. Sans que je comprenne comment, il bloque ma nuque avec sa main et pose son front contre le mien. Je dois essayer de sauver les meubles ! Et de toute urgence !

– Pourquoi tu me faisais ça, alors ?

Sa respiration est hachée, la tension sexuelle est beaucoup trop importante, maintenant, si on compte toutes les fois où nous avons failli… où il m'a…

– Parce que tu ne venais que pour Maxence, toujours lui, jamais moi.

– Mais je… dis-je, à bout de souffle, les joues de plus en plus rouges.

– Emma, t'es excitée, bébé…

– Je…

Son autre main remonte lentement le long de ma cuisse nue. Je commence à fondre, tellement la situation m'échappe.

– Nathaniel, on dépasse les limites de…

Je l'entends rire discrètement pendant que ses doigts continuent à remonter en faisant quelques pressions, çà et là. Une douce chaleur m'envahit tout à coup, mes tétons se redressent de désir, je n'ose même pas le regarder parce que je suis certaine que Nathaniel doit s'en rendre compte. Ses lèvres descendent le long de ma gorge, et c'en est fait de moi. Sentir sa langue contre mon cou, son souffle chaud se répercuter sur ma peau, sa main qui atteint ma culotte et qui ne s'arrête pas, ça me dépasse complètement. Je suis électrisée par ses gestes sur ma peau nue, par l'instant d'égarement, de complicité et de folie que nous sommes en train de vivre. Avec ses dents, il attrape le lobe de mon oreille, qu'il mordille plusieurs fois, et passe sa main en dessous du tissu de ma culotte. Lorsqu'il me touche, je réprime un gémissement. J'ouvre enfin les yeux et constate que nous sommes au bord de la piscine, dans la propriété de ses parents… Cette soudaine constatation me rend nerveuse. Je ne suis pas du tout à l'aise de me retrouver dans cette position-là, avec Nathaniel, dans la demeure de ses parents… J'attrape ses doigts et les emprisonne pour qu'il arrête cette douce et délicieuse torture.

– Laisse-toi aller, bébé, lâche-toi… me lance Nathaniel comme s'il avait lu dans mes pensées.

– Nathaniel, on est chez toi, dehors…

– On est des jeunes mariés, et les jeunes mariés baisent n'importe où, Emma.

– Tes parents, ton frère, ta belle-sœur…

– OK, je vois, viens !

Il se lève et me soulève comme une plume. Nathaniel

attrape ma main et nous fait traverser le jardin à la vitesse de la lumière, ce qui me fait glousser. Ce mec est complètement emporté par son désir, par… moi ! Et ça, c'est une première ! Lorsque nous entrons dans la maison, j'ai les joues en feu et le cœur au bord de la rupture. Nathaniel me lâche subitement, mais, emportée par l'élan, je m'écrase contre lui dans un bruit sourd, et je comprends. Je me pince les lèvres, mais c'est déjà trop tard. Dwayne hausse un sourcil vers nous et ouvre la bouche, mais Nathaniel le contre.

– Le fleuriste ne peut pas, pour les fleurs de Wendy, il faut qu'on en trouve un autre !

Il est aussi à bout de souffle que moi. Et je ne pense pas, mais vraiment pas que Dwayne ait gobé le mensonge que son fils vient de lui dire. D'ailleurs, ce qui traduirait mieux l'expression qu'il a sur le visage serait plutôt un : « Vous avez l'air de deux personnes qui vont s'envoyer en l'air » qu'un : « OK, allez chercher un autre fleuriste » ! Surtout que son fils est trempé comme une soupe et en simple boxer… Il hoche simplement la tête et sort de la maison par là où nous sommes entrés. Ouf !

– Emma, ça va ?

– Je sens plus mes jambes ! dis-je, encore retournée par la situation.

– Ce n'est rien, il…

– … n'est pas abruti, il a compris que nous… que nous…

Il fourrage dans ses cheveux et souffle, puis il attrape ma main et m'entraîne vers l'étage. Une fois dans sa chambre, il ferme la porte à clé derrière lui et avance vers moi, restée statique en plein milieu de la pièce. Mes jambes sont comme du coton, je réalise à peine ce qui se joue devant mes yeux…

– On va pouvoir baiser tranquilles !

Je le frappe, alors il se mord la lèvre et lance :

– OK, il va me falloir du temps pour corriger mon vocabulaire, pas la peine de me tabasser chaque fois. Donc je reprends, on est des jeunes mariés, et les jeunes mariés font l'amour n'importe où.

– Cette expression qui sort de ta bouche n'est absolument pas crédible.

– Emma, merde ! Je fais des efforts, et toi, tu réduis tout à néant !

– Désolée ! dis-je tout en gloussant.

Il s'avance, diminuant l'espace qu'il y a entre nous, et me regarde intensément. C'est à ce moment que je comprends qui il est vraiment. Parce que Nathaniel a une réputation qui le précède, mais c'est un style qu'il se donne. Au fond de lui, je suis sûre qu'il n'est pas comme ça, ce n'est pas un connard ! Et aujourd'hui, je m'en rends vraiment compte !

– On est mariés, mais je ne t'appartiens pas, et tu ne dois pas faire des scènes comme tout à l'heure avec Leeroy. Je t'interdis de recommencer. On s'est mariés à Vegas, complètement bourrés ! Je ne suis donc pas réellement ta femme, et tu n'as aucun droit sur moi, vu ?

Il baisse les yeux un instant, puis les relève vers moi. Ils ont cette teinte d'orage, d'ébène qui caractérise le caractère de Nathaniel.

– Emma, je ne partage pas mes jouets, et ce depuis que je suis tout petit.

– Attends, t'es en train de dire que je suis un jouet, putain ! dis-je en me retournant et en mettant mes mains sur ma tête.

J'hallucine ! Un jouet ! Il vient de me comparer à un jouet !

– Non, fait-il en attrapant ma main et en me faisant faire volte-face. Bien sûr que non, tu n'es pas un jouet, mais je ne partage rien, jamais, parce que les autres brisent toujours tout, même si c'est une personne, et toi, je t'ai assez cassée avant…

– Pour une fois, tu as raison…

– Un jour, je te demanderai pardon, mais pas maintenant, parce que si je le fais aujourd'hui, tu vas croire que c'est pour arriver à mes fins et coucher avec toi.

– Parce que tu crois réellement qu'on va coucher ensemble, là, tout de suite ?

Son sourire éclatant et plein d'assurance me fout les nerfs immédiatement, peut-être parce que je sais que dans le fond, il a raison… Nous allons coucher ensemble, tous les deux. Je déglutis difficilement, et je suis de plus en plus nerveuse à l'idée que Nathaniel explore mon intimité, même s'il l'a déjà fait…

Je rejette ces pensées et attends la suite de ce qu'il va dire.

– Laisse-moi réparer ce que je t'ai fait…

– Désolée de te décevoir, Cox, mais ce n'est pas quelques coups de bite qui vont changer le cours de l'histoire.

Sa bouche s'ouvre en grand, et ses yeux sont écarquillés. Même moi, je suis étonnée de ma repartie.

– Putain, je suis choqué !

– De quoi ?

– Que tu dises le mot bite, et surtout que ce ne seront que quelques coups ! Ce n'est pas ce que je voulais dire en parlant de réparer mes conneries du passé !

– Ah oui ? Je suis curieuse ! J'aimerais bien voir comment tu vas retomber sur tes pattes !

– Je voulais juste te prendre dans mes bras et t'offrir de la douceur, de la tendresse. Ce que je t'ai enlevé lorsque nous étions gamins, ce que je ne t'ai pas donné, se défend-il en mettant ses mains devant lui afin d'appuyer ses paroles.

Son regard s'est attendri, son expression est tout simplement indescriptible. Il semble doux et affectueux. OK ! Mon cœur d'artichaut vient d'avoir plusieurs ratés. S'il continue sur sa lancée, je vais fondre. Je ne peux pas résister à ce genre de phrases, même si elles viennent de Nathaniel ! Je suis comme ça depuis ma plus tendre enfance. Lorsque je vois quelqu'un pleurer dans une émission de télé, je chiale comme une madeleine. Je suis fan de guimauve enrobée de chocolat, de plaids, de romances et de téléfilms de Noël ! Je ne suis pas immunisée contre ça, et je crois que je ne le serai jamais ! Encore moins quand ça vient d'un mec trempé, à moitié nu, qui ressemble à un mannequin de pub pour une marque de sous-vêtements.

Il s'approche et me prend dans ses bras. Son parfum m'enveloppe et m'emporte loin de cette chambre, alors je ferme les yeux pour mieux me souvenir. Me souvenir d'avoir joui contre son corps tout en criant son prénom, d'avoir humé son odeur à pleins poumons et de m'en être délectée, d'avoir ri avec lui avec autant de complicité. Tout cela me revient en mémoire, ainsi que lui me disant qu'il aime m'entendre prononcer son nom dans ce moment d'extase. Et je me souviens surtout d'avoir aimé le voir s'abandonner au plaisir qu'il prend entre mes cuisses !

D'instinct, mes doigts entrent dans ses cheveux alors que sa langue joue sur la peau de mon cou. Et je me consume tout entière... Ses mains descendent sur mes fesses et me pressent contre lui, me faisant sentir son érection contre mon ventre.

– Tu m'excites tellement, Emma, j'arrête pas de me souvenir de ta peau sur la mienne, de ta façon de soupirer une fois que tu as joui...

Ma respiration se coupe. Je suis clairement foutue ! J'ai envie de lui, mais à un point... Je crois que la frustration que je nous impose depuis ce retour de cuite à Vegas, je ne la supporte plus ! Il me fait sauter sur ses hanches si facilement que c'en est déconcertant. Ses lèvres captent les miennes, et notre baiser n'en finit pas. On se dévore mutuellement comme si nous attendions cela depuis de nombreuses années. Je le serre contre moi, puis sens la fraîcheur des draps dans mon dos, et le poids de Nathaniel vient me clouer au lit.

Je suis à sa merci, et putain, j'aime cette sensation !

J'ôte ma robe, dévoilant mon corps presque nu. Je rougis parce que je prends de l'assurance alors que je ne suis pas à l'aise. Nathaniel a toujours été grossier et humiliant concernant mes formes, et je...

– Je ne te l'ai jamais dit, mais tu es vraiment belle, Emma. Bien plus que tout à l'heure.

Je deviens écarlate comme une tomate. C'est tellement inattendu. Et en plus, c'est lui, Nathaniel, qui me trouve belle ! Ce n'est pas rien, pour moi, ce petit truc complètement inconnu, totalement troublant, mais... tellement réconfortant. Quelque chose se passe entre nous, Nathaniel qui me sourit tendrement, moi qui fonds sous lui comme si nous avions toujours été connectés... Il se lèche les lèvres sans arrêter de me regarder comme si j'étais une friandise qu'il s'apprête à dévorer. Il se penche, m'embrasse, puis descend sur mon cou tout en dégrafant mon soutien-gorge, qu'il envoie valser au milieu de la chambre. Il prend mon téton entre ses dents et le mordille pendant que sa main s'active à pincer l'autre. Je soupire de contentement jusqu'à ce qu'il parsème mon ventre de baisers. La chaleur de la pièce continue d'augmenter et atteint des sommets. Sa bouche bute sur mon string, qu'il fait descendre lentement le long de mes jambes tout en me regardant. Nathaniel embrasse délicatement ma cheville, puis remonte lentement, faisant grimper ma température interne à son paroxysme. Arrivé tout près de mon intimité, il pose sa main sur mon genou, l'écartant d'une pression et m'exposant à sa vue, comme ce matin. Il s'humidifie les lèvres et les pose sur mon bouton. Une décharge de plaisir me traverse, et je gémis indécemment à chaque coup de langue. Chaque fois que ma chair est sollicitée, il m'entraîne haut, très haut, si bien qu'il ne me faut pas longtemps pour jouir. Pendant que mes mains serrent le drap, Nathaniel en profite pour m'observer. Alors je me relève et fais lentement glisser son boxer pour révéler sa nudité. Il me montre le préservatif, que je prends entre mes doigts et lui enfile. Il s'installe contre moi et d'instinct, mes jambes entourent son bassin. Nos regards s'accrochent l'un à l'autre, et ses lèvres frôlent les miennes. Elles ont mon goût et sa douceur à lui. Lorsque son gland entre en moi, une onde de choc me traverse.

Putain ! C'est si bon…

Je ferme les yeux et sens sa bouche contre la peau fine de mon cou, son souffle qui se répercute sur mon corps et son parfum qui m'enivre.

J'inspire et expire bruyamment afin de m'apaiser. Je ne veux pas partir au quart de tour, j'ai envie de faire durer le plaisir. Il attrape une mèche de mes cheveux et l'entortille autour de son doigt. Nathaniel m'embrasse comme si c'était *la* bulle d'oxygène dont il avait le plus besoin. Mes mains parcourent son dos et se posent sur ses fesses pour lui intimer de bouger. Et tout doucement, il ose quelques légers va-et-vient afin de me préserver pendant qu'il caresse le grain de ma peau. Son odeur, sa façon de faire l'amour, sa douceur, tout de notre nuit à Vegas me revient en mémoire. Et je prends tout ce qu'il me donne parce que c'est ce qu'il fait, dans ces moments-là, il donne tout, ne retenant que mon plaisir au détriment du sien, et c'est un autre Nathaniel que je découvre. Mes gémissements emplissent la chambre jusqu'à cet instant où je lâche complètement prise, où je me permets, pendant quelques secondes d'être belle et attirante à ses yeux, d'être désirable et aimée. J'enfonce mes ongles dans la peau de son dos et jouis sans retenue.

– Emma… Bébé…

Et tout d'un coup, tout change ! Sa douceur fait place à une certaine brutalité, à une bestialité qui montre son désir encore inassouvi. Il entrelace nos doigts pendant que ses coups de reins deviennent plus rapides, plus forts, m'entraînant toujours plus haut, me montrant toute la passion qu'il ressent. Et soudain, Nathaniel pose sa tête dans mon cou, il s'immobilise et jouit en gémissant. Je le serre dans mes bras, et je sens les battements de son cœur contre ma poitrine. Il me tient enlacée contre lui, et tout se dit, sans aucun mot échangé. Il m'offre le plus doux et le plus beau des câlins. Ses lèvres se baladent le long de ma clavicule, me faisant frissonner à chacun de ses passages. Je le sens sourire et bouge délicatement mon épaule. Il relève la tête, et je jure solennellement de garder en mémoire ce sourire resplendissant, ces yeux empreints d'une lueur que je ne leur avais jamais vue et qui embrase mon cœur en quelques secondes.

19

Nathaniel

Je n'ai pas fermé l'œil de la nuit. Je suis resté éveillé avec Emma dans mes bras, à la regarder dormir, à enregistrer toutes ses mimiques, que je vais longtemps garder en mémoire. Ce matin, son visage est détendu, si bien que quand son réveil sonne, à sept heures, je grogne comme le parfait homme de Cro-Magnon que je suis. Je crois qu'avec elle, je peux faire une croix sur les grasses matinées à vie. Elle bouge la tête plusieurs fois et ouvre les paupières. Mon cœur fait une embardée. Emma est dans mes bras, tout contre moi. Un sourire sincère s'invite sur mon visage.

– Bonjour, murmuré-je.

Sa bouche s'ouvre et ses yeux s'écarquillent.

– Putain, on a dormi ensemble ? Dans ton lit ? Merde !

OK, je m'attendais à un bonjour tendre, et ensuite à un : « T'es le meilleur coup que j'aie jamais eu », mais non ! Madame jure de bon matin. Elle se relève en se cachant la poitrine.

La bonne blague !

Attends, elle me fait quoi, là ? Hors de question qu'elle

dise ou fasse quoi que ce soit qui égratigne la merveilleuse nuit que nous venons de passer. Elle ne se cachera pas derrière un : « On était bourrés », cette fois !

– Je dois… Je dois… commence-t-elle.

Quelque chose en moi se fissure. Ça a un goût de déjà-vu… à Vegas, il y a quelques jours. Elle s'habille alors que je ne la lâche pas du regard.

– Je vais courir, et ensuite je vais faire le petit déjeuner. J'ai promis à ta mère de faire des gâteaux de crabe pour ta grand-mère et pour te…

Sa logorrhée traduit sa nervosité. Elle faisait déjà ça, petite, et elle continue maintenant qu'elle est adulte… J'ai les nerfs à rude épreuve et je ne supporterai pas qu'elle me rejette une fois encore. Toute notre enfance, elle m'a ignoré, il n'y en avait que pour Maxence, et voilà qu'après la nuit qu'on vient de passer, elle me jette comme un vulgaire chewing-gum qui n'a plus de goût ! Toujours allongé sur le lit, je lui tourne le dos, le temps qu'elle se barre, afin de ne pas lui dire des mots qui pourraient dépasser ma pensée.

– Nathaniel…

– Vas-y, casse-toi ! C'est ce dont t'as envie ! Je t'en prie ! fais-je en accompagnant mes paroles d'un geste du bras.

Elle souffle et me pince le mollet à travers le drap, me tirant un grognement.

– Arrête de faire le gamin !

Je me relève et la fusille du regard. Comment ose-t-elle, après une nuit aussi magique ? Je finis par détourner la tête et m'assieds plus confortablement sur mon lit.

– Écoute, c'était… commence-t-elle, gênée.

Je devrais peut-être l'aider. Dire que la nuit a été la meilleure de sa vie, ce ne doit pas être facile à avouer !

Quand tu vois la tête de gland de son plan cul, y a de quoi se moquer…

– Cool, c'était cool.

– Quoi ? dis-je, plus fort que je ne le pensais. C'était cool ?

– Ouais, c'était bien…

Je lève la main de façon à la faire taire, encore choqué qu'elle ait pu dire une connerie pareille !

Cool ! Elle a dit cool ?

Mon regard se fait méchant alors qu'elle ose hausser un sourcil.

– Cool ? répété-je.

– Oh, Nathaniel, j'ai vraiment pas le temps de me prendre la tête avec toi, ce matin.

Elle s'enroule dans le drap, regarde son portable et grimace encore.

– Merde ! Je n'aurai pas le temps d'aller courir si je veux faire tout ça. Wendy doit être levée, maintenant. Je vais à la douche.

Je me vautre dans le lit pendant qu'elle sort de la chambre, et je la maudis encore plus, maintenant. Je tourne et retourne, puis enfonce la tête dans mon oreiller pour humer son odeur. Mon oreiller a gardé son parfum, et je laisse voguer mes pensées. Pourquoi a-t-elle ce comportement chaque fois que nous passons la nuit ensemble ? C'est fou, ça ! Elle me rend complètement dingue, tout simplement !

– T'es réveillé ?

Je réponds à mon père en grognant. Ils ont tous décidé de me casser les couilles, dans cette baraque !

Putain, j'aurais dû aller à l'hôtel !

– Ouais… fais-je en râlant.

– C'est bon, t'as trouvé les fleurs ?

– Hein ? l'interrogé-je en me relevant et en le regardant.

Il s'adosse contre le chambranle de la porte et me fixe de ses yeux étrécis. Je n'aime pas du tout quand il fait ça, il a ce regard d'agent de la CIA qui veut tout savoir.

– Tu sais, les fleurs, le mariage de Maxence, hier soir, toi et Emma, toi en boxer…

Oh, oh…

– Je suis allé piquer une tête dans la piscine, j'ai pas le droit ?

– Ah, mais si, tu as le droit…

– Encore heureux !

– Et les fleurs ?

– Il me semble qu'Emma a trouvé la solution parce que tout ce que je lui propose, c'est non. Je lui ai même parlé de chrysanthèmes. Elle n'a pas voulu.

Ses prunelles deviennent noir ébène, et là, je sais que je suis allé trop loin. Il entre dans la chambre, claque la porte derrière lui et pointe son doigt vers moi.

– Je te préviens, tu ne feras pas foirer ce mariage, c'est clair ?

– Mais je…

– Nathaniel, regarde-moi ! Je te mets en garde. Maxence est très amoureux de Wendy, tu lui fous la paix et tu le laisses se marier avec la femme qu'il aime !

– Tu ne la trouves pas un peu…

– Je ne la juge pas, et encore moins ton frère ! Toi, je ne t'ai rien dit lorsque t'as épousé l'autre conne ! aboie-t-il.

Ma bouche se décroche. Je hausse les épaules et attrape mon portable.

– Au moins, on est d'accord sur un point.

– Lequel ? demande-t-il.

– Laurie est une grosse conne.

– Nathaniel, tu vas trouver une femme qui va te respecter et qui va…

– Franchement, papa, il est sept heures et demie du matin ! J'ai envie de dormir, j'ai faim, et j'ai même envie de m'occuper de ces fleurs plutôt que d'engager une conversation sur ma potentielle future relation qui sera vouée à l'échec. Alors laisse-moi me lever, s'il te plaît.

– OK, OK, j'aimerais que tu t'occupes des fleurs, ce matin, Emma doit faire des…

– … gâteaux de crabe pour mamie, je sais… soufflé-je comme un bœuf.

Mon regard croise le sien et je remarque que mon père a ce petit sourire en coin qu'il fait rapidement disparaître.

Merde ! Il faut que je me rattrape, et de toute urgence !

– Elle nous a assez bassinés avec ça, hier soir !

Il hoche la tête et sort de ma chambre. Mon cœur bat la chamade. Bordel, c'était moins une ! Je me lève et entends de l'eau couler.

Tiens, tiens…

Je traverse la chambre, prends le couloir et entre dans la salle de bains, que je ferme à clé. Emma se tient de profil sous l'eau de la douche, et ses mains rincent ses cheveux. Son dos cambré, ses bras en l'air, sa poitrine tendue… Mon Dieu, qu'elle est belle, je ne me lasse pas de la regarder, surtout quand elle ne sait pas que je suis là. Elle est naturelle, elle est elle ! Je fais craquer ma nuque, et lorsque je m'approche de l'entrée de la douche, Emma sursaute.

– Putain, Nathaniel, j'en ai marre que tu…

J'entre et place ma tête sous le jet d'eau, sous lequel je frissonne.

– L'eau est gelée ! Je vais choper une pneumonie !

– C'est mon eau, tu sais ? Est-ce que tu vas arrêter de squatter ma douche ?

– La porte était ouverte ! Pour moi, c'est une invitation, et puis je dois… te prouver quelque chose.

20

Emma

Je sors de la douche, et en même temps de ma léthargie. Je passe ma main sur le miroir pour en ôter la buée. Mes joues sont rouges, et je ne parle même pas de mes oreilles. Nathaniel s'est incrusté dans ma salle de bains et m'a… donné du plaisir, sans rien attendre en retour, tout ça pour prouver qu'il est un bon amant.

Je devrais me maquiller un peu pour éviter que tout le monde sache que je… que nous…

Bordel, ce mec est affreux ! Mais qu'est-ce qu'il est doué !

Je m'habille d'une robe d'été fluide rose pastel, enfile ma paire de sandales, mets un coup de crayon sur mes yeux et laisse mes cheveux détachés. Le tour est joué ! Je sors de la salle de bains et descends à la cuisine, où l'odeur des pancakes emplit mes narines. C'est Wendy qui les prépare, sous l'œil amoureux de Maxence. Je me mets rapidement à la tâche, et au bout d'une heure et de quelques mets déjà confectionnés, mon cher et tendre époux fait résonner sa belle voix.

– Pumpkin !

Je sursaute et manque de me brûler la main en sortant mon pain de viande du four.

– Bien le bonjour, Nathaniel ! dis-je, ironique.

Son petit sourire en coin me rappelle quel bonjour il m'a fait ce matin… Je le détaille de haut en bas et de bas en haut… Ses cheveux noirs sont décoiffés, ses yeux verts me percent comme cette nuit, dans la chambre. Son torse sculpté est moulé dans un tee-shirt blanc, et de là où je suis, je ne peux pas voir ses fesses contenues dans ce jean… Il est tellement beau, tellement sexy, comme ça, tellement… rien que de le détailler de cette façon, je suis toute retournée… Ma respiration se raréfie, et je n'aime pas la réaction de mon corps !

Oh, oh… ce n'est pas bon, mais pas bon du tout…

Pourquoi je ressens ce minuscule truc ? Pourquoi mon cœur s'accélère d'un coup ?

C'est la faute aux orgasmes qu'il m'a offerts cette nuit, j'en mettrais ma main à couper. Il attrape une assiette, mets quelques pancakes dedans et badigeonne le tout de sirop d'érable. Je laisse mon pain de viande refroidir alors qu'il ne me lâche pas des yeux.

– On a rendez-vous avec la fleuriste dans une heure, et faut qu'on se dépêche, le tailleur m'a appelé parce que mon costume est arrivé.

Je hausse un sourcil. Qu'est-ce que j'en ai à foutre, de son costume ? Puis, quelque chose me traverse, comme ça, sans que j'aie prévu le truc. Nathaniel le remarque et grimace.

– Tu n’as pas ta robe ? s’exclame-t-il, scandalisé.

Je me pince les lèvres en réponse. Wendy arrête ce qu’elle était en train de faire et me dévisage.

Bon, OK, on est à quelques jours du mariage, mais j’ai encore le temps, si j’y vais aujourd’hui !

– J’avais prévu d’y aller…

– Dès qu’on récupère mon costume, on file.

Dwayne lève le nez de son journal et nous dévisage tour à tour tandis que je reste hébétée. Nathaniel qui m’accompagne pour aller acheter ma robe… ? Sa famille et la mienne ne vont pas comprendre, on est toujours en train de se prendre la tête !

– Attends… tu vas faire du shopping avec Emma ? questionne son frère.

– Merci, je me sentais seul, tout à coup… murmure Dwayne.

– Rien à voir ! s’exclame Nathaniel. Je n’ai juste pas envie qu’elle se ramène avec des fringues de merde pour le mariage de Maxence ! Crois pas que ça me plaise de l’emmener !

Je le fusille du regard pendant qu’il m’envoie un baiser grossièrement.

– Tu m’excuseras, mais je n’ai pas besoin de toi pour m’habiller.

– Euh… Tu m’excuseras, mais si !

– T’es en train de dire que mes fringues sont hideuses ?

Et là, il réalise une chose que jamais au grand jamais je ne veux qu’il refasse : il me regarde de haut en bas en se permettant de me juger en silence. Ce genre de comportement me met mal à l'aise et m'horripile au plus haut point. Je ne supporte pas les gens qui font ça !

– Nathaniel ! dis-je pour le prévenir.

Il se lèche subtilement les lèvres, puis plonge son regard dans le mien. Ce que j'y lis est loin de me déplaire, finalement.

– Je dis juste que, parfois, tu t'habilles comme une nonne, et que pour…

– Une nonne ? Non, mais attends, c'est une blague, putain ! Moi, je m'habille comme une nonne !

– Non, mais c'est pas que…

– T'es qui pour juger mes vêtements ? T'es devenu styliste, entre hier soir et ce matin ? Tu te proclames as du shopping, maintenant ?

– Attends, j'ai pas dit ça pour que tu…

– Tu veux qu'on en parle, de ton ex ? De sa façon de s'habiller ? Parce que j'aurais de quoi me moquer, entre ses jupes à ras la jardinière et ses décolletés plus que plongeants !

Il me toise, un éclat de fureur transparaît dans ses belles prunelles, mais là, il m'a trop gonflée. Je ne supporte pas de lui lancer des piques sur son ex, mais trop, c'est trop !

– Ne me parle pas d'elle ! Tu viens de me couper l'appétit !

Tout le monde retient son souffle dans la pièce, et pour cause ! Il est interdit d'évoquer Laurie en présence de Nathaniel. Je ne le lâche pas du regard, hors de question de laisser couler ça ce matin, ni un autre jour, d'ailleurs ! Si ma façon de me fringuer ne lui plaît pas, eh bien, tant pis pour lui !

– Laurie a beaucoup de défauts, mais pas celui-là. Elle savait s'habiller, et…

– Si, pour toi, être habillée comme une pute, c'est la mode, alors oui, je mets des robes de nonne !

– On se calme, les enfants, nous sermonne gentiment Dwayne.

Mais on ne lâchera pas l'affaire, ni lui, ni moi. Il y a beaucoup trop de tensions entre nous, et ce n'est pas parce que nous avons couché ensemble cette nuit que nous avons désamorcé cette bombe qui plane au-dessus de nos têtes depuis tant d'années.

Regarde-moi, Nathaniel, je ne suis plus la petite fille que tu as torturée lorsque nous étions enfants. J'ai grandi et je compte bien ne plus jamais me laisser faire par des pseudo-caïds comme toi.

– On peut y aller ensemble, Emma, souffle Wendy.

– Ne t'embête pas, dis-je. De toute manière, je ne peux pas cet après-midi… J'ai promis à Sean de l'aider à choisir son costume.

Nathaniel éclate de rire et pointe un doigt vers moi, et là, je dis bien là, je sais qu'il va être affreux, ce qui rendra l'air encore plus irrespirable entre nous.

– Pourquoi ça ne m'étonne même pas ? s'exclame-t-il en se remettant à table. Profite de t'habiller quand tu seras avec lui…

– C'est ce que je comptais faire, rétorqué-je, piquée au vif.

Ses yeux me transpercent. Je serre le poing et déglutis le plus discrètement possible.

– T'embête pas, va ! À poil, en position allongée, ça

ira pour lui ! Et puis, t'es habituée, avec Sean, non ? En levrette comme la parfaite soumise que tu es !

Bouche bée. Je suis… Je n'ai pas de mots. Maxence s'est relevé et dévisage son frère.

– Nathaniel ! crie Dwayne en le mettant en garde.

– Quoi, papa ? Tu savais pas qu'Emma et Sean couchaient ensemble, au lycée ?

– Mais comment tu sais ça, toi ? s'insurge Maxence.

L'aîné des Cox me regarde et sourit, me montrant sa toute-puissance, et l'envie de l'écraser comme une vulgaire punaise surgit de nouveau du fond de moi.

– Je comprends Laurie, putain. Elle a bien fait de se barrer, t'es tellement insupportable.

Nathaniel s'est relevé en faisant tomber sa chaise et m'envoie un regard aussi sombre qu'un ciel d'orage.

– Retire ce que tu viens de dire ! hurle-t-il à mon intention.

– Ça te plaît pas ? continué-je. Tu demandes du respect, Nathaniel ? Avant de l'exiger, montres-en aux autres. À force de te comporter comme le plus gros connard que la Terre ait porté, ne t'étonne pas que les gens te considèrent comme tel.

– Tiens-toi éloignée du mariage de Maxence. Fini ! Tu ne t'en occupes plus ! crache-t-il.

– C'est vrai que tu es un expert en fringues et en mariage, vu le crash aérien qu'a fait le tien !

– Emma ! s'indigne Dwayne.

Il se place entre nous deux et pose une main sur le torse de son fils aîné.

– On sort, tous les deux, OK ? suggère-t-il. Regarde-moi, fils. Emmène-moi voler.

Ni une, ni deux, Dwayne entraîne Nathaniel en dehors de la maison. Mes poils sont hérissés, et lorsque je croise les yeux de Maxence, je sais que j'ai dépassé les bornes.

– Bon… commence Wendy.

– Maxence, je suis désolée. Je…

– Emma, arrange ça. C'est mon grand frère, et toi, je te considère comme ma sœur… Je n'en peux plus de vos disputes, de vos sautes d'humeur. Discutez, tous les deux, mettez à plat vos mal-être et comportez-vous comme des adultes ! Au moins le temps du mariage…

– Ou baisez. Ça vous fera le plus grand bien, renchérit Wendy.

***

– Comment tu le trouves ? me demande-t-il en sortant de la cabine avec un costume trois-pièces qui ne lui va pas.

Sean est vraiment très beau garçon, il est attentionné, et cette journée ensemble m'a fait beaucoup de bien. Pourtant, je n'arrête pas de penser à Nathaniel, à notre dispute, à tous ces mots durs que nous nous sommes crachés au visage.

– Pourquoi tu n'as jamais dit à Nathaniel et aux autres qu'on était ensemble ?

– OK, je crois que celui-là ne va pas si tu préfères avoir cette conversation en me voyant sortir avec.

– Sean, je ne plaisante pas.

– Est-ce que tu as vu la relation malsaine que tu entretenais avec Nathaniel, à l'époque ? Relation qui est toujours la même aujourd'hui.

Je hausse les épaules. On a toujours vécu comme ça alors ça ne me choque plus.

– Change de tenue, on dirait un paléontologue à la retraite.

Il rit et rentre dans la cabine pour essayer le costume suivant. J'en profite pour attraper mon portable et constater que je n'ai aucune nouvelle.

En même temps, vu nos dernières paroles…

– Et là ?

Je lui souris. Celui-là lui va à la perfection. Je me lève et le détaille un peu.

– Il est parfait.

– Plus de paléontologue à la retraite ?

– Tu fais jeune et bel architecte.

– Cravate ou nœud papillon ?

– Putain, Sean ! Cravate ! C'est tellement plus viril qu'un nœud pap !

Il caresse légèrement ma joue avec son pouce. Je me crispe. Je ne dois rien à Nathaniel, car notre mariage n'est que le résultat d'une beuverie, mais ça me gêne. Même si, à l'époque, je me sentais bien avec Sean, je sais, là, tout de suite, qu'il ne se passera plus jamais rien entre lui et moi parce que son geste me met mal à l'aise.

– C'est parce que tu n'as jamais aimé les nœuds papillon, Emma.

Nos regards se croisent, et je retrouve un peu de sa

douceur, de sa tendresse qui, des années en arrière, me réconfortait.

– Je n'aurais jamais dû te laisser. Si tu savais les regrets que j'ai de ne pas t'avoir suivie là-bas…

– On était trop jeunes pour prendre de telles décisions, Sean.

– Je suis sûr qu'on serait mariés. Caleb ne mesure pas la chance qu'il a de t'avoir auprès de lui.

– Sean… murmuré-je en posant ma main sur son torse et en reculant légèrement. Ne me fais pas ça, s'il te plaît, pas aujourd'hui… J'ai passé une sale matinée, et je ne veux pas te repousser…

Il me prend dans ses bras et chuchote ces quelques mots qui m'apaisent :

– Je serai toujours là pour toi, quoi qu'il se passe.

21

Emma

Il n'est pas venu. J'ai laissé la porte de la salle de bains ouverte, ce matin, et celle de ma chambre cette nuit. Je ne l'ai pas vu, il est allé voler avec son père après notre dispute et est sorti hier soir avec Maxence, entre frères. Cette sensation de culpabilité me ronge de l'intérieur. J'ai eu beau m'occuper toute la journée, ça ne s'est pas calmé. Je suis bouffée par les remords. Je m'en veux tellement d'avoir été aussi virulente, tout simplement parce que je ne suis pas comme ça. Je ne suis pas ce genre de fille qui frappe un homme déjà à terre. Je tourne et retourne dans ce lit, et décide qu'il est temps d'enterrer la hache de guerre.

Je me lève et frissonne un peu. Ce n'est pas dû à la température qu'il fait, mais plutôt à ce que je m'apprête à faire et qui m'angoisse. Je sors discrètement dans le couloir et en profite pour écouter les bruits de la maison. Tout le monde doit dormir encore. Rien à l'horizon. Je franchis les quelques mètres qui me séparent de la chambre de

Nathaniel et pousse la porte. Ses yeux me fixent immédiatement, et je me sens encore plus minable qu'avant de sortir de mon lit. Je suis tellement terrifiée par cet homme, par cette relation qui me fait peur !

Je m'avance vers lui sans qu'il me lâche du regard. Entre tristesse, déception et colère, je ne sais pas quelle est l'émotion que j'aperçois dans ses yeux. Arrivée à sa hauteur, je me mordille les lèvres, mais j'ai décidé qu'il était temps.

– Je suis désolée, je n'aurais jamais dû te dire ça. Même si t'es un connard, enfin, je veux dire, si tu te comportes comme un con, enfin… Laurie n'avait pas le droit de te faire ça. Personne ne mérite d'être traité comme elle l'a fait. Je retire donc ce que j'ai dit.

Je souris timidement, puis recule pour sortir, pour reprendre ma respiration que je retiens depuis que je suis entrée. Nathaniel hausse un sourcil et soupire de soulagement, comme si le poids sur ses épaules venait de disparaître avec mes simples excuses. Il se redresse et s'assied avant que je quitte la chambre.

– Tu n'es pas une soumise.

Je le regarde et acquiesce. Il se relève et se tient debout près de son lit. Je ne sens plus mes jambes. S'il continue à me regarder comme il est en train de le faire, je vais tomber ou me désintégrer sur place. Ses yeux expriment tout un tas d'émotions en contradiction avec cette relation que nous entretenons depuis que nous nous connaissons, et ça commence à me faire flipper. J'angoisse parce que je ne maîtrise pas ce qui se passe ici.

– C'est pas des fringues de nonne, c'est juste que tu ne te mets pas en valeur.

– J'ai pas besoin de ça, Nathaniel, je n'ai pas besoin de mettre une minijupe pour montrer que j'existe.

– Je sais tout ça… tu n'imagines pas à quel point je sais que tu existes…

Un silence pesant s'installe entre nous, alors il bouge et monte sur la chaise de son bureau. Il fouille entre ses maquettes d'hélicos et en sort une boîte fermée à clé.

– Je suis désolé de tout ce que je t'ai fait vivre, Emma. Peut-être qu'un jour, tu comprendras pourquoi j'étais comme ça… Tiens… je l'ai gardée pendant…

Mon cœur s'arrête de battre en voyant l'objet en question. La petite boîte d'allumettes de mon grand-père.

– Comment tu… dis-je en retenant un sanglot.

Il se frotte la nuque, embarrassé, et grimace un peu.

– Tu te souviens de la méga bêtise que j'avais faite ?

– Laquelle ?

– Mon père m'a puni tout l'été… Je n'ai jamais voulu leur dire ce que j'avais pris…

– Quand tu as volé dans le tiroir de Mme Parlow ? L'instit ?

Il acquiesce, et je commence à comprendre. Il a été têtu, je n'avais jamais vu Dwayne dans cet état, il ne comprenait pas pourquoi Nathaniel avait fait ça, ni ce qu'il avait volé. Il a tout simplement refusé de le dire à son père, et la punition a été exemplaire !

– Elle te l'avait prise à la récré, et j'ai vu comme tu as été malheureuse, alors je l'ai récupérée, mais je n'ai jamais pu te la donner.

Je retourne cette petite boîte et laisse échapper une petite larme lorsque je remarque que nos initiales sont encore gravées à l'arrière. Une douce chaleur m'envahit tout à coup. Nathaniel a… Je n'ai pas de mots. La relation que j'avais avec mon grand-père était exceptionnelle. Même si j'ai rencontré la famille Cox après le décès de papy, je n'ai jamais exprimé devant Nathaniel à quel point j'aimais mon grand-père, à quel point j'avais besoin de lui dans ma vie de petite fille… C'est tellement inattendu qu'il agisse ainsi… Je passe délicatement mon doigt sur la petite boîte, et mon cœur se serre.

Il me manque tellement…

Le pouce de Nathaniel vient essuyer le fruit de mon chagrin si tendrement que mon souffle se coupe. Je redécouvre mon mari. Il n'a jamais été tendre avec moi. Il agissait comme un tortionnaire durant ma jeunesse, et même à l'adolescence. À l'âge adulte, il continue à se comporter comme un connard. Pourtant, ce soir, dans sa chambre, c'est très différent… Mon cœur fait plusieurs bonds, et je n'attends qu'une seule chose, c'est qu'il m'embrasse.

– Même quand tu pleures, t'es belle.

Je plonge dans ses iris et tombe peu à peu. Je lève la main vers lui et touche le grain de sa peau, la naissance de sa barbe, et je l'entends souffler. Les battements de mon cœur s'affolent et Nathaniel capture mes lèvres des siennes. Je gémis dans sa bouche lorsqu'il me presse contre lui comme si j'allais disparaître dans la seconde. Notre baiser est passionné, mais aussi chargé d'un je-ne-sais-quoi que je ne pourrais expliquer, quelque chose qui me retourne comme une crêpe. Je le serre fort contre moi pendant que nos corps s'enflamment. Sa langue danse avec la mienne, notre excitation monte en flèche si bien qu'il me fait sauter sur ses hanches. Lorsque je touche le matelas, je pose délicatement la boîte d'allumettes sur la table de nuit et reprends là où nous en étions. Il ôte mon débardeur d'un geste magistral et triomphant. Sa langue trace un chemin de mon cou à mon nombril, et lorsqu'il bute sur mon short, il le descend avec ses dents, lentement, tellement lentement que j'ai l'impression qu'il joue avec mes nerfs. Aussi nonchalamment qu'il est descendu, il revient en me mordant la peau chaque fois qu'il le peut. Ma respiration se hache, et lorsqu'il pose la pointe de sa langue sur ma chair, je m'agrippe au drap. Ma main entre dans ses cheveux et le repousse. Ses yeux trahissent son incompréhension, et même un peu… d'angoisse.

– J'ai envie de jouir quand tu seras en moi.

– Prends une capote dans la table de nuit, bébé.

Je m'exécute comme un automate et ouvre le tiroir. Je fouille un petit peu et tombe sur une boîte pleine… Je hausse un sourcil vers lui. Ses yeux sont rieurs, et je ne lui ferai pas le plaisir de lui poser la question. Je n'ai pas envie de gâcher ce moment, bien au contraire, j'ai envie de prendre mon temps, de prendre le temps de le découvrir… lui.

– Je peux ? demandé-je en tenant le carré brillant entre mes doigts.

Il acquiesce d'un hochement de tête et s'installe à mes côtés. Nathaniel fait glisser son boxer le long de ses jambes, révélant son érection, et me regarde avec admiration. Je me relève sur les genoux et détaille son corps. Son buste monte et descend à une allure impressionnante et je ne parle même pas de cette beauté qu'il dégage, de ses muscles bandés, de cette ceinture d'adonis, de ses tablettes de chocolat qui m'appellent et de son membre fièrement dressé. Je pose mon index sur ses lèvres, son réflexe est de les pincer afin de l'embrasser, alors j'en profite pour faire évoluer mes mains sur son torse, sur ses abdos durs comme du béton. Je dépose mes lèvres sur les siennes, tendrement, et mon cœur vole en éclats lorsque je remarque l'empreinte du désir au fond de ses prunelles. J'embrasse son cou, fais glisser ma langue sur ses pectoraux, sur ses abdos et, fébrilement, pose ma main sur son membre. Je tremble légèrement, et cette sensation de malaise, de gêne ne me quitte pas, si bien que je reste là sans savoir quoi faire. Le fait que ce soit avec Nathaniel me perturbe plus que je ne me l'imaginais. Mes yeux rencontrent de nouveau les siens. Il humidifie sa bouche et se mordille la lèvre inférieure.

– Touche-moi, Emma…

Il s'est relevé, et son front touche le mien. Il m'embrasse, alors je fais timidement bouger ma main de haut en bas en exerçant quelques pressions.

– Bébé… souffle-t-il.

Tout passe dans notre regard. J'y lis des promesses, celles qui ne mentent pas, celles qui n'appartiennent qu'aux personnes en couple, celles qui font peur lorsque nous sommes censés n'être rien l'un pour l'autre. J'écarquille les yeux, et je crois que je réalise… Je suis en train de tomber dans les filets de ce mec, de tomber dans les filets de Nathaniel Cox. Et si je ne me reprends pas un tant soit peu, je vais finir par en ressortir avec la plaie la plus béante et douloureuse que l'humanité connaisse : le chagrin d'amour.

Je remue la tête pour chasser les pensées qui m'assaillent et profite de cette pause, de cette parenthèse entre nous. Je passe délicatement ma langue sur mes lèvres et me penche afin de gober son gland. Le gémissement qu'il émet et le froissement du drap entre ses doigts me prouvent qu'il apprécie, ce qui me donne plus de courage pour continuer sur ma lancée. Je fais tourner ma langue autour de son gland, suis la veine qui orne son membre, sa couronne et le prends profondément en bouche. J'entame des va-et-vient en suçotant de temps en temps, ce qui a pour effet de le rendre fou. Sa main entre dans mes cheveux et serre un peu jusqu'à ce qu'il me retire d'un coup. Nathaniel m'arrache la capote que je tiens encore et s'en munit plus vite que l'éclair. Il écrase ses lèvres sur les miennes et me bascule sous lui. Il attrape mon téton entre ses dents et mordille pendant que sa main s'amuse avec mon bouton, me faisant haleter de plaisir. Il se glisse entre mes cuisses et instinctivement, mes jambes s'enroulent autour de son bassin. Il me pénètre de toute sa longueur. Je gémis profondément, je le sens sourire contre mon épaule et se retirer entièrement pour replonger en moi avec force. Il met rapidement sa main sur ma bouche.

– Chut, bébé, même si j'aime t'entendre, j'ai pas envie

d'en faire profiter toute la famille…

Je hoche la tête pendant qu'il continue à me donner du plaisir comme jamais je n'en ai eu. J'essaie de me contenir, de faire le moins de bruit possible, mais c'est une torture qu'il m'inflige, surtout lorsque le premier orgasme me prend de court. Je m'envole tellement loin de cette chambre, de cette maison…

Lorsque je reviens à moi, Nathaniel ne me lâche pas du regard. Mes ongles sont plantés dans sa peau. Il se retire de nouveau, puis revient plus brutalement, me tirant un gémissement de contentement. Il me pose cette question silencieuse à laquelle je réponds en me mordant les lèvres, et notre étreinte devient beaucoup plus passionnée, plus sensuelle et plus brutale. Nathaniel m'embrasse comme si sa vie en dépendait pendant que ses coups de reins me transportent plusieurs fois hors du temps. Il capitule en émettant un râle de plaisir, alors je ferme les yeux et profite de ce moment, de cette communion entre nous que jamais, au grand jamais je n'aurais cru possible, même dans mes rêves les plus fous.

Au bout de quelques minutes, il se retire et s'allonge de tout son long sur le lit. Je me sens tellement bien, tellement en phase avec lui. Je ne résiste, ni ne réfléchis et pose ma tête sur son torse.

– Tu as faim ? Soif ?

Je réponds en secouant la tête parce que je ne pourrais pas tenir une conversation cohérente, là, tout de suite. Sa main caresse mon dos, et je me laisse bercer par sa douceur.

– Tu es bien, comme ça ?

– Oui. Je suis un peu fatiguée.

– Il est 4 h 35…

Je hoche la tête et souris.

– Je suis contente qu'on ait réussi à s'entendre.

Ma tête rebondit sur ses abdos parce qu'il se met à rire.

– T'as raison, Emma, le sexe, y a rien de mieux pour s'entendre. Mais si tu pars comme ça, crois-moi, on va se disputer bien souvent…

Je lève les yeux au ciel, désespérée de son comportement qui, pourtant, me charme.

22

Nathaniel

– Nathaniel, bouge-toi ! On doit encore aller chercher mon costume, voir la salle et s'arrêter laver la voiture, et putain, mais où est Emma ? Je la cherche depuis plus d'une heure, au moins !

Je bouge un peu et finis par me relever face à mon frangin qui me beugle dessus. J'ai la tête qui me lance. Mes yeux sont attirés par le réveil et constatent qu'il est 9 h 45 ! Sauf qu'on n'a pas dormi suffisamment, et déjà que je suis crevé…

– Mais c'est trop tôt ! Merde, y a pas une personne sensée qui va me laisser dormir tranquille, dans cette baraque ? Ce soir, je dors à l'hôtel, merde, je suis en vacances !

Lorsque je remarque son froncement de sourcils, je comprends immédiatement ce qui se passe. Maxence est très expressif, et là, clairement, il est dans un état de stress avancé.

– Mais, attends…

– Sors de ma chambre, dis-je en essayant de cacher ma femme comme je peux.

Parce qu'elle est là, elle s'est endormie sur moi, cette nuit, et maintenant que mon énergumène de frère est dans la chambre… Je tire un peu sur la couverture, mais c'est peine perdue… Emma relève la tête de mon torse en posant sa main sur ses magnifiques yeux qu'elle frotte. Maxence va flipper, je le connais comme le fond de ma poche.

– Emma ? Oh, putain ! Mon Dieu, oh, mon Dieu ! Oh, putain de Dieu !

Emma secoue sa belle tête endormie et écarquille les yeux de terreur lorsqu'elle comprend ce qui se trame dans cette chambre.

– Putain, Emma… Emma, je… tu… lui… toi… Je vais vomir, je me sens mal. Une crise cardiaque, un malaise… Je vais m'évanouir.

– Non, attends, Maxence, ce n'est pas si terrible que ça en a l'air ! tente-t-elle.

– Pas si terrible ! Mais qu'est-ce que tu fous dans son lit ?

La bouche ouverte, ma femme n'en place plus une. En effet, ma chérie, si ce n'est pas ce qu'il croit, qu'est-ce que tu fais à poil dans mon lit ? L'état dans lequel ils sont, tous les deux, me fait marrer.

– Je… essaie encore Emma.

– Mais comment c'est arrivé ?

– Hé, oh ! Je suis là, je vous signale ! dis-je en me calant contre la tête de lit.

Emma se relève encore, mais je la stoppe et tire la couverture sur elle pour éviter qu'elle ne se montre à poil devant mon frangin.

– Putain, Emma, putain, tu couches avec mon frère.

Putain, Emma, qu'est-ce que t'as fait ?

Pourquoi c'est si difficile à avaler qu'elle et moi soyons ensemble ? J'ai l'impression que c'est comme si le virus Ebola envahissait la ville !

– Relax, frérot, on ne fait rien de mal, ni d'illégal. On est mariés, tous les deux…

– Mariés ! hurle-t-il.

– Mais arrête de hurler comme un perdu, bon sang !

Emma se fait toute petite. C'est la catastrophe. Elle essaie de sauver un peu les meubles, mais on est clairement dans le *Titanic*, avec les violons en moins.

– On s'est mariés à Vegas, dis-je en haussant les épaules.

C'est vrai que ça, on aurait pu éviter. Je lui accorde, mais maintenant, c'est fait, et on ne reviendra pas dessus…

– Ne t'inquiète pas, Maxence, j'ai déjà demandé les papiers pour l'annulation, l'assure Emma, catégorique. On n'était pas dans notre état normal, on était imbibés d'alcool. Le juge va vite annuler tout ça.

– Quoi ? pesté-je. Bébé, on en a discuté !

Je lui fais le regard le plus noir que j'ai en rayon.

– Bébé ! s'étrangle mon frangin. Non, mais, mariés ! Je suis choqué. Putain, pire que ça, même ! Mariés, genre mariés, genre tous les deux. Toi et lui. Toi et elle ! Mon Dieu, c'est le chaos, un vrai carnage, un bain de sang…

Il pose sa main sur son cœur et halète. Il va péter un plomb !

– Détends-toi, continué-je. Tout va bien. Dans deux jours, tu vas te marier avec Wendy, et tout ira bien, OK ? Tu ne t'occupes pas de nous, d'accord ? Et toi, dis-je en pointant Emma du doigt, je t'ai déjà dit que je ne voulais pas divorcer !

– Quoi ? renchérit mon frère.

Je me gratte la tête et souffle d'exaspération.

– Et moi, je ne veux pas rester mariée avec toi, Nathaniel, on en a déjà parlé.

– C'est quoi, cette histoire ? Tu veux rester marié avec elle ? Avec Emma ? Attends… vous avez couché ensemble ? Non, en fait, je ne veux pas savoir. J'ai envie de vomir. Putain, il t'a torturée quand t'étais gamine, et maintenant tu te maries avec lui…

– Non, mais, attends, je ne l'ai pas torturée ! Arrêtez avec vos délires ! Et puis, elle non plus, elle ne m'a pas épargné, putain !

– Quoi ? Moi ? Tu plaisantes, là ? Attends, je ne faisais que riposter contre ton comportement de gros connard ! s'insurge-t-elle.

Elle a laissé le drap tomber pour placer ses mains sur ses hanches, révélant ses seins parfaits.

– Merde, Emma ! beuglé-je en mettant mon oreiller sur sa poitrine. J'ai pas envie que Maxence te voie comme ça !

– Je l'ai déjà vue nue, Nathaniel. On a déjà pris des douches ensemble…

– Quoi ? hurlé-je vers eux. T'as couché avec mon frère ?

– Non, me répond-elle.

Le regard de Maxence s'éteint, son sourire s'est effacé, et quelque chose vient de se briser en lui. Je le connais comme si c'était mon propre fils, et là, je sais qu'il est déçu…

– Et toi, fait-il à Emma, tu as couché avec le mien…

– Maxence… geint-elle.

– Allez, c'est rien ! tenté-je, mais je vois déjà que ça ne sert pas à grand-chose.

Mon frère est blessé, et je m'en veux à mort. Mais il faut qu'il comprenne que l'on parle d'Emma, et que je ne peux pas renoncer à elle. Il recule, puis se tourne. Lorsque la porte claque, nous sursautons tous les deux. Emma se lève et enfile son pyjama, puis, sans un regard, elle détale à la vitesse de la lumière.

Bon, je suppose qu'on ne va ni faire de câlin, ni dormir un peu plus !

J'enfile mon short maillot et descends rejoindre ma famille, surtout pour avoir une bonne discussion avec mon frère. Lorsque j'arrive en bas, Maxence sort de la maison en claquant la porte, et Emma embrasse ma grand-mère chérie.

– Qu'est-ce qu'il a ? me demande mon père.

Je hausse les épaules et me place à côté de ma grand-mère pour lui dire bonjour. Ça fait plus de six mois que je ne l'ai pas vue.

– Il se marie dans deux jours, il est stressé, rien de plus, dis-je à papa pour qu'il me lâche un peu.

Et ma grand-mère y va de son commentaire. J'aime trop cette femme !

– Ma chérie, tu as fait ton deuil ? Parce que tu sais, Maxence est amoureux de Wendy…

– Non, mais en fait, il n'y a rien, entre nous, Lynette, c'est juste que…

– Mais oui, toi, il te faut un homme qui te secoue un peu ! Tu vois, le genre d'homme qui sait te mettre des fessées une fois la porte de la chambre passée ! Mon petit Maxence n'est pas comme ça…

J'éclate de rire pendant qu'Emma pique un fard. Je me penche discrètement vers ma femme et chuchote :

– Comme elle t'a cernée !

Emma ouvre la bouche, mais la referme aussitôt et nous regarde tour à tour, avec ma grand-mère qui ne se départ pas de son sourire sardonique.

Je l'aime trop, ma mamie ! Elle est irremplaçable !

Je l'embrasse tandis que papa essaie de la raisonner, en vain. Je crois que j'ai hérité de son caractère et de son franc-parler.

– Mon petit Nathaniel ! Comme tu es beau et fort ! T'as bien fait de te débarrasser de l'autre déchet, tu mérites tellement mieux qu'une fille écervelée !

Ça, c'est dit ! Oui, mamie est très directe dans sa façon de parler…

Ma mère installe ma grand-mère à table, alors je passe derrière ma femme et lui souffle discrètement :

– Ne t'inquiète pas, je vais m'occuper de Maxence. OK ?

Je prends son hochement de tête pour argent comptant et prends place à table pour entamer une journée qui va être bien chargée.

23

Emma

Maxence nous a évités toute la journée, je n'ai pas réussi à être seule avec lui. Il a tout fait pour que l'on ne se retrouve pas ensemble, si bien que lorsque j'entre dans la salle de réception pour le dîner de répétition, il tourne la tête de l'autre côté quand nos regards se croisent. Je me sens tellement mal. Je culpabilise comme une folle. J'avance, me place à la table réservée aux parents et trouve Lynette, dans son fauteuil, en train de siroter une coupe de champagne. Je m'installe sans un bruit et descends la coupe d'un trait.

– Ça, c'est un cul sec de camionneur, Emma.

Je ricane. Lynette est une personne vraiment à part. Nathaniel lui ressemble tellement, que ce soit physiquement ou par le caractère. Je ne veux même pas l'imaginer jeune adulte… Je regarde l'assemblée et me sens perdue en plein océan. Sean capte mon attention. Il est accompagné de ses parents, et même si les miens ne sont pas loin et que je connais la quasi-totalité de l'assistance, je me sens tellement seule.

– Je… ne me sens pas bien, je vais prendre l'air, dis-je à Lynette, qui hausse les sourcils.

– Pourquoi ?

– Je crois que j'ai mangé quelque chose qui ne me va pas…

– Un mariage, peut-être ?

Je déglutis et pense à Maxence, à Nathaniel et à la merde que je viens de créer entre eux, dans cette famille qui est, à la base, unie en toutes circonstances. J'aurais dû décliner l'invitation à être le témoin avec lui, je n'aurais pas dû revenir ici. Cet air, cette ville, toutes ces personnes, tous les mauvais souvenirs que j'ai me rendent malade.

– Deux, même, dis-je vite.

Je traverse la pièce en regardant le sol et en essayant de respirer convenablement, mais une boule énorme s'est formée dans ma gorge et l'obstrue complètement. Une fois dans le couloir, je prends appui sur le mur et inspire plusieurs fois en fermant les yeux. J'essaie de me concentrer sur mon souffle, et non sur ce que j'ai fait. Lorsque j'ouvre les yeux, Maxence est devant moi, avec ce regard qui en dit long sur ce qu'il pense. Une larme roule sur ma joue, alors je tente d'apaiser tout ça.

– Je suis tellement désolée de t'avoir déçu, je ne…

– Emma, tu ne m'as pas déçu, c'est juste que… Votre relation est tellement compliquée. Nathaniel a énormément souffert, cette année. Il ne le montre pas, mais je te jure qu'il a dégusté, et toi… Toi, t'es parfaite pour lui, même si ça me tue de le dire. Je ne pourrais pas lui trouver une meilleure femme que toi. Je ne comprends pas comment tout ça est arrivé, il t'a fait beaucoup de mal quand t'étais jeune, et tu te retrouves… mariée avec lui.

Je ricane et essuie ma joue.

– Je me suis réveillée le matin avec une alliance et un certificat de mariage au nom des époux Cox. Imagine l'angoisse, autant pour lui que pour moi !

– Viens là, dit-il en écartant les bras.

Je me réfugie contre lui et savoure ce moment de retrouvailles ; je sais qu'il ne m'en veut pas et qu'il m'accepte comme je suis.

– Il ne veut pas divorcer, continué-je. Il est complètement timbré !

Je le sens rire, et je me joins à lui.

– Quelle personne saine d'esprit voudrait divorcer de toi ?

– Tout le monde te cherche !

Ma tête se tourne instinctivement et croise les yeux de Nathaniel. Il se radoucit et s'approche de nous, puis m'écarte de Maxence et prend ma tête dans ses mains.

– Pourquoi t'as pleuré, bébé ? Qu'est-ce que tu lui as dit ? crie-t-il à Maxence.

– Rien, je… je ne voulais pas que toute cette histoire vous sépare, et j'ai eu peur de…

Nathaniel sourit, dépose ses lèvres chaudes et pleines sur les miennes et m'embrasse tendrement.

– Ne te mets pas dans des états pareils, c'est mon petit frère, il est obligé de me supporter et de m'aimer. C'est genre un code familial, tu vois !

– T'es pénible, Nathaniel !

– Et ça marche, vu que tu as retrouvé ton joli sourire…

– Oh…

Il caresse ma joue du bout des doigts, et je vois du coin de l'œil Maxence nous sourire. Mon stress et mon angoisse redescendent en flèche. Je respire beaucoup mieux.

– Bon, vous allez l'annoncer quand ?

– Pour l'instant, on n'annonce rien du tout, dis-je précipitamment.

– Emma, ce n'est pas rien. En plus, c'est tous les deux. Nate et toi, c'est énorme, même comme annonce !

Je regarde Nathaniel et le menace en pointant mon doigt.

– On ne parlera pas de notre mariage, OK ? Ce n'est vraiment pas le moment !

Il hoche la tête et mime une fermeture Éclair sur ses lèvres.

– Vous vous êtes mariés ? Mais quand ? Comment ?

Je me vide de tout mon sang lorsque je remarque Phoebe, bouche bée derrière nous, ma mère à ses côtés. Mon cœur vient de s'arrêter de battre. Là, c'est la fin du monde, putain. Jamais, au grand jamais je n'ai voulu que cette histoire entache ma famille, et encore moins la sienne.

– Maman… dis-je, hésitante.

– Tu t'es mariée ? crie-t-elle, incrédule. Avec Nathaniel ?

Je vacille. Nathaniel me rattrape à la dernière seconde et me maintient contre lui pendant que ma mère me fusille du regard. J'essaie de parler, de dire quelque chose qui pourrait nous sortir de cette galère, mais c'était sans compter l'irruption de mon père et de Dwayne dans le couloir.

– Jack, ta fille… Elle… Emma, elle a… Elle s'est…

– Nathaniel et Emma sont mariés, lâche Phoebe d'un ton acerbe.

– Quoi ? demande Dwayne. Nathaniel ?

Mon très cher époux me regarde, puis se pince les lèvres.

– Je crois que là, on est obligés de leur en parler… me souffle-t-il à l'oreille.

Je me mordille la lèvre ; si, il y a deux minutes, je me sentais mieux, je peux certifier que ce n'est plus du tout le cas.

– OK, quand on est allés à Vegas enterrer la vie de garçon de Maxence… On a un peu bu, et on s'est mariés, avance Nathaniel.

– Putain ! lâche Dwayne en se tournant vers le mur et en mettant ses mains sur sa tête. Mais merde, Nathaniel ! C'est quoi, ton problème ? Tu viens de divorcer, et là tu te maries, comme ça !

– Ce n'est rien, tenté-je, il faut que l'on se concentre sur le mariage de Maxence et de Wendy. On s'occupera de ça plus tard… C'est un jour important pour eux, et il me semble que…

– Pourquoi lui ? m'interroge mon père.

– Quoi ? Mon fils n'est pas assez bien pour ta fille ? rétorque Dwayne, en colère.

Oh, non, ça ne va pas du tout, et ça commence à partir en cacahuètes entre eux ! C'est un véritable cauchemar !

– Je ne vais pas te faire de dessin, Dwayne, tu sais très bien comment il est !

Oh, putain ! Le regard de Dwayne sur mon père me paralyse. J'assiste à cette scène surréaliste sans pouvoir faire quoi que ce soit.

– Stop ! crie Maxence. Surtout, ne vous engueulez pas pour les conneries de vos mômes !

– Papa, je…

– Tu me déçois beaucoup, Emma. Je pensais que tu…

– Ce qu'il veut dire, continue maman, c'est que tu as toujours voulu un beau mariage, pas un truc à la sauvette. Je ne te reconnais plus, tu bois, tu te maries à Vegas, tu mens…

Phoebe ne parle pas, mais de là où je suis, je sais qu'elle est sous le choc.

– On va aller dîner, et tous les quatre, vous soufflez un bon coup, OK ? assène Maxence, prenant notre défense.

Les deux hommes acquiescent, et nos familles quittent la pièce en nous fusillant du regard. Je n'en mène pas large, loin de là. Je sais qu'une fois la répétition terminée, nous allons, Nathaniel et moi, devoir nous expliquer devant nos familles, et ça… m'angoisse au plus haut point.

– Ça aurait pu être pire ! s'exclame Nathaniel pour essayer de détendre l'atmosphère.

– Pire ? Comme quoi ? Une fusillade ? On vient littéralement de briser leur amitié, de leur lancer une bombe plus grosse que Saturne, et j'ai déçu mon père, et tu trouves qu'il y a pire ? hurlé-je presque.

– Ouais, bébé, on aurait pu leur dire pour la vidéo, aussi…

– Je vais finir par passer dans le journal…

– Ah, ouais ?

– Ouais ! Pour avoir buté mon mari ! dis-je, hors de moi.

Nathaniel sourit alors que j'ai envie de le tuer à mains

nues. Maxence se place entre nous et souffle.

– Écoutez, on gérera après, on doit passer à table et essayer de ne pas ruiner le reste de la soirée, s'il vous plaît. Contrairement à vous deux, avec Wendy, on a envie que ce mariage soit réussi et que tout se passe bien, et je…

– Maxence, on va se faire tout petits, on ne fera plus rien qui te mettra mal à l'aise, dis-je.

– Allons-y, dit-il, catégorique.

Nous traversons la salle de réception et nous installons sans un mot à notre table. Je ne veux même pas regarder la tête de mes parents. Lynette éclate de rire et regarde Nathaniel avec un éclat de fierté dans les yeux.

– Alors, toi, t'en auras fait, des conneries, mais celle-là dépasse de loin toutes celles que tu as pu faire !

– Maman, s'il te plaît, la sermonne Dwayne.

– Quoi ? C'est vrai ! Nathaniel est doux et aimant quand il ne se comporte pas comme une merde, et elle, elle le remet à sa place quand il faut. Ils sont parfaits ensemble. Vous avez ma bénédiction, mes enfants, nous dit-elle.

Nathaniel se mord la lèvre, puis me regarde avec une lueur tellement intense qu'une chaleur se répand aussitôt dans le creux de mon ventre.

Je tombe… encore.

***

La soirée touche à sa fin, et nous n'avons plus reparlé de cette histoire. Nos parents se sont tenus à l'écart, et nous regardons Maxence et Wendy ouvrir le bal. Ils sont tellement parfaits, tous les deux. Je ressens une légère oppression dans la poitrine. Voir Maxence et Wendy heureux, danser à leur répétition de mariage, ça me tire un soupir de frustration.

– On va prendre l'air ? me demande Nathaniel. J'étouffe, ici…

– Je te suis ! dis-je, soulagée de quitter cette table.

Une fois dehors, je respire à pleins poumons et me délecte de l'odeur de la nuit. Je chéris ce parfum, puis des bras m'entourent, et je me laisse aller contre Nathaniel. Je penche la tête pour lui laisser le loisir de baiser mon cou, ce qu'il s'empresse de faire, délicatement. J'entends son souffle saccadé et chaud contre mon oreille, ses mains se baladent sur mon ventre et remontent lentement vers ma gorge. Ses gestes me donnent chaud immédiatement, et tout un tas de pensées assez salaces me traversent l'esprit. Mes tétons durcissent sous le frottement du tissu de ma robe, mes cuisses se resserrent, et le plaisir s'invite doucement dans le creux de mon ventre.

– Dis-moi que t'es excitée, bébé, parce que je pense à tout ce que je vais te faire en rentrant.

Je glousse parce que oui, il est clairement en train de m'exciter. Je colle mes fesses contre son bassin et sens son érection.

– Je vois que tu es prêt…

– Viens, on se casse !

– Quoi ?

– On part, on rentre, on va à l'hôtel et on baise comme des dingues jusqu'à demain matin. C'est bon, on a bouffé le gâteau, on peut se tailler sans qu'on nous dise quoi que ce soit.

– Mais non, on est les témoins. On est obligés de rester jusqu'à la fin !

Le grognement de frustration qu'il émet fait monter ma température corporelle d'une centaine de degrés.

– Ils sont là, nos marmots !

Je me décale de Nathaniel lorsque je reconnais la voix chargée d'alcool de mon père. Il est accompagné de Dwayne, et j'avoue que c'est une première de les voir dans cet état.

– Mais vous êtes défoncés ! s'exclame Nathaniel.

– Quoi ? Je marie mon fils demain et mon aîné m'a caché son mariage, donc j'ai le droit de fêter ça...

– OK... répond Nathaniel en prenant la réflexion sans rien ajouter.

– Ma petite Emma... Tu vas me faire plein de petits-enfants tout mignons, hein ?

– Dwayne, je crois que vous n'êtes pas en état de...

– Fais-moi une petite-fille, hein, ma petite Emma. Une mignonne petite-fille.

Mon utérus vient de déclarer forfait. Il se retire de mon corps, tout simplement, rien qu'à l'idée d'enfanter le fils de Nathaniel. D'ailleurs, celui-ci hausse un sourcil. Son père est complètement cramé. Ma mère et Phoebe arrivent, bras dessus, bras dessous, tout en rigolant comme deux perdues ! Elles aussi ont bu plus que de raison.

– Oh... dis-je, complètement ahurie.

– Putain, mais même vous ! crie Nathaniel à nos mères.

Elles rient ensemble en se tenant comme elles peuvent. C'est la première fois que je vois mes parents saouls. La scène me paraît surréaliste. Mes parents ne sont pas comme ça, et ceux de Nathaniel encore moins.

– Jack, j'ai dit à Emma qu'elle me fasse une petite-fille !

– Un petit-fils aussi, parce que moi, j'ai pas eu de garçon ! renchérit mon père.

– Et moi, j'ai eu que des garçons ! Putain, c'est pas faute d'avoir essayé. Hein, ma chérie, tu te souviens la fois au camping ? C'était chaud comme le feu, et tu…

J'ouvre la bouche. Je refuse d'écouter ce qui va suivre et qui va me perturber pendant des années.

– Je vais être traumatisé ! souffle Nathaniel.

– Moi aussi. On se casse, j'ai pas envie d'entendre ce qu'ils vont se dire après.

– On va où ?

– Sur une autre planète, s'il te plaît.

Ma mère se rapproche de mon père qui, lui, me regarde avec des yeux vitreux.

– T'as eu raison, ma petite chérie, Nathaniel est un bon garçon, et je sais qu'il veillera sur toi, me dit papa.

– Vous allez faire de magnifiques enfants, renchérit Dwayne.

Nathaniel me tend la main, alors je hausse un sourcil et regarde tour à tour les deux hommes, qui attendent que je prenne la parole.

– Ma petite chérie, continue mon père, t'en restes sans voix ! Allez, c'est normal, c'est la vie, l'amour, le mariage, les enfants et… les petits-enfants.

Dwayne se met à rire et embrasse sa femme. Je me tourne vers Nathaniel qui, lui, ne dit rien du tout.

– Putain, mais c'est contagieux, en plus…

– De quoi tu parles, Emma ? interroge mon très cher époux.

– Ta maladie mentale ! Regarde, ils sont tous atteints !

Nathaniel sourit, alors je prends sa main, et avant de partir, Dwayne murmure, assez fort pour que j'entende :

– J'aurais vraiment aimé être là au mariage. Te voir dans ta robe, dire oui à mon fils.

– Oh, Dwayne…

– C'est vraiment dommage, j'aurais pu danser avec toi et te prouver que tu es comme ma fille maintenant que tu as épousé Nathaniel, même si je te considérais déjà comme telle…

Mon palpitant a un raté. Dwayne est quelqu'un d'introverti par rapport à Nathaniel, et le fait qu'il parle à cœur ouvert est une grande première. Ses paroles brisent quelque chose en moi. Je l'ai toujours respecté, toujours aimé comme un père, et ce qu'il me dit fracture une couche de protection que j'ai érigée tout autour de mon cœur. S'il continue, je vais me mettre à chialer.

– Dwayne, c'est compliqué… c'est… ce n'est pas le moment de…

– Ne lui brise pas le cœur, Emma, il ne lui en reste pas beaucoup…

24

Nathaniel

J'ouvre la porte, pose la carte magnétique sur le meuble d'entrée, enlève mes chaussures et me vautre sur le lit. Emma entre lentement pendant que j'ai tout le loisir de contempler la chambre que nous avons louée pour la nuit. Elle est simple, mais spacieuse, tout en blanc, des murs au plafond. Il n'y a que le tableau accroché au-dessus de la tête de lit, qui représente une ballerine s'habillant pour son spectacle, qui tranche avec le côté froid et impersonnel de la pièce, ainsi qu'un miroir disposé en face du lit. Je fronce les sourcils et émets un petit rire. Un miroir en face d'un lit… Je sors mon portable de la poche de mon pantalon et tape un rapide texto.

[Hôtel avec Emma, le premier
qui me réveille est un homme mort !]

[Dégueu, j'ai pas envie de savoir
ce que vous allez faire !]

[Y a un miroir en face de notre lit,
je te raconterai ! ;)]

[J'ai envie de vomir !]

[Papa ?]

[Je l'ai déposé dans son lit,
gueule de bois demain…]

Je souffle d'exaspération, je ne suis pas un modèle d'enfant, mais je ne souhaite pas blesser la seule personne en qui j'ai une totale confiance et à qui je raconte tout.

[Nate, il adore Emma,
il s'en remettra !]

Si Emma veut de ce mariage, et si leur amitié n'est pas brisée… Cette pensée me déprime.

[Si jamais elle part ?]

[Est-ce que tu veux vraiment
qu'elle reste ?]

J'en sais rien !

Au départ, ça me faisait marrer de l'imaginer dans la peau de ma femme, d'autant que je ne veux pas divorcer une deuxième fois… Mais plus je pense à ma vie, et plus je me dis que Pumpkin a toujours eu une place toute particulière… Mais je ne suis pas prêt à avoir cette réflexion maintenant.

[Te laisse, le miroir m'appelle !]

Je m'allonge de tout mon long, fixe le plafond et attends qu'elle prenne la parole, mais elle reste muette depuis qu'elle a vu nos parents complètement saouls en train de délirer sur nos futurs enfants. Je crois qu'Emma n'est pas prête pour ce genre d'aventure… Ni moi, d'ailleurs !

– C'est la merde, tu sais, ça ?

Je la regarde alors qu'elle fait les cent pas, et ris intérieurement. Maintenant, elle commence à flipper. J'ouvre les bras pour l'intimer de venir me faire un câlin, mais non, elle me fusille du regard, et finalement explose alors que je me relève sur les coudes.

– Tu te rends compte de ce que ton père m'a dit ? Nathaniel, c'est… Jamais je n'ai…

– Mon père était bourré ! Il aurait pu te confondre avec la reine d'Angleterre ! Relax, Pumpkin !

Elle fronce les sourcils, et je la reconnais mieux, maintenant.

– Arrête de m'appeler comme ça, Triominus !

Je fais claquer ma langue et me lève. Je la surplombe de toute ma hauteur et plonge mon regard dans la beauté de ses yeux.

– Tu es réellement sûre de vouloir faire la guerre, amour ?

– Nathaniel, je…

– Tu sais ce qui se passe lorsque l'on se dispute, tous les deux ?

Ses prunelles s'animent de la même lueur qu'hier soir, et je sais déjà que l'on va passer la meilleure nuit de notre vie. Elle ne peut pas me résister !

Je me relève, penche la tête et dépose un baiser dans son cou. Je hume l'odeur de ses cheveux et l'entoure de mes bras.

C'est comme ça que je me sens bien.

C'est complètement fou, mais réel. Même nos disputes, je les adore… bon, surtout parce que je sais où ça va nous mener !

– J'irai en prison parce que je serai passée à l'acte ?

Je la regarde méchamment, mais me prends à son jeu. Je pose mes mains sur ses petites fesses rebondies et les presse contre moi. Elle écarquille ses jolis yeux, alors j'en profite pour sourire et me moquer d'elle.

– Vu la tête que tu fais, je sais déjà que tu sens ce que j'ai envie de te faire…

Elle me repousse et râle.

– C'est dingue, ça, Nathaniel ! Bon sang ! Je te parle d'un truc sérieux, mais vraiment sérieux, l'amitié de nos parents, la façon dont ton père a dit que…

– Mon père est à la limite du coma éthylique, Emma ! T'aurais même pu lui faire des avances qu'il ne s'en souviendrait pas ! Tu verras, demain, il agira comme avant !

– Qu'est-ce que t'en sais ?

Je me recule et souffle d'exaspération. J'avais pas prévu

de passer la soirée comme ça, moi !

– Emma, tu ne l'as pas déçu, enlève-toi ça de la tête.

– T'as entendu mon père ?

– C'était la colère. Tu es sa fille unique… Il t'aime plus que sa propre vie. Ne te fais pas de bile pour ça. Et mon père, c'est la même chose, il t'adore et te prend pour sa fille, alors relax, tout va bien se passer. Je vais discuter avec eux, demain matin, et arranger tout ça, OK ?

– Hors de question ! Toi, t'es de l'alcool sur du feu ! À peine tu auras ouvert la bouche que tu vas tout saccager sur ton passage…

– Qu'est-ce que tu as contre ma bouche ? lui lancé-je en attrapant sa main. C'est comme ma langue, lorsque je la pose sur toi, ça ne te déplaît pas…

– Nathaniel !

Ses joues rosissent ; elle semble mal à l'aise, et ça me plaît qu'elle se mette dans cet état.

– On n'est que tous les deux et tu continues à faire ta timide. Mais où est donc passée la femme que j'ai épousée ? Celle qui a fait une sextape et qui m'a chevauché comme une vraie *cow-girl !*

– Elle était bourrée, cette fille, et n'était pas capable de prendre des décisions. Je t'assure qu'elle met un veto sur tout ce qu'il s'est passé !

– T'as pas le droit de faire ça, Emma !

Je m'assieds brusquement sur le lit et soutiens son regard. Quelque chose change. Ses yeux prennent une teinte d'orage d'été.

– OK, dit-elle en s'approchant de moi.

Ses lèvres se posent brutalement sur les miennes et, sans que je comprenne ce qu'il se passe, les boutons de ma chemise volent à travers la pièce.

– Emma… tu…

– Tais-toi !

Mes lèvres esquissent un sourire, et je la laisse prendre les rênes. Notre baiser devient acharné comme un besoin de sentir l'autre, de l'avoir contre soi. C'est jouissif. Elle ôte sa robe d'un geste de la main, alors je ne résiste pas et plonge sur sa poitrine. Je fais sauter son soutien-gorge et lape une première fois son téton, qui durcit à chacun de mes coups de langue. Elle halète, et moi je meurs à petit feu. Cette femme me rend dingue !

– Qu'est-ce que j'ai faim de toi, Emma…

Le gémissement qu'elle émet me met en transe. Elle se lève et retire son string. J'en profite pour me débarrasser de mes fringues. Elle me pousse pour que je m'allonge, et de la voir comme ça, mon cerveau est en surchauffe. Je n'ai jamais été aussi émoustillé qu'à cet instant. Savoir qu'elle laisse libre cours à son désir et à ses fantasmes, ça me… ça m'excite à mort. Elle se met à califourchon sur moi, mais je n'ai pas envie que l'on zappe les préliminaires, je veux l'entendre jouir avant de la pénétrer. Comme si elle avait compris, elle remonte doucement, et s'installe finalement au-dessus de mon visage. Ma langue touche son bouton de rose, et elle se déhanche de plus en plus vite contre ma bouche. Si jamais elle ne jouit pas dans les deux minutes qui arrivent, c'est moi qui ne vais pas tenir.

Mes bras entourent ses cuisses afin de l'immobiliser et je

la lèche jusqu'à ce qu'elle crie mon prénom. Son orgasme est puissant, renversant. À cet instant, je me promets de toujours faire en sorte de l'entendre comme ça : jouir à s'en faire exploser la cervelle. Je ne lui laisse aucun répit et attrape un préservatif que j'enfile. Je ne voudrais pas qu'elle change d'avis, je veux qu'elle poursuive ce qu'elle a commencé avec moi. Elle lâche prise, et c'est génial. Je l'aide à reprendre sa position initiale et elle s'empale sur ma verge tendue, ce qui me fait gémir profondément. Mon Dieu, c'est divin !

– Attends, Nathaniel…

– Putain, Emma ! J'ai trop envie de toi, j'ai besoin que tu bouges, maintenant, allez, bébé, je veux encore te faire jouir. J'en ai besoin.

Ses yeux s'allument d'une lueur que je reconnais pour l'avoir vue à Vegas et, doucement, elle commence à bouger, si bien que je l'encourage à aller plus vite. La sentir sur moi, contre moi et moi en elle, c'est l'expérience la plus vibrante de ma vie. Il ne lui faut pas longtemps avant de jouir de nouveau en me lacérant le torse de ses ongles, et je la rejoins en serrant ses fesses dans mes mains pendant que je me déverse en elle puissamment. Son corps retombe mollement contre le mien, alors je ferme les yeux et profite de ce moment d'accalmie. Emma se blottit contre moi. Je l'étreins encore plus fort et embrasse sa tête.

– Tu es exceptionnelle, Pumpkin.

– Je sais, c'est pour ça que tu m'adores…

Je hausse un sourcil et ouvre finalement les yeux pour la voir se moquer de moi.

– Trouve ton style ! T'es en train de me copier ! Y a que

moi qui peux dire des trucs comme ça ! dis-je, le sourire aux lèvres.

– Tu as déjà baisé dans ton hélico ?

– J'appelle Billy tout de suite !

– Attends, tu ne l'as jamais fait ?

– Non, dis-je vite.

– Mais pourquoi ?

– Parce que je ne veux pas faire n'importe quoi avec n'importe qui…

– Et avec moi, oui ? Donc je suis n'importe qui, et tu peux faire n'importe quoi avec moi ?

– Hein ?

– C'était pas très clair…

– Je te signale, cocotte, qu'on s'est mariés à Vegas, qu'on a filmé notre nuit de noces, qu'on a ruiné l'amitié qu'il y a entre nos familles, alors une petite virée sexy en hélico… Je pense qu'on a fait bien pire !

– C'est juste, dit-elle en rosissant.

Elle caresse mon torse du bout de ses doigts et mon cœur rate plusieurs battements. Je passe ma main dans ses cheveux et contemple son visage si parfait, sa bouche et ses yeux qui brillent d'une lueur qui me ferait tomber à genoux devant elle.

25

Nathaniel

Nous profitons du trajet pour revoir les dernières choses à faire pour le mariage de mon frère. Après le dîner de répétition, il ne nous reste plus beaucoup de temps pour finaliser toutes les étapes, sachant que Maxence se laisse complètement porter par… nous. Et j'ai envie de dire qu'heureusement qu'il nous a choisis comme témoins parce qu'il n'en branle pas une !

– Wendy m'attend pour récupérer les fleurs et les déposer dans la salle. Je pense qu'on va commencer à décorer dans la foulée… Ta grand-mère nous rejoint, ta mère l'a gentiment invitée…

– Attention, Emma ! On ne parle pas mal de mamie ! Elle est excellente, cette femme, et si tu l'emmerdes, elle va te botter le cul ! Tu as ta robe ?

– Oui, Sean m'a aidée à la choisir. Je dois la montrer à Wendy, ce soir.

– Sean ? Genre, Sean ?

– Oui, Sean. Il m'a demandé de l'aider pour son costume

et en même temps, j'ai choisi ma robe. Tu as un problème avec ça ?

– Oh, non… Pas du tout, c'est juste que…

– Que rien, Nathaniel. Ne recommence pas, s'il te plaît.

J'inspire en laissant mon animosité de côté, cette espèce de parasite commence légèrement à me gonfler… Je crois qu'il est temps qu'il comprenne que lui et Emma, ça n'existera plus jamais.

– Je rejoins Maxence chez mes parents et je dois aller à l'aéroport chercher mon oncle et ma tante. On se voit pour la déco ?

Elle hoche la tête, et j'en profite pour me pencher et l'embrasser doucement. Ses lèvres pleines et chaudes ne me donnent pas envie de la quitter. Ses mains entrent dans mes cheveux et jouent avec pendant que ma langue danse en communion avec la sienne. Jamais je n'aurais pensé à ça, avec elle… C'est tellement bizarre !

– Il faut que j'y aille, elle m'attend à l'intérieur, dit-elle en rompant notre intermède.

Je grogne en réponse, mais la laisse sortir de la voiture. Une fois qu'elle est dans le magasin de fleurs, je m'insère dans la circulation et prends la direction de la maison de mon enfance. Je n'ai pas été totalement honnête avec Emma, tout à l'heure. Je veux d'abord régler un léger détail avant que l'on se retrouve tous les deux. Lorsque je coupe le contact, je remarque qu'il n'y a pas un chat dans la rue. La demeure semble calme et paisible avant que j'entre… Je traverse le jardin, ouvre la porte et écoute les bruits de la propriété, que je ne perçois pas. Il ne me faut pas longtemps pour trouver mon père dans le salon, dos à moi, face à la baie vitrée, regardant à l'extérieur.

– Bonjour, papa, dis-je doucement.

Il ne me répond pas. Bon, je savais que ça allait être compliqué, mais pas à ce point.

– Je sais que je te dois des excuses, continué-je, mais je n'en ai pas envie.

Il se retourne et me fusille du regard. J'ai l'impression d'avoir de nouveau 15 ans et d'avoir fait la méga connerie du siècle.

– Qu'est-ce que tu veux que je te dise ? On est partis à Vegas, on s'est bourré la gueule et on s'est mariés. Fin de l'histoire. Rien n'était prémédité ! Maintenant, on se concentre sur le mariage de Maxence, et pour le reste, laisse-moi gérer.

– Tu ne gères rien du tout, Nathaniel ! Jack est remonté à bloc contre toi et contre moi, alors que moi, a contrario de toi, je n'ai rien fait !

– Écoute, il faut qu'il arrête de voir Emma comme…

– Comme quoi ? Sa fille ? Sa seule et unique fille ? La chair de sa chair ?

– Mais sérieux, tu t'entends ? demandé-je en m'emportant. Dis-moi ce qu'il y a de si dramatique, dans cette histoire ? Pourquoi vous semblez tous… atterrés ? C'est si inconcevable, Emma et moi ? Tu l'aurais plus imaginée avec Maxence ? C'est ça que vous ne digérez pas ?

Il avance, réduisant de manière significative l'espace qu'il y avait entre nous, et me met une baffe derrière la tête. Je croise son regard, et ses yeux trahissent la colère qu'il contient difficilement.

– Quand tu auras des enfants, tu comprendras. Tu comprendras que ton souhait le plus cher, c'est qu'ils ne manquent de rien, qu'ils soient heureux... Alors tu ressens cette sensation qui ne s'estompe pas lorsque l'un d'eux est malheureux, et que toi, en tant que parent, tu es impuissant.

– Papa, tu pars dans des trucs de...

– Tu crois que je me sens comment quand je te vois mélancolique ?

– Je ne suis pas mélancolique.

Il hausse les sourcils, alors je me vautre sur le canapé.

– Écoute, je sais que les interrogatoires de flics, ça doit te manquer, mais là, il n'y a pas de raison de faire tout ça. Je ne suis pas malheureux ; Emma et moi, c'est juste le résultat d'une beuverie...

– C'est vrai que les techniques d'interrogatoire de l'agence me manquent un peu, et je t'avoue que ton comportement me titille encore plus...

Je déglutis jusqu'au moment où mon père éclate de rire. Il s'assied à mes côtés et souffle.

– Je voulais un troisième enfant, et franchement, je me dis que mamie a eu raison de m'en dissuader. Parce que tu m'en as fait voir, toi !

– Sympa, la discussion, papa !

Il regarde son téléphone et souffle.

– Jack ne me répond pas...

– Je vais aller lui parler, il comprendra...

– Il va te tuer. Putain, il a fallu que tu fasses ça avec Emma !

– Ça aurait pu être pire !

– Comment ?

– Imagine, je l'aurais fait avec Wendy, dis-je en éclatant de rire. Tu vois la merde générale, après ça ?

– Nathaniel, va-t'en, tu m'épuises…

Je me lève et traverse le salon parce que notre conversation commence à être bizarre, et je ne veux pas qu'il parte dans un délire avec Laurie, Emma et les autres femmes qu'il y a eu dans ma vie.

– C'était une boîte d'allumettes, dis-je sur le pas de la porte.

– Quoi ?

– Ce que j'avais pris dans le tiroir du bureau de Mme Parlow, en primaire.

Il marque une pause comme s'il rassemblait les souvenirs de cette époque, puis reprend :

– Qu'est-ce que tu voulais faire avec une boîte d'allumettes ?

– C'était celle du grand-père d'Emma. Ils avaient inscrit leurs initiales au dos de cette boîte, et il est mort quelques semaines après la lui avoir donnée. Je voulais lui rendre parce que lui confisquer, ce n'était pas justifié. Emma n'avait rien fait, et elle lui a pris…

– Nathaniel, pourquoi tu…

– Comme pour notre mariage… Parce que c'est Emma. Ne me juge pas, et encore moins Emma. Elle n'est pas responsable, elle t'adore et elle ne voulait certainement pas vous blesser.

Il se lève, me sonde, mais avant qu'il ait pu en placer une, je tends la main.

– Rien ne sort d'ici ?

– Je ne te trahirai pas, fiston, tu peux avoir confiance en moi.

– C'était mon idée, elle... ne s'en souvient pas.

– Toi ? Mais pourquoi ?

– Parce que c'est elle... Et puis, faut dire que tous les deux, ça claque, non ? T'aurais dû voir la tête de Maxence ! J'ai cru qu'il allait faire dans son froc ! Bon, je n'ai pas pu trop apprécier la scène parce que Emma était nue et que je ne voulais pas qu'il la voie comme ça, mais...

– Attends, tu as couché avec elle ? demande-t-il avec un air ahuri.

– Ben, normal, je te rappelle que c'est ma femme !

– Pars, Nathaniel, tout de suite ! Et surtout, tu n'en parles pas à Jack !

***

Je gonfle encore un ballon et m'assieds avant de tomber dans le coma. Je me fais de l'air avec la main et en profite pour reluquer les fesses d'Emma qui est perchée sur l'échelle, en train d'accrocher une guirlande.

Ce jean lui fait un joli petit cul...

– Tu fais une crise cardiaque ?

La voix de ma grand-mère me sort subitement de mes pensées salaces.

– Non, mamie. Je ne suis pas aussi vieux que tes amis de la maison de retraite !

– Petit ingrat !

– Promis, je reviendrai te rapporter de la vodka en douce, dis-je en lui faisant un clin d'œil.

– Ça reste notre petit secret ?

– Bien sûr ! Comment va Roger ?

– Roger ? Oh… il est jaloux de Sohan.

Je hausse les sourcils et me pince les lèvres pour éviter un fou rire.

– Oh, mamie… Tu les fais tous tomber comme des mouches, là-bas. Et c'est pas un jeu de mots…

– Ça va, Nathaniel ? Tu ne vas pas nous faire un malaise, avec ce que tu fais ! dit Emma en mettant ses poings sur ses hanches.

Je la regarde de haut en bas et déglutis en pensant à toutes les choses que je vais faire à ce corps, ce soir…

– Je fais une pause parce que je n'ai plus assez d'air dans les poumons. Je te signale que je suis le seul à me taper cette corvée !

– Pauvre petit chou ! geint-elle. Tu veux un cocktail et que je te fasse un massage des pieds ?

– Ah, ouais, ce serait topissime !

– Nathaniel !

– Je me disais, aussi… C'était trop beau !

Je me lève, un sourire narquois plaqué sur les lèvres, et attrape un ballon pour continuer mon dur travail !

– Tout va bien, Lynette ? Vous n'avez besoin de rien ? lui demande-t-elle.

– Non, ça va. J'adore ta poigne, Emma. Tu iras loin, dans la vie !

– Ma poigne ? Je ne vois pas ce que vous…

– Je ne sais pas si tu le tiens par les couilles, mais il t'obéit au doigt et à l'œil, celui-là.

J'éclate de rire parce que je ne peux pas laisser dire ce genre de choses. Je ne veux pas que ma grand-mère pense que je suis un mec soumis, hors de question ! Je me penche légèrement pour les faire entrer dans la confidence, et clame :

– Si tu savais ce qu'elle me fait, mamie… Je suis obligé de lui faire plaisir de temps en temps en lui laissant penser qu'elle a le dessus sur moi…

– J'étais sûre qu'elle était comme ça, répond ma grand-mère. Elle fait toute mignonne, mais je suis sûre qu'elle est à fond sur ta braguette !

– Une vraie pro du rodéo ! C'est un truc de malade !

– Putain, je suis choquée, dit Emma en se reculant et en partant plus loin.

Je ris de plus belle et tape dans la main de mon aïeule. Elle est toujours de mon côté, mémé !

26

Emma

La décoration de la salle de réception est enfin terminée. Maxence et Wendy vont se marier demain après-midi, et il est évident que plus l'heure approche et plus leur stress se matérialise. Mes parents ont tenu à ce que nous dînions tous ensemble dans notre restaurant pour cette dernière soirée, et j'apprécie de me retrouver dans un endroit familier pour affronter nos proches. Nous sommes donc, Nathaniel et moi, sur le trottoir, et plus j'avance dans la direction du lieu de rendez-vous, plus l'appréhension me gagne. Dwayne et papa ne se sont pas adressé la parole depuis la découverte de notre mariage à Vegas. Quant à ma mère et à Phoebe, elles ont fait comme si nous n'existions pas. Nathaniel m'a parlé d'une discussion qu'il avait eue avec son père, mais moi, je n'ai pas pu en toucher un mot à mes parents. Peut-être parce que je me sens tellement nulle, tellement fautive de leur avoir fait ça dans le dos… Mon très cher époux ouvre la porte, et lorsque nous entrons, je remarque tout de suite la tension qui règne dans la salle. Elle est tellement étouffante que c'en est palpable.

– Hey ! lance Nathaniel. Vous veillez un mort, ou quoi ? Vive l'ambiance !

Je ferme les yeux. Je crois qu'il n'a toujours pas compris que notre mariage était une source de conflit pour nos familles.

– Putain, c'est mamie ? demande-t-il avec une touche d'angoisse dans la voix.

– Mais non, mon chéri, je vais bien… répond-elle en souriant, charmée que son petit-fils ait eu peur pour elle.

Dwayne me fixe. J'aperçois dans ses yeux toute la désolation qui les accable. Maxence me sourit alors que je me sens tellement coupable envers lui, parce que nous sommes, Nathaniel et moi, en train de gâcher leur moment. C'est censé être le plus beau jour de leur vie, et nous sommes sur le point de tout détruire comme un bulldozer le ferait sur son passage.

– OK ! dit Nathaniel. Jack…

Mon père lève les yeux vers lui et finit par tourner son regard vers moi.

– Vous avez les alliances ? demande Wendy.

– Oui, répond Nathaniel.

Je m'avance vers la table et décide de clore une bonne fois pour toutes cette histoire.

– On vous a déçus, OK ; vous n'êtes pas emballés par tout ça, OK. Mais là, franchement, il n'y a pas quelque chose de plus important que ça ? On est réunis pour eux, dis-je en montrant Maxence et Wendy. Demain, ils vont montrer leur amour à nos familles, et c'est sur ça que nous devrions nous concentrer.

– Je ne comprends pas pourquoi vous en faites des caisses, renchérit Nathaniel. C'est vrai, avec Emma, on a réuni nos deux familles pour n'en former qu'une !

Lynette éclate de rire pendant que mon père serre son poing.

– Nathaniel, non ! dis-je. Arrête de parler !

– Et pourquoi je devrais fermer ma gueule ? Pourquoi je dois toujours être perçu comme le vilain petit canard ?

– Parce que c'est peut-être ce que tu es ! lâche mon père.

– Jack ! tonne ma mère.

Et là, même moi, je suis choquée par tant d'animosité dans sa voix, par tant de brutalité... Dwayne se lève d'un bond et fusille papa du regard pendant que Nathaniel se met à rire. Sauf que tout, dans son comportement, me prouve que c'est un rire sans émotion. Il essaie juste de cacher son trouble, parce que même s'il ne le dit pas, il souffre de se faire rejeter.

– Au moins, ça a le mérite d'être clair ! finit-il par dire. T'es déçu, Jack ? T'es déçu que ce soit pas Maxence ? Ou Sean ? Parce que tu le sais, pour Sean...

– Bien sûr que je le sais ! Je ne suis pas aveugle !

Estomaquée, je regarde mon père, puis ma mère qui, elle, ne fait rien, à part sonder son assiette vide.

– Ça n'a rien à voir avec Maxence ! crache mon père. Ne me dis pas que tu cautionnes cette union, Dwayne !

Dwayne regarde mon père, puis plonge ses yeux dans ceux de son fils. Quelque chose se passe entre les deux hommes. Il laisse tomber ses bras et dit tout naturellement :

– J'ai confiance en mon fils, et je sais que tout se passera bien.

– Quoi ? Mais tu deviens fou, ma parole ! hurle papa en renversant sa chaise.

– Jack, je ne lui ferai pas de mal… dit clairement Nathaniel.

– Plus que tu ne lui en as déjà fait ? Non, ça, je ne pense pas que tu puisses encore y arriver !

– Ce n'est pas vrai, crié-je. Papa, s'il te plaît, tu es en colère, je comprends, mais tu agis comme si…

– Et Caleb ? demande ma mère. Comment tu as pu lui faire ça, Emma ?

Je me pince les lèvres.

Eh merde !

– Ouais, on en parle, de Caleb ? rétorque Nathaniel.

Je lui jette un regard noir, à lui et à sa jalousie maladive.

– Caleb et moi, ce n'est pas ce que vous croyez…

– De mieux en mieux, répond mon père en se frottant le front.

– Tu nous mens, maintenant ? me questionne ma mère.

– Je suis obligée, je réponds, sentant la colère me gagner. Parce que je ne veux pas vous blesser par ce que je pourrais dire ou faire.

– Et depuis quand on ne peut pas écouter ce que tu as à dire ? Comme si nous étions des… continue-t-elle.

– L'attachée de presse du président m'a proposé un poste à la Maison-Blanche, et si j'y vais, ce n'est pas pour un article pour mon patron, mais pour discuter du poste…

Je suis passionnée par la politique, et je ne le partage pas avec vous parce que je sais ce que vous avez fait pour moi, je sais tous les sacrifices que cela vous a demandés pour que nous restions tous les trois ensemble !

Mon père plonge son regard dans le mien, puis baisse la tête.

– On fera tout pour toi, même si on doit encore déménager… Mais là, Emma, tu as dépassé les bornes, putain ! Tu t'es mariée avec celui qui t'a détruite !

– Il ne m'a pas détruite, papa ! crié-je.

– Je ne suis pas un tortionnaire, merde ! hurle Nathaniel.

Je me tourne vers Nathaniel, et contrairement à ce qu'il pense, c'est vrai ! Il a été un véritable tyran, il m'a blessée plus d'une fois lorsque j'étais gamine. Et il est hors de question qu'il s'affranchisse de son passé de cette façon. Peut-être que l'heure de régler nos comptes est venue !

– Si, Nathaniel, dis-je, catégorique.

– Quoi ?

– Tu m'as très bien entendue ! T'as été le pire des connards, avec moi, depuis le tout début. Ne fais pas comme si de rien n'était.

Il recule et serre les poings.

– Je te signale que t'es pas une oie blanche non plus, Emma ! Tu m'en as fait baver aussi, et plus que tu ne le penses !

– Que dalle ! C'est toi qui as commencé avec le jus de fruits moisi !

– C'était Jonas, pas moi !

– Tu as rigolé, c'est pareil !

– J'avais 11 ans, Emma !

– Et alors ? T'as bien dit aussi à tout le collège que t'avais pris ma virginité…

– Et toi que j'avais trois testicules !

– … que j'avais de l'herpès génital, Nathaniel !

– Et le mot connard que t'as dessiné sur mon front au marqueur indélébile ! Et mon pote Sean ! Mon frère ! Le string rouge dans mon sac de sport que t'as laissé pour que Laurie le trouve !

Je referme la bouche d'un coup sec. Putain, celle-là, je ne m'en souvenais plus !

– Maxence ! dis-je, ahurie.

– Ouais, mon frère ! peste-t-il.

– Je n'ai rien fait à Maxence, et je…

– Justement, tu ne venais que pour lui, tout le temps !

– Normal ! hurlé-je, c'est mon meilleur ami !

– Tu n'es jamais venue pour moi, putain ! s'époumone-t-il.

– Et pourquoi je serais venue pour toi ?

Plus personne ne parle, la salle est plongée dans un silence total. Nathaniel ouvre la bouche, mais la referme. Il finit par murmurer :

– Tu me plais depuis tout ce temps, depuis que tu as débarqué dans le quartier, dans nos vies… et je pensais que c'était réciproque…

Sa phrase brise un truc dans ma poitrine. Lorsque nos yeux se captent, je vois toute la souffrance qu'il ressent depuis toutes ces années. Sa révélation m'empêche de bouger. Jamais je n'aurais cru un tel truc… je suis sur le cul, littéralement.

– T'as une drôle de façon de le montrer… lui soufflé-je, encore abasourdie par ses mots.

– T'es sûre de toi quand tu dis ça ? me demande-t-il. Parce que je peux t'avouer encore beaucoup de choses qui te feront changer d'avis !

Je hoche la tête en réponse. Je trouve que c'est quand même cruel, tout ce qu'il a pu faire pour…

– T'emmener voler sur *First,* me perdre dans l'odeur de tes cheveux, casser la gueule de Leeroy, voler la boîte d'allumettes dans le tiroir de l'instit, écouter cette chanson des millions de fois à Vegas, me marier avec toi, cacher le dessin de tes parents et de toi petite dans ton cartable…

– C'était toi ? demandé-je, le cœur au bord des lèvres.

Il hoche la tête et sourit en passant sa main dans ses cheveux, l'air gêné.

– La barrette avec les cerises et les coccinelles pour ton anniversaire, c'était moi aussi.

– Nathaniel…

Il s'avance, réduisant le vide qu'il y avait entre nous. Mon cœur est sur le point d'exploser. Nathaniel… C'est tellement imprévisible, tellement fou, tellement… Et pourtant, je ressens cette douce chaleur qui s'insinue dans chaque parcelle de mon corps.

– Je pensais qu'on avait fait la paix, la dernière fois, continue-t-il.

– Je ne m'en souvenais pas, du string.

– Franchement, t'as géré, sur le coup ; si t'avais vu le bordel que ça a mis. Je crois que ça a été la plus grosse dispute de notre couple.

Je ricane et me mordille les lèvres, fière de ma connerie.

– Je ne suis pas désolée de l'avoir planqué ! dis-je en riant de plus belle.

– Et moi, celle de l'orange pourrie dans tes bottes…

– Enfoiré ! Quand j'ai mis le pied dedans, ça a fait un bruit de vomi ! J'ai eu des haut-le-cœur pendant des semaines rien qu'en en apercevant une !

Il sourit, puis humidifie ses belles lèvres, tandis que mon cœur tape comme un forcené dans ma poitrine.

– Avoue que parfois, c'était drôle…

– C'est vrai que le coup de la salle de bains, c'était assez fun… voir ton expression quand ils t'ont pris pour un pervers !

Et je ris à gorge déployée lorsque je revois mentalement la scène.

– Non, pas ça ! Et ta tête quand t'as vu la vidéo ! Ah ! On fait moins la maligne, là !

– Je ne l'ai pas effacée…

Il hausse un sourcil et attrape ma main. J'ai l'impression que mon cœur va fondre comme du chocolat en plein soleil. Nathaniel est tellement doux, tellement attentionné. Ce n'est pas le garçon que j'ai connu lorsque j'avais 10 ans. Je plonge mon regard dans le sien et souris.

– Si notre couple s'essouffle, ça redonnera du piment, dis-je, tremblante.

Ses yeux s'animent de cette même lueur que lorsque nous sommes dans l'intimité. Il écrase ses lèvres sur les miennes, et tout passe dans ce baiser, notre frustration, la colère que l'on ressent depuis tant d'années, cette attente et cette tension qui s'agrandissent chaque fois que l'on est ensemble.

– Ils vont bien ensemble, aussi timbrés l'un que l'autre…

La voix de Lynette rompt le charme de notre baiser. Alors Nathaniel me regarde et secoue la tête en souriant. Il se place derrière moi et hume mes cheveux. J'ose un regard vers nos familles. Wendy est dans les bras de Maxence, papa se gratte la tête, et la colère présente dans ses yeux s'estompe peu à peu.

– Washington ? me demande-t-il.

– Je n'ai rien décidé, papa… J'essaie de ne pas prendre de décisions en ce moment… enfin, je veux dire… capitales. Enfin, t'as compris !

– Quoi que tu fasses, on te suivra. N'importe quand et n'importe où !

Dwayne avance lentement vers mon père et lui tend la main, que son ami serre sans attendre. Je me sens un peu plus légère, maintenant. J'expire, vraiment soulagée que la tension soit retombée comme un soufflé raté. J'aime mes parents, et j'adore les Cox, alors savoir qu'ils étaient brouillés à cause de nous me mettait mal à l'aise. Mais lorsque je vois le sourire de Dwayne et la discussion qu'il engage avec papa, et de l'autre côté, Phoebe et ma mère qui échangent des regards complices, ça me réconforte et me donne du baume au cœur.

27

Nathaniel

– J'équilibre la portance sur le disque rotor avec les pales. Une pale monte grâce à la portance et s'incline avec la biellette, et l'autre pale descend, etc. ce qui équilibre, expliqué-je au père d'Emma et à papa.

– C'est passionnant ! répond mon père. J'adore te voir en parler, t'es tellement passionné et doué, là-dedans.

– C'est à ce moment que tu ne regrettes pas toutes les maquettes que tu lui as achetées ! s'exclame Jack.

Je me frotte la nuque, gêné. J'adore ce que je fais et je suis un mordu d'hélicoptères depuis toujours. Alors quand Jack et papa me branchent sur mon métier, je suis plus loquace que d'habitude. Je regarde mon assiette et remarque que je n'ai pas attaqué mon repas. Ça m'arrive tout le temps lorsque j'évoque mon travail. Et Dieu seul sait ce que je préfère dans la vie : les hélicos ou les gâteaux de crabe de Kat, et bien sûr… sa fille.

– C'est tous les mêmes ? me demande Emma en buvant une gorgée de vin rouge.

– Non, il y en a de différentes sortes. Les fuselages ne sont pas les mêmes en fonction des clients. Il y a des hélicos qui ont deux rotors, un qui entraîne les pales et l'autre à l'extrémité de la poutre arrière du fuselage, mais il peut ne pas y avoir ce deuxième rotor, qui sera alors remplacé par une aile fixe. Il y a beaucoup de variantes suivant l'utilisation et l'acheteur ! Si je fabrique un hélicoptère pour un particulier, il n'aura pas les mêmes spécificités que pour l'armée, par exemple.

– Et toi ?

– Quoi, moi ?

– Ton préféré ?

Je me mords la lèvre. J'adore les hélicos, mais savoir qu'Emma s'intéresse à cette partie de ma vie, à ma passion, c'est… excitant.

– Ceux de l'armée.

Elle sourit et secoue la tête.

– Je ne suis même pas étonnée !

– Ça n'a rien à voir avec le fait d'être un homme, Emma.

– Oh, si, répond-elle. Vous aimez les joujoux comme ça, les bagnoles, les avions, les trains, la guerre, les armes…

Je pose discrètement ma main sur sa cuisse et la déplace vers l'intérieur. Je la sens se crisper légèrement, et elle boit une nouvelle gorgée pour cacher son trouble.

– Je préfère les commandes de l'armée parce que la conception n'est pas la même que pour un particulier. L'hélicoptère doit être plus perfectionné, plus maniable, plus lourd, plus grand et long, les pales ne sont pas de la même longueur, voire pas au même endroit, tout est beaucoup plus complexe… et j'aime la technicité et la complexité de la conception.

– Je te crois, finit-elle par dire.

– Comme toi et la politique…

Elle hausse un sourcil vers moi. Ses yeux sont teintés de désir. Elle est en train de se rendre compte que nous entamons des préliminaires silencieux. Ses joues rosissent lorsque mes doigts évoluent et touchent le grain de sa peau si douce. Putain, je vais devenir fou à attendre que nous ne soyons que tous les deux. Son père prend le relais de notre conversation et nous coupe dans notre élan.

– Tu es sur la politique, en ce moment, c'est ça ?

– Oui, je retrace les différentes politiques asiatiques, j'ai déjà lu pas mal d'ouvrages sur le Japon, et là, j'attaque la Chine.

– Viêtnam ? demande mon père.

– Oui, je garde celle-là pour la fin.

C'est à cet instant que Jack entame une grande et longue discussion sur la guerre du Viêtnam avec sa fille. Tout à coup, j'ai retrouvé l'appétit, et j'attaque mon repas. De temps en temps, je caresse la cuisse d'Emma pour faire monter la température. Au dessert, je plante ma fourchette dans le succulent cheese-cake aux fruits rouges et m'en délecte.

– Ça fait au moins trois ans que je n'ai pas mangé de cheese-cake aussi bon ! dis-je à Kat.

– C'est vrai que les meilleurs sont ici, rétorque mon père, froidement.

Ne comprenant pas le ton de sa phrase, je lève la tête et

découvre ses yeux noirs et sa mâchoire serrée comme s'il était en colère. Par un bref signe du menton, je lui intime de me dire discrètement ce qu'il lui prend. Il se penche vers mon oreille et murmure :

– Soit tu enlèves ta main, soit je te la coupe !

Je ne demande pas mon reste et retire immédiatement mes doigts de la cuisse d'Emma sans que personne voie ou comprenne. Je hausse les épaules vers lui, et son regard fait des allers-retours entre Jack et moi.

– J'ai compris, dis-je. Pas la peine de me menacer !

– Y a que ça qui marche, avec toi ! renchérit-il en souriant.

***

Le repas est enfin achevé, et il est temps que je me retrouve en tête-à-tête avec ma petite femme. J'ai des projets pour nous, ce soir, et je ne compte pas faire autre chose.

– Vous voulez sortir ? me demande Maxence.

– Tu dois être en pleine possession de tes moyens, demain, dis-je. Il ne faudrait pas que tu te trompes de nom ou de fille… alors rentre et dors un peu.

– Ça, c'est à toi que ça aurait pu arriver, pas à moi !

Je pousse les portes du restaurant, mon frère et Emma sur les talons. Lorsque mes yeux tombent sur elle, instinctivement, je lâche la main d'Emma. Mes tripes se tordent, et le cheese-cake est en train de rebrousser chemin.

– Qu'est-ce qu'il t'arrive ? demande Emma.

Je n'arrive pas à parler, ma bouche s'est décrochée.

Qu'est-ce qu'elle fout ici ?

– Oh, merde ! lâche Maxence.

– Super, Laurie ! dit Emma en nous dépassant, visiblement en colère.

J'attrape sa main et la retourne vers moi.

– Va à l'hôtel, je m'occupe d'elle et j'arrive.

Je n'ai pas besoin de lui poser la question parce que je connais déjà la réponse. Emma est en colère et elle est jalouse, mais il faut que je voie ce que mon ex-femme veut, parce que si elle est là, c'est qu'elle pense que je peux faire quelque chose pour elle ! Ce n'est peut-être pas la meilleure solution sur le moment, mais je n'ai pas le choix. Laurie est une conne, et je ne veux pas qu'elle ruine le mariage de mon frère, ni la relation que j'ai avec Emma. Et pour tout ça, j'ai besoin de me retrouver seul avec elle pour voir pourquoi elle est là. Au moment où Emma passe à ses côtés, Laurie hausse un sourcil, et je sais qu'elle va déverser son venin sur elle.

– Tiens, la grosse Pumpkin, tu as bien changé ! T'as mis un cadenas à ton frigo ? Il était temps…

– Et toi, tu n'as pas changé du tout…

– T'es trop gentille !

– Dix ans plus tard, t'as toujours l'esprit aussi ouvert que tes cuisses, du maquillage bien trop prononcé et l'allure d'une vieille prostituée ravagée par le temps.

– Quoi ?

Emma lui sourit, puis tapote son épaule.

– Peut-être qu'un jour, tu te reprendras, Laurie. C'est tout le mal que je te souhaite.

– Je te défends de dire que je…

– Tu sais, on ne peut pas être une déception pour son entourage toute sa vie. Je suis sûre que tu vas remonter le niveau, un jour ou l'autre. Allez, sans rancune ! À la prochaine !

Lorsque Emma passe son chemin, je la regarde, encore et encore. Elle, cette jeune femme pleine de détermination, de gentillesse et de colère… je vais lui faire l'amour, ce soir, non pas parce qu'elle vient d'insulter mon ex-femme, mais parce que je suis amoureux d'elle, de sa façon de faire, de son comportement, de sa timidité… et de ses talents de *cow-girl*. C'est maintenant que je le remarque. Emma représente tout ce que j'aime chez une femme, et elle me connaît comme personne d'autre.

Voilà, c'est ça, je suis amoureux…

– Salut, Maxence ! dit Laurie en lui faisant un signe de la main.

Mon frère lui rend un sourire sans émotion et accompagne Wendy dans sa voiture. Emma a raison, son haut est tellement décolleté que je sais quel ensemble de lingerie elle a mis. Sa jupe est indécente et son visage est barbouillé de couleurs criardes. Je m'approche d'elle et attends qu'elle s'exprime, chose qu'elle s'empresse de faire.

– Tu n'as rien dit !

– Qu'est-ce que tu fais là ?

– Elle m'a agressée et tu n'as rien dit !

– Je n'ai rien à dire, Laurie. On est divorcés, et Emma fait ce qu'elle veut.

Elle ouvre la bouche et reste sans voix.

– Qu'est-ce que tu veux ? Si t'es ici, c'est que tu penses avoir une bonne raison.

– J'ai récupéré mes affaires chez nous, et je…

– Chez moi. Il n'y a plus de chez nous, Laurie.

– Mon chéri… Tu es encore fâché contre moi ?

Arrêt sur image !

Qu'est-ce qu'elle me fait, là ?

– Laurie, viens-en au fait !

– Tu n'étais même pas là quand je suis venue, et tu ne réponds pas à mes messages, ni à mes appels ! Je pensais que nous pourrions discuter de tout ça, du divorce, de l'argent, de…

– T'as besoin de fric, c'est ça ? Demande à ton petit copain !

– Je ne suis plus avec lui, mon chéri, c'était une erreur. J'étais seule, et je m'ennuyais, et je…

– Dégage, Laurie. Si tu veux du fric, tu bouges ton cul et tu vas travailler, comme tout le monde. Ce mec n'était pas une erreur, c'est juste que tu n'as pas réalisé que ton train de vie n'allait pas avec son compte en banque.

– Nathaniel, on s'aime, tous les deux, c'est du solide ! On se connaît depuis toujours, et je…

– Justement, tu sais comment je fonctionne, je ne vois même pas pourquoi tu es là. Laurie, tu m'as trompé, tu m'as menti et tout un tas d'autres choses que j'aimerais oublier ! T'as trahi ma confiance, et pour moi, c'est rédhibitoire.

Elle s'avance, réduisant l'espace qui nous sépare, et pose sa main sur mon torse.

– Je t'aime, Nathaniel, je suis toujours amoureuse de toi,

et ce depuis que l'on se connaît. Tu ne peux pas balayer notre relation comme ça pour une erreur de jeunesse.

Je me saisis de sa main et l'enlève rapidement de mon buste. Je ne veux plus avoir de contact physique avec elle.

– Ne me touche pas ! Je ne t'appartiens plus, Laurie. On est divorcés, tous les deux, tu es partie, et maintenant, je refais ma vie sans toi.

Elle se met à sourire et replace une mèche de cheveux derrière son oreille. Ce geste me fait enrager. Je la connais par cœur et je ne supporte pas quand elle fait ça. Elle pense être essentielle à ma vie alors que c'est loin d'être le cas !

– Tu n'y arriveras pas, sans moi, Nathaniel. Tu...

– Je me suis remarié.

– Quoi ?

– Je me suis marié la semaine dernière, et contrairement à ce que tu penses, c'est le dernier mariage de ma vie, parce que celui-là, je veux qu'il dure.

– Mais avec qui ? C'est pas possible ! Tu... enfin, je l'aurais su ! Nos amis me l'auraient dit !

– Nos amis ? Tu veux parler des miens ? Pourquoi ils te l'auraient dit ?

Faudrait d'abord qu'ils soient au courant...

– C'est qui ? Je la connais ? Pas possible, Priscillia m'a dit que tu étais toujours célibataire...

– Priscillia ?

– Oui, murmure-t-elle.

Je lève la tête vers le ciel. Je n'ai pas envie de l'épargner. Je ne vais pas prendre du plaisir à la blesser, mais je pense qu'elle mérite un peu cette situation. Si elle savait tout le mal que m'a fait cette histoire…

– Ta copine qui, dès qu'elle a su que nous n'étions plus ensemble, a sauté dans mon lit…

Sa bouche est béante. Je crois que je n'aurais pas pu faire pire, pour elle. Priscillia est sa meilleure copine ; ma réputation d'enfoiré ne se ternira pas aujourd'hui. Laurie m'avait blessé, alors je n'ai pas fait dans la dentelle.

– Tu as couché avec elle ?

– Et pas qu'une fois… Maintenant, je dois te laisser, ma femme m'attend, et demain, je marie mon frère. Donc j'ai plus important et vital à faire que de discuter avec toi.

Je la contourne et m'éloigne avec un sentiment étrange qui m'entrave la poitrine. J'ai tiré un trait sur cette partie de mon existence, et j'ai l'impression que tout est vraiment terminé. Ma vie avec elle, mon passé, cette relation, ce sentiment de haine, de dégoût, de rancœur que je ressens à longueur de journée. À croire qu'il me fallait une dernière confrontation… ou peut-être est-ce dû à Emma ?

– Nathaniel !

Je me tourne une dernière fois et souris lorsque je vois ses yeux pleins de colère.

– Qui c'est ?

– Emma.

Elle se met à pouffer d'un rire sans joie, et je me régale de sa détresse.

– Wilson ?

– C'est Cox, maintenant.

– Tu l'as toujours voulue… Ton frère…

– N'est jamais sorti avec elle, et si je l'avais su avant, ça ferait un bail qu'on serait mariés. Au revoir, Laurie.

Je déverrouille ma voiture et fais vrombir le moteur. Une fois dans la circulation, mon sourire ne se ternit pas. Je me sens plus libre, plus… heureux. Je pianote sur quelques touches de mon portable et appelle celui que j'ai négligé, ces derniers temps. Au bout de deux sonneries, il répond avec une voix endormie.

– Tiens donc… T'es toujours vivant ?

– Ouais, désolé, Tom, j'ai été occupé…

– À saboter le mariage ?

– Nan, Wendy est cool et Maxence est trop amoureux d'elle. C'est mort, il se marie quand même demain.

– Ton père t'a menacé de mort ?

– Quelque chose comme ça…

Il se met à rire, puis j'entends le cliquetis de son briquet et il allume sa clope sur laquelle il tire une longue bouffée.

– Je… commencé-je.

– Tu, quoi ?

– Je me suis marié à Vegas pendant l'enterrement de vie de garçon de Maxence.

– Quoi ???

Je déplace le téléphone et appuie sur mon oreille. Cet abruti vient de me perforer le tympan !

– Ouais…

– Mais comment c'est possible ? Avec qui ? Oh, putain, avec la meuf de la rumeur des testicules ! C'est obligé, c'est avec elle !

– Alors, elle s'appelle Emma, et non « la meuf de la rumeur des testicules », et oui, c'est avec elle. Écoute, on était cramés. Je me souviens d'une partie de la soirée, le reste, c'est oublié.

– Et donc, t'es marié ? Avec elle ?

– Ouais.

– Vous allez annuler le mariage ?

– Je n'ai pas envie...

– Quoi ?

– C'est compliqué, mais avec elle, c'est différent. On s'est toujours fait la guerre, et encore maintenant, mais elle est... enfin, c'est Emma, quoi. C'est elle. Je ne sais pas comment l'expliquer.

– Bonsoir, vous pouvez me rendre Nathaniel Cox, s'il vous plaît ?

– Arrête, Tom, dis-je en riant.

– Nathaniel, t'es devenu encore plus fêlé qu'à ton départ... Elle dit quoi, de tout ça ? Attends, ne me dis pas que tu la retiens dans une cave contre son gré ?

– T'as déjà vu quelqu'un dans une cave avec son consentement ?

– Nathaniel ?

– Elle est dans notre chambre, à l'hôtel, et elle est plus que consentante ! je réponds, enjoué.

– Mais qu'est-ce qu'on va faire de toi ? Donc vous allez rester mariés ?

– J'espère...

– Elle ne veut pas ? Question con... Tu m'étonnes !

– Je ne veux pas être divorcé une deuxième fois, et puis, c'est Emma. C'est vraiment singulier, avec elle.

– Je ne te connaissais pas comme ça... Ça me change...

– Comment ?

– Amoureux !

Je me gare devant l'hôtel et lève la tête, mon regard se dirigeant vers les étages.

– Elle est tellement différente de Laurie, et notre relation est… démente, sauf qu'à l'époque du lycée, quand on se disputait, on ne terminait pas au lit…

– Épargne-moi les détails, s'il te plaît.

– J'ai pas envie de me casser les dents encore une fois…

– Alors, ramène-la à San Diego.

28

Emma

Lorsque j'entre dans la chambre d'hôtel, je tremble encore comme une feuille. C'est la poussée d'adrénaline que j'ai eue quand j'ai vu cette salope de Laurie ! Je jette ma petite veste sur le lit et tourne en rond comme un lion en cage. Je ne suis franchement pas fière de moi, je l'ai insultée alors que je m'étais juré de ne jamais le faire. C'est tellement bas, tellement puéril !

J'avoue que ça m'a quand même fait du bien !

Je secoue la tête et me mordille la lèvre d'angoisse. Je me prends trop le chou ! Après tout, c'est un moindre mal par rapport à tout ce qu'elle m'a fait vivre, cette connasse ! Et puis, il faut dire qu'elle n'y est pas allée avec le dos de la cuillère. Elle m'a quand même agressée ! Et Nathaniel qui est avec elle… J'attrape un coussin et hurle tout ce que mes poumons me permettent, puis je le jette violemment par terre.

Il est avec elle, putain !

Je ne suis pas jalouse, loin de là, mais c'est… rageant.

Enfin, je veux dire, ils ont eu une histoire, et pas n'importe laquelle. Nathaniel et Laurie sont ensemble depuis leurs 16 ans… Ils se sont mariés et ont certainement eu des projets, comme l'achat d'une maison dans une banlieue, des enfants, et… Une vague de nausée me submerge. Pourquoi je me mets dans cet état ? Je n'ai ni à être jalouse, ni à ruminer dans mon coin. Nous nous sommes mariés à Vegas, complètement bourrés. Qui rêverait d'un mariage pareil ? Certainement pas moi ! Et là, le constat me laisse un goût amer. Sans que je m'en rende compte, mes larmes dévalent mes joues, si bien que je plaque mes mains sur mon visage et l'y enfouis jusqu'à ce que mes sanglots se calment.

Je ne vivrai jamais un vrai mariage comme je l'ai tant rêvé. Nathaniel ne veut pas divorcer, ni l'annuler. Il va tout bloquer, et je finirai vieille fille avec une armée de chats vieux et méchants.

Il faut que je me reprenne, et vite !

J'attrape mon portable et appelle celle qui va rendre tout ça clair comme de l'eau de roche.

Au bout de quatre sonneries, elle répond, la voix légèrement endormie… Je ferme les yeux parce que je n'ai même pas pensé qu'il était tard, à Philadelphie, avec le décalage horaire… En plus, elle doit faire une soirée en amoureux avec son mari…

– Emma ?

– Désolée, Penny, je n'ai pas regardé l'heure, je réponds en hoquetant encore.

– Tout va bien ? Tu sembles bouleversée… Pourquoi pleures-tu ?

– Tu m'empêcheras d'acheter des vieux chats ?

– Attends… Attends… Qu'est-ce que tu baragouines ?

– Je ne vais jamais me marier parce que je le suis déjà, et je…

– Alors, on va arrêter le mélodrame, poulette. Regarde dans ta boîte mail, je t'ai envoyé les papiers de l'annulation de ton pseudo-mariage, tu n'as qu'à les signer et les faire signer à Nathaniel, et tout sera OK.

Mes épaules s'affaissent d'un coup. J'ai l'impression qu'elle vient de m'enlever un poids de la poitrine ; pourtant, ça me laisse une drôle de sensation. C'est sûrement parce que je sais que Nathaniel ne veut pas divorcer… Mais là, on parle d'annulation, comme si toute cette histoire n'avait jamais existé…

Merde ! A-t-elle jamais existé ? Je veux dire, tous les deux ? Ensemble ?

– Emma ? T'es toujours là ?

– Je ne suis pas sûre qu'il signe…

– C'est une annulation, pas un divorce. Ça change la donne, minette !

– T'as raison, mais ça voudrait dire que tous les deux, on…

– Attends… T'as couché avec lui ?

– Euh…

– Emma !

– Quoi ? C'est pas ma faute, il a pris ma défense devant son cousin, et puis il avait volé la boîte d'allumettes de mon grand-père, et il a…

– Alors ?

– Oui, on a couché ensemble.

– Une fois ?

– Un petit peu plus...

– Deux fois ?

– Six ou sept, je dirais...

– Emma !

– Ce n'est pas ma faute, je t'assure, Penny. Sans faire exprès, on a...

– Sans faire exprès ? C'est quoi, cette excuse à deux balles ? Comment tu fais, toi, pour faire l'amour accidentellement ?

– C'est comme toi quand des chaussures tombent accidentellement dans ton panier de courses... tu vois ?

– Ouais, OK, je vois mieux, maintenant !

Je pose une main sur mon front et souffle comme un bœuf.

– Penny, je ne sais pas quoi faire, ni comment réagir. Je me sens mal. Demain, mon meilleur ami va épouser Wendy, et franchement, cette fille est super, mais je ne peux pas m'empêcher d'avoir ce sentiment terrible de...

– Tu es jalouse ?

– Non, je suis extrêmement contente pour eux, bien au contraire. C'est juste que moi... je ne vivrai jamais ça, et...

Les larmes continuent d'affluer, et sans que je puisse me contrôler, je hoquette en finissant ma phrase.

– Je ne trouverai personne qui voudra se marier avec moi, je ne pourrai jamais faire les essayages de la robe et danser avec mon mari devant les invités, et...

– Calme-toi, Emma ! T'es en train de devenir dingue ! Ce

n'est pas parce que tu t'es mariée à Vegas que tu ne peux plus avoir le mariage dont tu rêves. Minette, tu es douce et adorable, je sais qu'il existe, ici, sur cette terre, le futur M. Emma Wilson, OK ? C'est juste qu'il se fait désirer. Et pour ton « mari », ne t'inquiète pas, il va signer les papiers, et si jamais il te met des bâtons dans les roues, je saurai me montrer agréable avec lui…

J'essuie mes larmes et prends une profonde inspiration.

– Il m'a emmenée en balade, dis-je, le sourire revenant sur mes lèvres.

– Qui ça ?

– Nathaniel ! Il pilote des hélicoptères. On a survolé Black Canyon City, c'était magnifique.

– Emma, t'es en train de choper le syndrome de *Top Gun*, là !

Je pouffe. Cette fille est frappadingue !

– Il m'a rendu la boîte d'allumettes de mon grand-père. C'est… le plus beau cadeau qu'on aurait pu me faire.

– Emma, il restera toujours comme il est. Même s'il te prend dans un hélico, même s'il t'offre des cadeaux, Nathaniel restera toujours le connard que tu as connu. Les gens ne changent pas. Crois-en mon expérience, il ne se transformera pas en nounours en guimauve, même s'il a le physique de Ryan Gosling.

– Je sais…

Et c'est vrai. Je suis pleinement consciente de tout ça. Nathaniel ne changera pas, et encore moins dans sa façon de penser. Parce que je l'ai connu gosse et qu'il a toujours eu ce comportement, même avec Laurie. Il peut être câlin, attentionné, etc., il n'en reste pas moins un enfoiré de première.

Je termine la conversation avec Penny en enchaînant sur le boulot pour essayer de m'enlever de la tête cet énergumène de Cox. Je me déshabille en gardant mon débardeur et ma culotte. J'attrape mon bouquin et me plonge dans la politique chinoise pour essayer d'occulter le fait que Nathaniel est avec son ex-femme et que ça me contrarie un tant soit peu.

***

– Hey…

Je lève la tête de mon livre et fais un sourire que j'essaie de rendre convaincant. Nathaniel se déshabille, se glisse sous les couvertures et se colle à moi. Il sent son odeur à lui, et non à elle. Ça veut dire qu'il n'a pas couché avec son ex-femme. Ce constat me rassure quelque peu…

– Elle voulait de l'argent, rien de plus, Emma.

– Ça ne me regarde pas.

– Si, et je ne veux pas que tu penses que j'aie pu faire quoi que ce soit avec elle, OK ?

– OK !

Et je ne sais pas quoi ajouter. Il me tourne et pose mon dos contre son torse. Je me sens mieux, je veux dire, vraiment mieux. Outre le fait que ce soit un beau connard, je sais qu'il ne me ment pas. Il défait ma tresse, alors je lui fais face, laissant mon bouquin en suspens.

– Qu'est-ce que tu fais ?

– Je te libère.

– T'es dingue !

– T'as pas idée, Pumpkin.

Il entre ses doigts dans mes cheveux et me masse le crâne. Les petites pressions qu'il exerce me font fermer les yeux. J'apprécie le voyage. Et pour l'instant, je ne sais pas comment aborder le fait que je détiens les « papiers d'annulation ». Je pense que je vais attendre la fin du mariage pour avoir une bonne discussion avec lui.

– Qu'est-ce que tu lis ?

– Hum… un documentaire sur la politique internationale…

– Et ça ne t'endort pas ?

– J'aime la politique, tu sais…

– Ouais, je sais, et les légumes sains.

Je me mets à rire. Ses doigts arrêtent de me masser, et il hume mes cheveux à pleins poumons. Ce geste m'électrise complètement, surtout lorsque je l'entends haleter.

– Mais je maintiens que ton article sur les pesticides était naze.

– Ce n'est pas parce que tu as un avis différent du mien que c'est naze, Nathaniel.

– Je propose qu'on règle ça avec du sexe !

– Quoi ? Mais on ne se dispute pas !

– T'as raison ! Viens, on se dispute !

– T'es vraiment, mais vraiment atteint !

– OK, je commence. Ton article est nul, la robe que tu as choisie pour le mariage de mon frère ne te met pas en valeur, et tu fais les pires pancakes de l'histoire des États-Unis d'Amérique !

– Quoi ? m'insurgé-je en me relevant et en le fusillant du regard.

– Ça y est, je t'ai énervée ! Allez, déshabille-toi, maintenant !

– Mes pancakes ne sont pas bons ?

Le sourire qu'il affiche m'exaspère parce que je sais que je ne vais pas résister à son charme et que nous allons finir par coucher ensemble.

– Est-ce qu'on pourrait se concentrer sur l'essentiel, pour une fois ?

– L'essentiel ?

– Ouais, toi toute nue sous moi… ou sur moi, comme tu veux, amour !

Je me blottis contre son torse en riant d'exaspération et hume son odeur de mâle viril mélangée à la fragrance de son parfum. C'est aphrodisiaque ! J'aime le sentir contre moi, j'aime me sentir protégée, j'aime tout simplement être à ses côtés alors que je ne devrais pas.

C'est un connard, rappelle-toi, Emma. Un connard !

– Je suis fatiguée…

– Enlève tes fringues, Emma, j'ai pas sommeil…

– Quoi ?

– Allez, fais sauter ton pyjama de mamie ! Je te l'ai déjà dit, si tu dors avec moi, tu dois être nue !

Je le prends à son propre jeu et, parce qu'avec lui je me lâche plus que je ne devrais, je fais glisser ma culotte le long de mes jambes et la jette à travers la chambre, puis retire mon débardeur et l'envoie dans la même direction.

– Content ? demandé-je en humidifiant mes lèvres.

Il déglutit et fixe mes seins. Je crois qu'il est en apnée. J'ai enfin réussi à capter son attention !

– Nathaniel !

– OK, tu es dans mon lit et tu te mets nue, tu sais ce que ça veut dire, dans ma tête ?

– Que l'on va dormir ?

– Je n'arrive plus à réfléchir, tout mon sang est parti au sud de mon anatomie.

Je glousse comme une ado, et je déteste ça. Je me cale bien dans le lit, mais c'est sans compter la lueur de désir que j'aperçois dans les yeux de mon amant. Et tout compte fait, je n'ai plus envie de réfléchir et de me polluer l'esprit avec nos vies et nos quotidiens. Je veux vivre le moment à fond jusqu'à demain matin.

29

Nathaniel

Je boutonne ma chemise devant le miroir et m'observe. Je suis un brin tendu, je m'en rends compte aux traits crispés de mon visage, et mon père ne va pas le louper non plus. Aujourd'hui, c'est le grand jour pour mon petit frère. Il devient un homme alors que dans mes yeux, il est toujours le petit morveux qui m'emmerdait le dimanche matin, au saut du lit, avec ses dinosaures en plastique… Plus tard, il me parlait d'Emma, aussi… Je m'en souviens comme si c'était hier.

***

– Tu dors encore ?

Je grogne. Maxence, encore lui ! Pourquoi mes parents ont décidé d'avoir deux enfants ? Et pourquoi celui-ci vient tous les dimanches matin me lever aux aurores ?

– Non, je m'entraîne à simuler un coma !

Il saute sur le lit de tout son poids, faisant secouer la

couette et me glaçant les os par la même occasion.

– Qu'est-ce que tu veux ?

– Je m'ennuie… Je pensais que tu serais partant pour une battle de jeux vidéo… Depuis que t'es à la fac, on ne se voit plus comme avant…

– T'es pas avec Emma, aujourd'hui ?

– Elle visite sa future fac et j'ai pas voulu aller avec eux. C'est super barbant !

Tiens, tiens…

– Elle va où ?

– Philadelphie. Ne t'inquiète pas, vous allez être de deux côtés opposés !

Je mets mes mains sur mon visage et me frotte les yeux pour effacer cette nuit de débauche que j'ai passée avec Laurie, hier soir.

– Je voulais aussi te parler de quelque chose…

– Putain, ne me dis pas que tu vas demander Pumpkin en mariage !

– Mais non ! T'es con !

– On ne sait jamais, avec toi…

– J'ai… j'ai envie de monter ma propre entreprise.

– Ta propre entreprise ? Et la fac ?

– J'y vais pas.

– Papa va te tuer ! Et maman ? Putain, maman, elle va te faire rôtir, mec ! Tu te rappelles pas les laïus sur notre avenir, la fac, et tout et tout, tous les soirs, quand on prenait une punition à l'école ?

Il se met à sourire, puis fixe le plafond.

– C'est pour ça que je t'en parle. J'ai décidé de leur

annoncer ça avec ton soutien !

– Non mais j'ai pas envie de me faire buter par les parents !

– Emma trouve que c'est une bonne idée…

– Comme de mettre des salopettes…

Il m'envoie son poing dans la poitrine, ce qui me coupe un peu la respiration. Je me frotte le torse et souffle.

– C'est quel genre de société ?

– Sécurité. Je veux engager des agents de sécurité pour faire des surveillances dans les magasins de luxe comme des bijouteries, des commerces, des sièges de grandes entreprises, etc. Et peut-être même de la sécurité à la personne.

– Là, dis-je en me relevant, papa sera de ton côté !

– Et tu sais quoi, il pourrait même me faire rencontrer ses potes, à l'agence…

Je hoche la tête et contemple le sourire de mon frangin. Il grandit, ce petit con, mais ça me fait plaisir qu'il vienne me parler de son avenir.

***

Je vérifie ma coiffure et sors de la salle de bains. Lorsque je regarde vers le lit, Emma est toujours là. Elle est allongée sur le dos, totalement nue, sa tête repose sur mon oreiller, ses bras sont dessous et ses mamelons dressés semblent m'appeler. J'avance et ne perds pas une miette du spectacle que m'offre son corps. Elle est tellement belle, tellement naturelle et tellement bandante. Et c'est ma femme. La mienne, à moi.

Je pose mes doigts sur sa jambe et remonte lentement

en passant par sa cuisse, son mont de Vénus, son ventre, et enfin ses seins. Lorsque mon index touche son téton, son dos se cambre légèrement. Elle frissonne et j'adore ça. J'adore le fait qu'elle soit réceptive à mes caresses. Je me penche et abandonne mes lèvres sur les siennes ; je descends jusqu'à son cou où je dépose une multitude de baisers. Sa main se loge dans mes cheveux alors j'esquisse un sourire.

– Bonjour, bébé, murmuré-je.

– Bonjour, déjà levé ?

– Si je suis en retard aujourd'hui, mon père me bute.

Elle sourit, alors je l'embrasse, encore et encore.

– Tu vas t'occuper de Wendy ?

– Oui, dit-elle en se levant et en prenant le drap qu'elle plaque contre sa poitrine.

Je grogne parce qu'elle me gâche la vue, mais ce n'est pas le moment de penser au sexe. Nous verrons ça ce soir, après le mariage. Elle prend la direction de la salle de bains, puis s'arrête juste avant de disparaître.

– Je vais l'aider à s'habiller, et ensuite, j'irai voir Maxence, le temps que l'esthéticienne maquille Wendy ou pendant qu'elle sera avec ses parents.

Je hoche la tête, mais quelque chose cloche entre nous, je le sens à sa manière de se mouvoir, de se comporter. Elle semble tendue, encore plus que moi. Je dois me faire des idées, certainement ! Je me lève, attrape ma veste et mon portable que je glisse dans ma poche, puis entrebâille la porte de la salle de bains.

– À tout à l'heure ?

– Tu ne me rejoins pas, ce matin ?

Mon visage se fend d'un sourire.

– Madame Cox, je ne dois pas être en retard !

– Je ne suis pas Mme Cox.

– J'ai un papier qui dit le contraire, tu sais…

– T'es sérieux ? J'ai pas gardé mon nom ?

– Euh… non. Tu t'appelles Emma Cox depuis une bonne semaine, maintenant. Ça te va bien, je trouve…

– Tout me va ! C'est normal !

– Pumpkin, je déteins sur toi ! Allez, à tout à l'heure, bébé.

***

Lorsque j'entre dans la chambre réservée au marié, juste avant la noce, je remarque la tension qui règne dans la pièce. Maxence est dans tous ses états. Je crois qu'il va me faire un malaise. Il se regarde dans le miroir alors qu'il est juste en boxer et chaussettes. Son costume est pendu à la porte de la salle de bains, et la suite est dans un désordre sans nom. Il y a des fringues partout, sur le sofa, sur la moquette. Le lit n'est pas fait et sa valise est grande ouverte, juste à côté de la commode où gît une quantité surprenante de paquets de bonbons vides.

– Hey ! m'exclamé-je pour qu'il se retourne.

– Elle ne va pas venir…

– Quoi ? Mais pourquoi ?

– Parce que je suis une merde. Elle va se rendre compte que je suis quelqu'un de banal, et qu'elle mérite bien mieux que moi.

Je lève les yeux au ciel. Maxence dans toute sa splendeur ! Quand il est angoissé, il est affreux…

– OK ! Alors le stress pré-mariage est pas très cool, chez toi ! Wendy est en train de se préparer pour venir te rejoindre, Maxence. Elle est amoureuse de toi, et tu es ce qui peut lui arriver de mieux dans sa vie.

Il se retourne, et c'est à ce moment-là que je vois toute la détresse qu'il y a au fond de ses prunelles.

– Maxence…

– J'aimerais être seul… je… S'il te plaît…

Je m'approche de lui et l'oblige à s'asseoir sur le lit. J'attrape mon portable et appelle Emma. Au bout de trois sonneries, elle répond, essoufflée. J'enclenche le haut-parleur pour que Maxence entende la conversation.

– Bébé, j'ai une urgence, là ! lancé-je à Emma.

– Qu'est-ce qu'il y a ?

– Tu es où ?

– Dans la suite de Wendy, la coiffeuse lui pose son diadème… Et après, on va l'habiller. Pourquoi ?

– Tu peux me la passer ?

– Elle est en train de se préparer, Nathaniel, elle n'a pas le temps pour tes conneries !

– Maxence croit qu'elle ne va pas venir parce qu'il dit que…

– Oh, chouchou ! Wendy l'aime trop ! Dis-lui qu'elle est raide dingue de lui, qu'elle ne conçoit pas sa vie sans lui. Je ne veux pas la lui passer parce que sinon, il va la faire pleurer. Déjà que ç'a été une épreuve de ne pas être à ses côtés, cette nuit…

– C'est vrai ? demande Maxence en se levant.

– Mais oui, lui répond Emma, elle attend que ça, de se marier avec toi.

– Dis-lui que je l'aime !

– OK, ce sera fait ! Allez, Maxence, arrête d'angoisser et habille-toi, dit-elle. Je vais venir dans quelques minutes, dès qu'elle aura enfilé la robe, et j'ai pas envie de te voir à poil. À tout à l'heure.

Je raccroche et hausse les sourcils.

– Bon, rassuré ? Tu restes comme ça ou t'enfiles ton costume ?

– C'est mieux habillé ! Ça fait plus présentable ! répond mon père en entrant.

Maxence sourit et saute sur ses pieds. Son humeur est redevenue joyeuse. Il commence à s'habiller pendant que mon père et moi engageons une conversation sur mon oncle et ma tante venus du New Jersey, qui ne font que râler sur tout. La porte s'ouvre légèrement, et Emma apparaît. Cette fille m'a toujours plu, mais là… elle est splendide. Elle porte une robe de cocktail rouge pivoine qui lui arrive au genou et laisse apparaître ses longs mollets fuselés. Le corsage est en voile, fermé dans le dos, par une fermeture Éclair, brodé et perlé, et une touche de cette même parure est rappelée sur une petite ouverture au milieu des courbes de sa poitrine, ce qui a un charme fou. Les larges bretelles qui recouvrent ses seins remontent jusqu'à son cou et forment comme un collier pour s'attacher dans sa nuque. La jupe est fluide et le jeu de transparence des deux ou trois épaisseurs de mousseline est juste magnifique.

Avec cette tenue, elle pourrait ensorceler n'importe quel homme tellement elle dégage de beauté et de sensualité. Ses cheveux sont remontés en chignon d'où s'échappent quelques mèches ornées de perles. Son maquillage est parfait, pas trop nuancé, et même plutôt naturel. Sa robe est vraiment époustouflante, et c'est tout simplement elle. Ses talons, fins et élégants, finissent à merveille sa tenue à la fois petite fille sage et femme fatale.

– Emma, tu es magnifique, dit mon père.

Elle pose sa pochette sur la commode et regarde tendrement mon frère qui se retourne sur elle.

– Merci, Dwayne. Maxence, t'es trop beau, il te va tellement bien, ce costume !

– Emma, je te retourne le compliment, tu es sublime !

– Ça, c'est parce que tu n'as pas encore vu Wendy…

– À toi l'honneur de me mettre ma cravate, rétorque-t-il en se balançant d'une jambe sur l'autre comme le gamin qu'il est toujours.

Elle s'avance et attrape la cravate que mon père lui tend. En quelques secondes, elle est nouée, et ils se sourient avec la même complicité que toujours.

– T'es parfait ! dit-elle du bout des lèvres.

– Comment se sent Wendy ?

– Nerveuse, parce qu'elle a peur de tomber avec ses talons et qu'elle est impatiente de s'unir à toi. Et franchement, dans sa robe de mariée, même moi, je suis tombée amoureuse d'elle !

Tout le monde rit, dans la chambre, puis ils se font un rapide câlin et Emma explique à Maxence qu'elle doit revoir l'installation des fleurs dans la chapelle avant que les invités arrivent. Je penche légèrement la tête sur le côté. C'est une excuse, rien de plus, parce qu'on a déjà revu la décoration, hier après-midi. Elle me sourit, et je me rends compte qu'elle est triste. Son regard et sa façon de se cacher derrière ce comportement ne me trompent pas. Si Maxence ne l'a pas vu, c'est parce qu'il est trop occupé pour s'en apercevoir, alors que moi… Je n'ai jamais vu une telle expression de vide dans ses yeux. Voir Emma dans cet état ne me rassure pas. Je commence même à être inquiet, elle qui est toujours… enfin… qui semble sûre d'elle. Lorsqu'elle sort de la chambre, je m'excuse et explique vite fait à papa que je vais voir avec elle pour aller plus vite.

– Emma ! dis-je en la hélant.

Elle se retourne, mais sa tête est encore plus triste que dans la chambre. Si je ne me trompe pas, je dirais qu'elle est sur le point de pleurer.

– Tu as besoin de quelque chose ? me demande-t-elle, visiblement tendue.

– Pourquoi tu fais cette tête ?

– Je ne fais aucune tête, Nathaniel. Je te signale que je ne dors pas beaucoup, en ce moment, et que dans quelques heures, mon meilleur ami se marie.

– Viens avec moi, Emma, dis-je en lui tendant la main.

Elle enchevêtre ses doigts aux miens et je nous fais traverser le couloir jusqu'à cette porte que j'ai repérée un peu plus tôt. Je l'ouvre et nous pénétrons dans la pièce. Je referme le battant derrière nous et humidifie mes lèvres.

Une sensation de mal au cœur me prend. J'ai besoin de savoir ce qu'il se passe dans sa tête, de savoir quel est le problème, pourquoi elle est comme ça, tout à coup. Est-ce le mariage de Maxence, le stress ou autre ? Tout un tas de questions me trottent dans la tête, et lorsque je vois le regard d'Emma, je sais déjà que je n'aurai pas la réponse tout de suite.

– On est où ? demande-t-elle en se déplaçant dans ce qui doit être une bibliothèque.

Je la regarde déambuler à travers les fins couloirs, au milieu des étagères remplies de livres, et avance jusqu'à pouvoir enfoncer mon nez dans ses cheveux. Je hume leur parfum et m'en délecte. Je pose mes lèvres sur son cou délicat et le baise à plusieurs reprises.

– Nathaniel…

Mes mains partent à l'aventure sur son décolleté et sous sa jupe.

– Qu'est-ce que tu fais ?

– Un Scrabble.

– Nathaniel, on…

– « Orgasme », mot compte triple dans la case : « Je suis nerveuse et triste de voir mon meilleur ami se marier. »

Ma main remonte le long de sa cuisse. J'effleure son string et sens à travers le léger tissu qu'elle est déjà prête pour moi ! Ça me tue… Mes doigts se faufilent sous la dentelle et touchent sa petite chair désireuse de caresses.

– Je ne suis pas triste que Maxence se marie… gémit-elle.

– Je sais, bébé, mais je n'aime pas voir le regard que tu as. Tu es stressée, et moi aussi, et je connais un remède à ça !

– On est dans une bibliothèque…

– Ouais, là où beaucoup de monde se retrouve pour ce genre de choses…

Je la pénètre de mes doigts pendant que sa respiration se hache. J'adore la voir dans cet état, la voir se tordre de plaisir et me laisser les rênes. Je continue à butiner son cou si délicat et à décrire des cercles sur son clitoris. Nous n'avons pas le temps de jouer, tous les deux, et je sais qu'Emma ne va pas apprécier, mais c'est à moi de lui montrer que ça peut être cool aussi, de faire comme ça. Je mordille le lobe de son oreille pendant qu'elle gémit, encore et encore.

– Bébé… Du sexe rapide ?

– Quoi ?

J'embrasse sa nuque pendant que je remonte sa robe jusqu'à ses hanches.

– On n'a pas le temps de s'amuser, tous les deux, alors maintenant, c'est soit on s'arrête là, soit je te propose un petit coup rapide.

Elle se retourne, rompant notre petite bulle de plaisir, et me fusille du regard.

– Emma, mentalement, j'y mets tout le romantisme que tu veux, OK ? Mais là, je ne peux pas te faire une heure de préliminaires et l'amour toute la journée…

– Un petit coup rapide ? Nathaniel !

– OK, ce n'était pas la meilleure expression, je te l'accorde, mais…

– Tu faisais souvent ça, avant ?

Merde ! Autant être honnête avec elle.

– Tout le temps, mais avec toi, je préfère faire comme cette nuit, et je t'assure qu'elles ressembleront toujours à hier soir. À part maintenant… enfin, je veux dire, dans la situation actuelle.

Elle s'avance et dépose un baiser sur mon cou. Je frissonne. Si elle me dit non, je vais imploser.

– Montre-moi, je ne l'ai jamais fait.

Un sourire fend mon visage, alors je n'attends pas et la retourne comme une crêpe. Je relève sa robe sur ses hanches, descends mon pantalon et mon boxer ainsi que son string. J'enfile une capote, entoure son bassin de mon bras et titille son bout de chair jusqu'à ce qu'elle halète de nouveau.

– Bébé, je vais te prendre vite et fort. Si jamais ça ne va…

– OK, répond-elle.

Je n'attends pas plus et m'enfonce en elle jusqu'à la garde. Des frissons dégringolent le long de mon dos et lorsque je commence à donner quelques coups de reins, Emma gémit de plus belle. Je vais et viens en elle en faisant aller la cadence crescendo. Je ne vais pas tenir longtemps, elle m'excite trop. L'endroit, l'interdit du moment, le fait que nous pourrions être surpris, ses gémissements, son plaisir et le mien sont un cocktail aphrodisiaque. Ses mains attrapent une étagère, et quelques bouquins tombent au sol.

– Nathaniel… Nathaniel…

Quand elle prononce mon nom de cette façon, ça me donne envie de la chérir davantage, de la faire jouir comme jamais elle n'a joui, et de l'aimer toute ma putain de vie. Je force un peu sur son bouton, et elle exulte en m'appelant encore une fois, ce qui déclenche mon propre orgasme.

Emma desserre la pression qu'elle exerçait sur l'étagère et se retourne vers moi une fois que je me suis retiré. Son visage est rougi par nos ébats, et sa mine est un peu plus joyeuse. Et ça, ça me plaît ! De savoir qu'elle n'est plus triste… Je l'embrasse tendrement.

– Je ne t'ai pas dit que tu es vraiment magnifique, dans cette robe.

– Tu n'as pas vu Wendy… me répond-elle en remettant son string et en ajustant sa robe.

– Wendy ne t'arrive pas à la cheville, Emma.

– Nathaniel, c'est la mariée, et tu…

– Je n'ai pas besoin de la voir, ni de savoir que c'est la mariée pour te trouver plus belle que toutes ces femmes.

Et je le pense. Mais maintenant que je lui ai avoué un truc pareil, ma respiration s'accélère et je me sens désorienté, mal à l'aise, ému… Ça ne me ressemble pas d'être aussi tendre, de faire des compliments comme ça, sans raison. Ses joues deviennent écarlates alors je me penche et l'embrasse tendrement pour cacher mon trouble.

Putain, que je l'aime !

Je me rhabille à la hâte, et Emma se penche pour ramasser les livres. Je l'aide et souris lorsque je la vois lire le dos de la couverture.

– Tu crois réellement que c'est le moment ? demandé-je en riant.

– Non, c'est vrai, mais le résumé est tentant !

– Ça raconte quoi ?

– Une romance sur un pompier et une fille complètement déjantée…

Je me pince les lèvres et souris de plus belle. Elle hausse un sourcil et me frappe le torse avec le bouquin.

– Arrête de te moquer !

– Non, je me disais juste qu'on était très loin de la politique chinoise, pour le coup…

– Ah, ah, ah… sache que j'adore les romances !

– Tiens donc, comme ça m'étonne ! T'es tellement fleur bleue, amour !

– Nathaniel, c'est de la romance érotique, il y a pas mal de choses qui ne sont pas toutes roses, dedans. Et crois-moi, ce bouquin, continue-t-elle en me montrant la couverture, je vais me l'acheter, juste parce que le personnage est pompier et qu'il s'appelle Ézéchiel !

– On va encore mieux s'entendre si tu confirmes que tu aimes le porno…

Elle ferme les yeux, secoue la tête et remet le livre en place.

– Je préfère ne pas répondre ! dit-elle en prenant la poudre d'escampette.

Et elle part comme une tornade, le sourire aux lèvres…

Et c'est tout ce qui m'importe !

30

Nathaniel

Je sors de la bibliothèque et prends la direction de la suite de Maxence. Je suis un peu plus détendu que tout à l'heure, grâce à Emma. J'avoue que ce que j'ai lu dans ses yeux avant notre petit tour dans la pièce à côté m'a quelque peu... déstabilisé. J'entre dans la chambre et souris lorsque je vois Maxence enfin prêt.

– T'étais où ? demande papa avec un air de tueur.

– Je me suis occupé de la chapelle avec Emma.

Mon père hausse un sourcil, un brin suspicieux. L'irruption de mon très cher oncle préféré me sauve un peu la mise.

– Hello, les jeunes ! nous crie-t-il en passant la porte. Alors, Maxence, pas trop stressé ? Parce que, mec, c'est normalement pour la vie, là ! Enfin, tu me diras... regarde Nathaniel.

Je le fusille du regard. Papa éclate de rire et me met une grande tape dans le dos. Quant à tonton, il se rapproche de nous et nous fait une accolade à chacun. Oncle Pete est le frère aîné de papa, et si j'en crois ses dires, c'est un coureur de jupons depuis son adolescence. Il n'est jamais resté avec une nana plus d'un trimestre. Il ressemble beaucoup à mamie…

– On n'a pas eu le temps de te le dire, rétorque Maxence, le sourire pendu aux lèvres, mais Nathaniel s'est remarié !

– Non, tu déconnes ? Pourquoi t'as fait une chose pareille ? demande-t-il en se servant un verre dans le minibar et en le buvant d'une traite. Pourquoi je n'étais pas convié ?

– Rassure-toi, répond mon père, ma femme et moi-même ne l'étions pas non plus.

Je lève les yeux au ciel. Qu'est-ce qu'il me fatigue, avec ça !

– Vegas, dis-je à Pete, qui éclate de rire.

– Bourrés ?

– On va dire qu'on n'était pas spécialement frais…

– Attends, tonton, tu ne connais pas la meilleure !

– Je m'attends au pire, surtout venant de toi ! s'exclame-t-il en me frappant dans le dos si fort que je pense qu'il m'a brisé une ou deux vertèbres.

– Tu te souviens d'Emma ?

Il fronce les sourcils quelques secondes, puis se lèche les lèvres.

– La fille de Jack ? demande-t-il en se tournant vers mon père, qui acquiesce. J'ai toujours cru que tu allais finir ta vie avec elle, Maxence, parce que vous êtes tous les deux très proches, et…

Mon oncle se retourne en pointant son doigt vers moi et hausse un sourcil. Je suis foutu.

– Noooooonnnnn ! T’as pas fait ça ?

– Vous m’avez saoulé ! dis-je en attrapant mon nœud papillon et en le mettant autour de mon cou.

– Alors toi ! Mais toi, t’es un géant ! Tu as toujours été amoureux d’elle, tu me diras, c’était évident.

– Quoi ? hurle Maxence. Depuis quand ? Et comment ça se fait que t’es au courant, toi ?

S’il y a bien une chose que je n’ai pas envie d’aborder, c’est bien celle-là, et surtout maintenant. On est réunis pour les noces de Wendy et Maxence, et non pour parler de mes sentiments pour Emma, quels qu’ils soient.

– Arrête, Max, ton frère est totalement mordu d’elle depuis qu’il est haut comme trois pommes.

– Tu l’as su quand ? demande papa.

– Je suis sur le cul, rétorque Maxence.

– Je te rappelle que c’est chez moi qu’il est venu pour que je lui achète cette barrette ridicule… et quand il s’est fait toper pour la boîte d’allumettes.

– Tu m’avais dit que tu ne savais pas ce qu’il avait pris ! gueule mon père.

– C’était un secret entre nous, et ce n’était pas bien méchant. S’il avait volé de la marijuana, on aurait fumé ensemble et je te l’aurais dit… enfin, quelques années plus tard.

Mon père se frotte le front, et moi, je me ratatine en essayant de mettre correctement ce nœud papillon. Je tremble légèrement parce que je commence à être énervé. Je bouillonne, même. J’ai horreur que l’on parle de mes « affaires de cœur », et encore plus quand le sujet est Emma.

– C'est bon, vous arrêtez vos élucubrations pour aujourd'hui ? dis-je, sentant la colère m'envahir de plus en plus.

Je ne supporte pas quand on parle de moi à la troisième personne, surtout quand je suis dans la pièce. C'est un manque de respect total, et quoi qu'il en soit, mon oncle s'en fout.

– Tu mets un nœud papillon ? me demande mon frangin.

– Oui, pourquoi ? Ça te choque ?

– C'est juste qu'Emma n'aime pas ça. Elle préfère les cravates.

– Eh bien, j'aurai un nœud papillon, que ça plaise ou non à Emma.

Maxence attrape une cravate et me la jette.

– T'es sûr ?

– Ça se rebelle ! se gargarise mon oncle.

– C'est bien que tu sois différent pour elle, énonce mon père tranquillement en se servant un verre à son tour.

– Et pourquoi donc ?

Parce qu'il a piqué ma curiosité et que s'il dit un truc pareil, c'est qu'il a une idée derrière la tête.

– Sean a mis une cravate, donc c'est bien que vous soyez différents. Comme ça, elle peut choisir entre toi et Sean, entre le nœud papillon et la cravate…

J'inspire fort et serre le poing sur mon col de chemise. Ce connard de Sean me pourrit la vie. Je les fusille du regard en attrapant discrètement la cravate et en la mettant dans ma poche. Ils sont en train de me faire perdre tous les bénéfices de notre excursion au pays des livres. Mon oncle s'avachit sur le canapé et me fixe.

– Quoi, encore ? grogné-je.

– Comment c'est, avec elle ?

Je hausse les épaules, je sais où il veut en venir et ça me désespère.

– Je parle de sexe, Nathaniel !

– Pete ! s'offusque papa.

– Quoi ? Ce sont des hommes, maintenant, plus des petits garçons… Alors, Nathaniel ?

– Oh, non, je vais vomir… s'exclame Maxence.

Et j'avoue que ça me tire un sourire et me titille l'ego. Je me tourne vers eux et prends un air suffisant pendant que mon frère mime un haut-le-cœur.

– Début de relation, on baise tout le temps.

– Nathaniel ! Putain ! beugle mon père. Je l'ai connue petite, je te rappelle !

– La petite a bien grandi… répond Pete. Tu me diras, je ne connais que cette phase des relations…

– C'est parce que toi, tu ne vas pas plus loin, tonton, rétorqué-je en riant.

– Vous êtes vraiment pareils, tous les deux ! lâche Maxence en regardant notre oncle, puis moi, tour à tour.

– Et toi, tu ressembles à ton père ! renchérit Pete à Maxence. Amoureux comme au premier jour ! Romantique dans l'âme !

Et c'est reparti ! S'ensuit une bonne discussion sur les agissements de tonton envers les femmes, et de mon père avec ma mère. Parce que papa ne le sait pas, mais oncle Pete nous avait avoué en se marrant que maman était la seule femme que papa avait connue… alors que son frère, c'est une tout autre histoire. Au bout d'une bonne demi-heure, mon portable sonne et mon cœur s'accélère.

– C'est Emma, dis-je. Maxence, c'est le moment d'y aller. Tout le monde est installé.

La tête de mon frère change en une microseconde. Son visage exprime toute l'angoisse qu'il ressent. C'est à cet instant que mon rôle de témoin prend tout son sens.

– Allez, on y va ! Tu vas te marier avec l'amour de ta vie, tu te souviens de ton discours sur bla-bla-bla le café qui était dégueulasse, bla-bla-bla je savais que je voulais faire le chemin avec toi…

– T'es en train de tout casser ! gueule-t-il vers moi.

– Alors bouge ton cul, parce que s'il y a un jour où tu ne dois pas être en retard, c'est bien celui-là !

C'est en riant que nous sortons de la chambre, Maxence et Pete devant, et papa et moi derrière.

– Je ne savais pas que tu partageais certaines choses avec ton oncle, me confie papa.

J'ai un petit sourire en coin. Mon père est quelqu'un de super attachant. Il ne veut que notre bonheur, et je sais que notre relation est particulière, que Maxence se livre beaucoup plus que moi sur les choses essentielles de la vie, mais il ne devrait pas se faire de souci. Il connaît ma vie mieux que personne.

– Pas autant qu'avec toi, je réponds, apercevant Emma au loin.

– Plus… important, je dirais.

– Papa, dis-je en baissant les épaules. Tu as toujours été là pour moi.

– Et je le serai toujours, mais je suis content que tu puisses avoir un autre soutien que le mien, le jour où je ne serai plus là…

– Non, là, c'est dégueulasse, ce que tu fais !

Il éclate de rire et me bouscule un peu.

– Elle ne me suivra pas, murmuré-je en regardant Emma discuter avec maman.

– Qu'est-ce que t'en sais ?

– On s'est mariés à Vegas, papa ! assuré-je en plongeant mon regard dans le sien. Ce mariage a plus de risques d'échouer que n'importe quel autre.

– C'est à toi de le faire vivre, Vegas ou non.

– Je veux le poste à Washington…

– Je sais, tu es fait pour, et je sais que tu l'auras !

– J'ai bien peur qu'elle ne refuse Washington.

– Qu'est-ce qui est plus important, le poste ou la fille ?

Mon cœur a un raté lorsque Emma me sourit et s'avance lentement vers moi.

– Elle, sans hésiter. Et ça, il n'y a que toi qui le sais.

Il m'attrape et me serre dans ses bras à m'en faire péter les côtes. Je ressens tout son amour paternel dans cet élan de tendresse, toute la confiance que nous avons l'un en l'autre. C'est à ce moment que je me rends compte que même si je suis à des milliers de kilomètres de lui, il y aura toujours cette complicité entre nous. Voilà pourquoi c'est lui, et non un de mes copains, que j'ai appelé à trois heures du matin le jour où j'ai découvert que Laurie me trompait… Il me serre encore plus contre lui tandis que j'essaie de me dégager avant de finir à l'hôpital.

– Papa ! dis-je pour qu'il me lâche.

– Je profite du moment où tu n'es pas comme Pete, mais comme moi.

– Je te rassure, on a baisé trois pièces plus loin que la chambre de Maxence y a pas une heure !

– Nathaniel ! s'offusque-t-il.

C'est à mon tour de rire à gorge déployée. Emma nous rejoint, alors j'en profite avant que quelqu'un me contredise.

– Sean m'a dit de porter un nœud papillon alors que j'ai horreur de ça. Tu peux m'aider à mettre ma cravate ? la sollicité-je, la bouche en cœur.

Mon père me fusille du regard et je me marre.

– Oui, dépêche-toi.

Elle attrape le morceau de tissu que je lui présente, et en moins de temps qu'il n'en faut pour le dire, la cravate est nouée autour de mon cou.

– Merci, bébé. On y va ?

Elle hoche la tête avec un sourire radieux, comme j'aime en voir sur elle.

31

Emma

– Vous pouvez embrasser la mariée !

Je regarde cet homme qui vient de s'unir à la femme qu'il aime, et juste à côté, son frère… le type avec qui j'ai pris la pire cuite de ma vie et que j'ai épousé à la sauvette. Tout un tas d'émotions se mélangent en moi. Depuis hier soir et ma soudaine prise de conscience sur mon avenir, je ne suis pas dans mon assiette, je ne le vis pas bien. Parce que même si j'ai reçu et imprimé les papiers pour l'annulation de notre mariage, j'ai une espèce de poids sur la poitrine qui perdure et s'agrandit chaque fois que je croise le sourire enjôleur de Nathaniel. Plus le temps passe et plus je me dis que je ne peux pas lui faire ça. Sauf que je ne peux pas me le faire à moi non plus ! Ce moment que vivent Maxence et Wendy est quelque chose de primordial pour moi. Je l'espère depuis que je suis môme. Je l'ai tellement imaginé, tellement rêvé… je n'ai pas envie de raconter plus tard à mes enfants : « Papa et maman étaient complètement imbibés d'alcool en se disant oui. »

Je ferme les paupières pour retenir mes larmes, mais je n'y arrive pas, et quelques-unes m'échappent. Je les essuie avec mon mouchoir, devant le regard attendri de Maxence qui pense que c'est son mariage qui m'émeut. Alors, oui, je suis extrêmement heureuse pour eux, le voir épouser Wendy me procure une joie incommensurable, mais ça me rappelle aussi que pour moi, tout est gâché. Et ça, je n'arrive pas à le digérer. Voilà pourquoi, hier soir, j'ai pris la décision de tout arrêter et de tout recommencer loin de Black Canyon City, loin de Nathaniel Cox et de Caleb. Parce que ça aussi... trois ans que nous couchons ensemble et je n'ai pas eu le déclic, ni l'envie de faire un bout de chemin avec lui, ni d'officialiser notre relation juste parce que mes parents nous ont surpris au saut du lit, alors c'est que ça n'en vaut pas la peine, tout simplement. Si Caleb a nourri des sentiments pour moi, ce n'est pas du tout mon cas. Il est gentil, attentionné et affectueux, mais il n'est pas... Nathaniel. Et Nathaniel n'est pas celui avec qui je peux rester. Il représente tout ce que je déteste chez un homme, son immaturité, son indélicatesse, son ego, son insupportable narcissisme, notre passé, et pourtant, sa façon de me parler dans l'intimité, sa protection dès qu'il voit que je ne suis pas dans mon assiette, son regard qui s'allume lorsque je lui souris, son comportement pour me défendre et toutes les bonnes choses qu'il a faites pour moi et qu'il m'a cachées quand nous étions gosses font pencher la balance de l'autre côté.

Tout se mélange dans ma tête... Je crois que je ne veux pas m'avouer que j'ai des sentiments pour Nathaniel parce que ça me fait peur… Il a été tellement affreux avec moi, toute notre enfance, et il a même continué une fois adulte, alors comment pourrait être notre vie ensemble ? Et puis, je n'irai pas m'installer avec lui à San Diego, et je ne le suivrai pas non plus à Washington, malgré le poste qu'on m'y propose et qui est un de mes plus grands rêves depuis toutes ces années. Je ne peux pas faire ça à mes parents, eux qui ont tout sacrifié pour moi, c'est à mon tour d'être là pour eux. Voilà pourquoi cette union est vouée à l'échec !

– Ça va, bébé ?

Je hoche la tête en guise de réponse, trop bouleversée pour émettre le moindre son. Il faut que je sois honnête avec lui, même si je crois qu'il se doute bien que ce mariage n'ira pas très loin. Nathaniel est peut-être un enfoiré, mais il est intelligent, et il reconnaît quand quelque chose tourne au vinaigre. Je n'imagine même pas comment lui annoncer… parce que dès que nous sommes ensemble, on fait l'amour. Je ne peux rien dire là-dessus, car je suis plus que consentante à cette… activité entre nous, d'autant que Nathaniel est vraiment doué dans ce domaine. Dès qu'il me regarde, je sais déjà que je suis cuite. Mais nous ne pouvons pas baser notre histoire sur le sexe. Ce n'est pas sain, et ça ne marche pas comme ça. Un couple, une relation, ça se travaille sur le long terme. Nathaniel se fout de tout, et moi non, il est divorcé, et moi, je rêve d'un mariage de princesse, comme toutes les petites filles. Et puis Nathaniel adore son métier et ne quittera pas San Diego pour moi. Idem pour les gosses, il n'en veut pas, et moi, j'aimerais en avoir un, dans quelques années. Tout nous oppose… Et zut, je devrais arrêter de penser à ça maintenant, ce n'est ni le lieu, ni le moment. J'ai déjà le moral dans les chaussettes à cause de tout ça, je n'ai pas envie de déprimer encore plus.

– C'est à notre tour de sortir, dit-il.

Affichant un sourire de façade, je prends le bras qu'il me tend, et nous traversons l'allée centrale à la suite des jeunes mariés.

***

Nous sommes à table et Nathaniel râle devant l'entrée.

– J'aime pas la soupe !

– C'est une *clam chowder,* pas une vulgaire soupe !

– Ce n'est pas parce qu'il y a des palourdes que ça en fait une exception…

– Tu n'es jamais satisfait, Nathaniel !

– Notre repas de mariage était mieux ! Largement mieux !

Je fronce les sourcils. Je n'en ai aucun souvenir. Je me mordille la lèvre en attendant qu'il se décide à en dire un peu plus.

– On a commandé tout ce qu'il y avait au menu du *room service.*

– Oh, putain… Qu'est-ce qu'on a mangé ?

– De la langouste flambée au champagne. Tu ne t'en souviens pas, mais c'était vraiment trop, trop bon. Tellement meilleur que cette merde-là !

– Arrête, tout le monde va t'entendre ! dis-je tout bas. Et non, je ne m'en souviens pas…

– Tu as choisi l'entrée, et moi le plat principal.

Il boit une cuillère de soupe et grimace encore. Ma main est restée en suspens, et j'attends toujours qu'il me dévoile ce dont il se souvient. Parce que j'aimerais beaucoup retrouver cette partie du black-out que nous avons eu, ce soir-là.

– La langouste au champagne en entrée, et une côte de Black Angus avec des ignames aux petits légumes.

– Oh… dis-je en salivant.

– C'était trop bon, dit-il en posant son pouce sur ma lèvre. Vraiment trop bon. Mais j'ai préféré le dessert.

Et nous revoilà partis dans un de nos échanges silencieux qui annoncent une nuit torride. Avec Nathaniel, c'est toujours pareil. Il commence les préliminaires avec des mots, des sous-entendus sans aucune honte ni gêne quelconque.

– Tu as voulu un *red velvet cake,* et moi, j'ai dévoré une *pumpkin pie*…

– Nathaniel…

– Et du champagne, beaucoup de champagne.

– Je n'ai rien payé !

– Moi non plus ! On a tout mis sur le compte de la chambre.

– Oh, mon Dieu, Nathaniel, ça a dû coûter un bras et un rein.

Il sourit et finit sa soupe. Son air est triomphant, et j'attends comme le messie qu'il parle enfin pour me dévoiler son secret.

– C'était la chambre de Leeroy, alors, sans rancune !

– Ce n'est pas bien, on va régler ce qu'on a…

– Non, il a tout payé, et je ne lui en parlerai pas parce qu'il a eu des paroles déplacées envers toi. C'est un peu normal. On va dire que c'était son cadeau de mariage !

Je lève les yeux au ciel et termine mon entrée. Une heure plus tard, les serveurs reviennent avec le plat principal, et la tête qu'affiche Nathaniel est épique ! C'est une sorte de moue enfantine avec un haut-le-cœur. Il me fusille du regard et désigne son assiette du doigt.

– C'est quoi, cette bouillie infâme ?

– De la lotte à l'américaine et des petits légumes.

– Mon frère a validé ça ?

– Oui, ils adorent ce menu.

– Putain, ils ont un goût de merde. Attends, attends, et en dessert, on a quoi ?

Je réprime un fou rire parce que j'ai envie de jouer avec sa mauvaise humeur. Ça va me procurer un peu de baume au cœur.

– Un *wedding cake*.

– À quoi ?

– À la carotte.

– Non, pas possible, Maxence déteste les carottes.

– C'est un fraisier, rassure-toi.

Les mariés ouvrent le bal, et c'est comme si une multitude de coups de poignard se plantaient dans ma poitrine. Ils sont faits l'un pour l'autre, c'est indéniable. Maxence respire le bonheur, et Wendy est radieuse. Sa robe est magnifique, bien ajustée à ses formes, avec de la dentelle et des perles, du bustier à la traîne. Je profite de ce moment pour m'excuser auprès des personnes à table et partir en direction des toilettes. J'ai besoin de quelques minutes, besoin de prendre l'air, de m'aérer l'esprit et de me débarrasser de toutes les horribles pensées qui me traversent à propos de ce mariage que moi, je n'aurai pas. Je pousse les lourdes portes et hume la petite brise de la nuit. Le ciel est plein d'étoiles qui forment un nuage de scintillement. Je ferme les yeux et retiens mon souffle pendant qu'un souvenir me submerge.

***

– Nan, il nous faut des alliances, Emma ! dit-il en buvant sa flûte de champagne d'une traite.

Je regarde autour de nous. Vegas est vraiment une ville splendide, j'adore. Je devrais m'installer ici et devenir croupier. Je suis sûre que j'aimerais ça !

– Viens là, s'exclame-t-il en attrapant ma main.

Je trottine pour suivre sa cadence, mais je commence à avoir des nausées dues aux multiples coupes de champagne que j'ai avalées. Alors il s'arrête devant une vitrine.

– Tiens, regarde, une boutique qui vend des bagues, et elle est ouverte !

– T'es malade, Nathaniel, c'est une des joailleries Benson[6] ! Leurs bijoux coûtent mon salaire annuel !

Il ne m'écoute pas et entre dans la bijouterie. Je me sens toute petite dans cet endroit où tout est d'un blanc immaculé, sauf les gorilles à l'entrée qui surveillent nos faits et gestes.

---

6. Voir *Indocile,* du même auteur, aux éditions Addictives.

Un homme d'une soixantaine d'années s'approche et fait un signe à Nathaniel.

– On cherche des alliances.

– Bien sûr, monsieur, vous avez une idée en tête ?

– De l'or et des diamants pour madame.

Je tire sur le bras de Nathaniel pendant que l'homme tourne les talons et passe derrière un rideau.

– Nathaniel ! Écoute-moi, bon sang ! Je ne veux pas de diamant, c'est trop…

– On se marie, Emma, je veux t'offrir une belle bague, celle que tu mérites.

Son pouce touche le grain de ma peau, et nous sommes interrompus par un raclement de gorge. Le vendeur est revenu. Il porte un gant et un plateau avec différents modèles qui scintillent de mille feux.

– Laquelle te plaît ? murmure-t-il.

J'ouvre la bouche, mais la referme. Elles sont toutes très jolies, mais elles ne sont pas pour moi parce qu'elles ne me représentent pas, et Nathaniel s'en aperçoit immédiatement.

– Ça ne te va pas ? Tu veux quoi ? Un plus gros diamant dessus ?

– Non, je… suis plus discrète. Ils sont déjà trop gros pour moi.

– Nous pouvons vous proposer plus fin, si vous voulez, répond le vendeur.

– Oui, rétorque Nathaniel.

Il s'éloigne, emportant le plateau, et Nathaniel hume mes cheveux, puis pose ses lèvres sur mon cou.

– Je veux que tu choisisses la bague qui te fait envie. S'il te plaît, ne regarde pas le prix.

– J'ai pas envie d'avoir une brique au doigt, dis-je le plus doucement possible.

Il éclate de rire, et lorsque le vendeur revient vers nous, Nathaniel me montre une alliance magnifique. Elle est formée de plusieurs symboles de l'infini couchés et ornés de diamants.

– Celle-là te ressemble, bébé. Essaie-la, je veux voir ce que ça donne sur toi.

Le vendeur me présente la bague que je passe à mon annulaire, et mon cœur se met à battre la chamade. Elle est tellement belle !

– Ouais, c'est celle-là, dit Nathaniel. Est-ce que vous en avez une pour moi, avec ce même symbole gravé dessus, pour rappeler celle de ma femme ?

– Bien sûr, je vous apporte ça.

Le sourire que m'adresse Nathaniel est à couper le souffle, bien plus étincelant que les diamants qui ornent ma bague.

***

Je reviens à moi avec une impression bizarre en tête. Nathaniel a tenu à ce que nous ayons de vraies alliances, et non une bague tirée dans un distributeur. Ma bague, c'est lui qui l'a choisie… Une douce chaleur se répand dans ma poitrine. Je sais qu'il n'est pas romantique, qu'il n'a pas la langue dans sa poche, qu'il râle et que c'est une tête de lard, quand il s'y met, mais… c'est lui, c'est Nathaniel. Et je sais déjà que ça va être difficile de partir sans lui…

– Hey ! Salut, toi !

Je sursaute légèrement et me retourne. Sean me fait face avec un joli sourire dentifrice. Sa cravate est dénouée et le bouton de sa chemise a sauté. Il avance lentement vers moi et me domine de toute sa hauteur.

– Tu t'es perdue ?

– Non, je venais prendre l'air, rien de plus.

– On n'a pas pu se retrouver seuls, tous les deux, depuis notre séance shopping.

– En effet…

– Tu repars quand ?

– Demain. Je rentre à Philadelphie et je reprends le travail tout de suite. J'ai été assez absente.

Je comble ma nervosité par une logorrhée impressionnante. Je ne me sens pas très bien dans mes baskets. Sean est très près de moi, trop près, même, à tel point que je sens son souffle contre mes lèvres. Et bizarrement, ça ne me plaît pas. J'aimerais bien qu'il n'envahisse pas mon espace vital de la sorte, et qu'il ne joue pas de sa position d'ex-petit ami pour essayer de me reconquérir, parce que c'est exactement ce qu'il fait depuis qu'il est revenu de Paris. Il a été clair, pendant le shopping, mais je pensais l'avoir refroidi avec ce que je lui avais dit.

Faut croire que non… Il va donc falloir que je lui mette les points sur les i !

– Sean, je…

– Reste, Emma. Reviens habiter ici. On pourrait reprendre notre relation là où on en était, on s'entendait bien, tous les deux. On était bien, ensemble. Je peux t'offrir tout ce dont tu rêves. J'ai un bon job, et j'aimerais me marier, fonder une famille…

– Je ne veux pas revenir à Black Canyon City. J'ai mon travail à Philadelphie, et mes parents, aussi.

– Tout ça se discute, Emma. Je suis sûr que nous trouverons un terrain d'entente, et tes parents seraient ravis de…

– Je suis mariée.

Ses épaules s'affaissent en même temps que sa bouche se décroche. Son air est… enfin, il semble dérouté. Et moi, je suis sous le choc d'avoir avoué cette vérité comme si c'était un avertissement, comme un : « Je suis une femme mariée et comblée, ne t'approche pas de moi ».

– Mariée ? répète-t-il plusieurs fois.

– Oui, je suis mariée.

– Caleb ?

– Non, ce n'est pas avec lui.

– Alors c'est qui ?

– Moi.

Je tourne la tête en direction de cette voix et aperçois Nathaniel, à quelques pas de nous, les bras croisés sur le torse et un regard assassin collé au visage. Je me mords la lèvre, un brin nerveuse. J'espère qu'une poussée de testostérone ne va pas se réveiller chez mon « cher et tendre époux »…

– Quoi ? répond Sean en reculant comme s'il s'était brûlé.

– T'as bien entendu…

– Alors soit j'ai pris une substance hallucinogène pendant le repas, soit vous avez complètement perdu l'esprit, tous les deux.

Nathaniel s'approche de moi. Ses yeux me transpercent. Je sais qu'il bouillonne et qu'il se contient difficilement, parce qu'il souffre d'une jalousie maladive, et je ne comprends toujours pas pourquoi.

– Dis-lui, me somme-t-il.

– Je me suis mariée avec Nathaniel, Sean. Il ne te raconte pas de salades.

– Waouh ! dit-il en mettant ses mains devant lui.

Je souris à Nathaniel et vois ses traits se détendre au fur et à mesure que nos échanges se font silencieux. Il replace une mèche de mes cheveux derrière mon oreille et inspire fort. Il semble soulagé par mes mots, et je reconnais que le fait de l'avoir avoué à Sean non seulement ne me dérange pas, mais en plus me libère d'un poids que j'avais sur la conscience.

– C'est une Cox, Sean, Mme Nathaniel Cox.

Ma respiration se coupe lorsqu'il prononce ces mots. Peut-être n'étais-je pas prête à les entendre aussi crûment, balancés comme ça pour calmer le sentiment de doute dont souffre Nathaniel. Ou tout simplement parce que c'est lui, Nathaniel, qui les a dits…

– Je… C'est… balbutie Sean.

– Je crois que le mot que tu cherches, c'est : « Félicitations ! », continue mon mari.

32

Emma

– Emma ! crie Wendy en arrivant au pas de course.

Une fois à ma hauteur, Wendy me saute dans les bras en me montrant fièrement sa main où trône son alliance.

– Regarde, on est mariés ! Ça y est ! Je suis Mme Wendy Cox, épouse de Maxence Cox ! continue-t-elle en tapant dans ses mains.

– Félicitations, Wendy, dis-je en souriant bêtement. Vous êtes magnifiques !

Un silence s'installe, et Sean en profite pour intervenir.

– Félicitations, Wendy, dit-il.

– Merci ! Je suis trop heureuse !

– Vous partez en lune de miel ?

– Mardi soir. Maxence n'a pas pu tout gérer avant notre départ, donc on le décale de quelques jours. On va à Bora Bora ! Oh, j'ai hâte !

– Bora Bora ? répète Nathaniel sur un ton de reproche.

Je le dévisage et le menace de mon index. Si sa colère à cause de Sean n'est pas encore complètement tombée,

Wendy n'y est pour rien, alors il va vite changer de ton !

– Quoi ? C'est vrai ?

– Ça ne te plaît pas ? lui demande-t-elle.

Je le fixe de mon regard assassin. Je ne veux pas qu'il ouvre sa bouche. Il est clairement hostile à Wendy et à son union avec son frère, pour une raison qui m'échappe encore, mais je ne l'autoriserai pas à être abject avec elle. Pas aujourd'hui, pas elle, pas lui, pas à cet instant parce que c'est *son* moment à elle… D'ailleurs, je ne comprends pas son attitude ! Il me semblait qu'il avait changé…

– Qui n'aimerait pas Bora Bora ? rétorque-t-il en soutenant mon regard.

Ses pupilles sont dilatées et la couleur qu'elles affichent me filerait la frousse si j'avais quelque chose à faire de sa mauvaise humeur.

– Et je suppose que vous allez faire des gosses ? continue-t-il.

– Nathaniel ! Ce n'est pas parce que tu n'aimes pas les enfants que les autres doivent être comme toi ! craché-je.

– Ça fait tôt pour parler de morveux alors qu'ils ne se connaissent que depuis quelques mois ! aboie-t-il.

– T'es resté combien de temps avec Laurie ? Dix ans ? Ça fait beaucoup plus que quelques mois, pourtant, et regarde-toi, tu n'as pas d'enfants !

– PARCE QUE J'EN VEUX PAS !

Il a crié si fort que je recule d'un pas. Non qu'il me fasse peur, mais maintenant, j'ai la certitude que notre mariage est plus que voué à l'échec. Si j'hésitais, cette nuit encore, à cause des sentiments que j'éprouve à son égard, je n'ai plus aucun doute le concernant à l'instant où il prononce ces mots. Quelque chose se fissure en moi, comme une photo que l'on déchirerait en deux. Je ne souhaite pas avoir des enfants tout de suite, mais je nourris l'espoir d'être maman d'ici quelques années… Et le fait que Nathaniel expose son rejet devant tout le monde avec un tel aplomb, ça me donne la nausée.

– Ce qui est sûr, rétorque Sean, c'est que vous, c'est clair comme de l'eau de roche, vous n'en aurez pas.

– Je rentre, dit Wendy.

– Moi aussi, j'ai assez pris l'air, énoncé-je en évitant de croiser le regard de Nathaniel.

Je réalise alors ce que j'ai fait, et surtout avec qui je l'ai fait. Parce que me marier à Vegas, c'était peut-être une connerie, mais avec Nathaniel, c'était carrément une aberration. On n'a aucun point commun, à part le fait de nous engueuler dès que l'on se croise et que le sexe soit juste stupéfiant, mais le reste ? Il n'y a rien, *rien !* Voilà pourquoi, ce soir, je signerai les papiers pour l'annulation de ce mariage, et qu'il les signera à son tour. Et si jamais il refuse, alors je demanderai le divorce !

– Je ne voulais pas crier… Je… Emma…

– Ce n'est rien, dis-je. Ne t'excuse pas d'être ce que tu as toujours été, Nathaniel. Je t'en prie, ne fais pas semblant, même pas aujourd'hui…

Ses lèvres se referment en une fine ligne, et je vois la colère emplir son regard et tout son corps. Ses épaules se tendent, et plus personne n'ose parler. S'il y a bien une chose que je ne peux supporter, c'est qu'un homme élève la voix sur moi. Mon père m'a éduquée de cette façon, et je me suis toujours juré de ne jamais prêter attention à ce genre de personne. Je fais deux pas en arrière et me retourne pour regagner la salle et reprendre ma place de témoin auprès de mon meilleur ami. Parce que je suis ici uniquement dans ce but, et non pour me trouver un mari qui partagerait mon avenir et me ferait des gosses.

– Emma, reste là, continue-t-il, radouci.

– Pour quoi faire ? demandé-je en claquant la langue.

Il croit être qui, lui, pour parler à tout le monde comme il le fait, avec un tel mépris ? Qu'il aille se faire foutre ! J'en ai assez entendu, et j'en ai marre de le calmer, d'apaiser ses pseudo-crises existentielles. Je ne suis pas sa mère !

– Tu te trompes de jugement, et je…

– Non, je me suis trompée de mari, rien de plus.

– Oh ! Tiens donc, ton comportement de connasse est de retour ! s'écrie-t-il en riant bêtement.

À court d'arguments, et parce qu'il ne mérite pas que je m'étale un peu plus sur le sujet, je le laisse ruminer dans son coin et méditer sur sa misérable colère… s'il en est capable !

***

– Je suis désolée, Wendy, Nathaniel est…

– Ne t'inquiète pas, dit-elle en passant les portes de la salle de réception, je sais qu'il ne me porte pas dans son cœur, mais aujourd'hui, tout ce qui m'importe, c'est que Maxence soit heureux. Le reste, je m'en contrefiche !

– Nathaniel n'aime que lui… depuis toujours, et ça ne changera pas.

– Tu vas divorcer ? Parce que c'est quand même bien parti…

– Concentre-toi sur ton bonheur et fais abstraction du reste !

– T'as raison, on ne parle plus de lui jusqu'à demain matin !

Je m'installe à ma table et regarde Maxence et Wendy évoluer sur la piste de danse. Ils sont tellement parfaits, tous les deux !

– Est-ce que tu me ferais l'honneur de danser avec moi ?

Lorsque nos regards se croisent, je souris à Dwayne, mal à l'aise après ce qu'il vient de se passer dehors. Mais je me lève en laissant au placard l'animosité que j'éprouve pour son fils à cet instant et prends sa main. Au milieu des autres couples, il me serre doucement dans ses bras, sa main posée dans mon dos, comme s'il voulait me détendre, me protéger, parce qu'il doit sentir que je suis crispée. Nous dansons au rythme de cette chanson de Gloria Estefan que je refuse de fredonner parce que ça me hérisse le poil d'entendre des « *I love you baby* » à tout bout de champ alors que cet imbécile de Nathaniel se comporte comme une merde !

– Tu as des projets pour la suite, ma petite Emma ?

Annuler mon mariage, quitter Black Canyon City et rester éloignée le plus loin possible de ton fils…

– Je ne sais pas, Dwayne…

– Nathaniel est compliqué, et…

– Oui, très.

– Ce n'est pas un mauvais garçon, Emma. Il en a bavé, cette année, et je pense que le fait de voir Maxence heureux en ménage, ça doit faire sauter le peu de plombs qu'il lui reste là-haut.

Je réprime un fou rire et expulse tout l'air que je contenais dans mes poumons. Il est son père, alors il le défend, et c'est normal… et je sais que Dwayne m'aime beaucoup, moi aussi ! Mais concernant Nathaniel, il n'a pas d'excuse. De nombreuses personnes ont des problèmes, ce n'est pas pour autant qu'ils emmerdent la terre entière !

– Si vous restez mariés, promets-moi de faire un truc pour officialiser tout ça. J'aimerais danser avec toi, ce jour-là, comme je m'apprête à le faire avec Wendy.

– Je ne suis sûre de rien, Dwayne.

Il sourit et nous ne parlons plus jusqu'à ce que son énergumène de fils fasse son apparition à côté de nous et me tende la main.

Dans tes rêves, mec !

Il hausse un sourcil et son père me dévisage.

Je vais te tuer, Cox junior !

– Je te la laisse, dit Dwayne en souriant.

Super !

Nathaniel colle son corps au mien et place sa main si bas dans mon dos que je suis obligée de lui taper l'épaule pour qu'il la remonte. Ses yeux sont indescriptibles tellement ils reflètent sa rage.

– C'est pour ça que t'es dans cet état ? Parce que je n'ai pas eu de gosses avec Laurie ? Je ne comprends rien…

– Attends, tu rigoles, là ? C'est bien la meilleure décision que tu aies pu prendre ! Seigneur Dieu, heureusement que vous ne vous êtes jamais reproduits !

– Ça y est ? T'as fini de cracher ton venin ?

– Qui le crache le plus souvent, de nous deux ? Tout à l'heure, dehors, t'étais obligé d'agir comme un enfoiré de première avec ta belle-sœur ? Parce que c'est ce qu'elle est, Nathaniel ! La femme de ton frère ! Et très certainement la future mère de tes neveux et nièces. Tu sais quoi, je ne pensais pas que tu pouvais être aussi inhumain ! Tu vois, tu arrives encore à me surprendre. Je ne sais vraiment pas ce qui s'est exactement passé dans ta vie pour que tu deviennes aussi con, mais franchement, le niveau est extrêmement élevé !

– T'as raison sur un point…

– Lequel ?

– On n'aurait jamais dû se marier.

Et il me plante là, toute seule, en plein milieu de la salle. Je suis désemparée et retiens les larmes qui menacent de couler.

33

Emma

Je range ma trousse de toilette et referme ma valise, le cœur lourd. On y est, je suis sur le point de quitter la ville. Le mariage de Maxence et Wendy est terminé, nous avons réussi à finir cette soirée sur une note positive. On a dansé, on a bu, on a ri à s'en décrocher la mâchoire… Et je me réveille ce matin avec des poches sous les yeux et un mal de tête de tous les diables.

Mais, comme depuis mon arrivée ici, il y a encore une ombre au tableau : Nathaniel… qui a disparu de la surface de la planète après être sorti de la salle de réception en me disant que notre mariage était effectivement une connerie. Si je laissais mes pensées vagabonder, je dirais qu'il est rentré à San Diego après la fête, parce qu'il n'est pas repassé à l'hôtel, ni chez ses parents, ni au restaurant, ni nulle part.

Je descends mon bagage du lit et le fais traîner sur le sol. Je jette un dernier coup d'œil par-dessus mon épaule en soupirant, sors de la chambre et claque la porte derrière moi. Un truc se brise dans ma poitrine, une espèce de chagrin indicible, une tristesse qui me remplit alors que je m'apprête à partir sans un regard en arrière.

Tu n'as pas été très tendre avec lui non plus, et maintenant, il est parti...

Il faut toujours que votre mauvaise conscience se réveille au moment où vous êtes au plus bas, tout ça pour vous rappeler quelle merde vous êtes... Le corps humain est une machine vraiment intéressante !

Alors que je passe les portes coulissantes de l'hôtel, je remarque mon père ouvrant le coffre de la voiture de location, et je souris. Je rentre à la maison, à Philadelphie. Mon chez-moi, celui où je ne souffre pas de Nathaniel, où il ne peut pas m'atteindre, que ce soit avec ses mauvaises blagues ou ses gestes tendres.

– Tu es prête, ma chérie ? me demande ma mère en me faisant un geste vers le coffre.

J'acquiesce et inspire un grand coup en avançant vers l'arrière de la voiture. Ils ne sont pas au courant, les parents de Nathaniel non plus. Ils ne savent pas ce qui se trame entre nous. Je pense que Maxence doit savoir où est son frère, mais il ne me le dira pas, et je le comprends. C'est normal qu'il garde le secret ! Malgré leur différence d'âge, ils ont toujours été proches, ces deux-là ! Je garde mon sac à main et le serre contre ma poitrine pendant tout le trajet jusqu'à la demeure des Cox, comme un enfant avec son doudou. Lorsque papa se gare le long du trottoir, mon réflexe est de regarder à qui appartiennent toutes ces voitures. Bien sûr, celle qui m'intéresse le plus n'y est pas...

Il est déjà reparti chez lui.

Phoebe nous accueille, les larmes aux yeux.

– C'était tellement court ! Vous repartez déjà !

– La prochaine fois, c'est à vous de venir ! lance mon père en faisant une accolade à Dwayne.

J'entre et me trouve face à Maxence qui me tend les bras.

– Tu vas me manquer, dis-je en enfouissant mon visage dans sa chemise.

– Emma, t'es trop fleur bleue, tu sais, ça ?

– Je plaide coupable, mais putain, j'aime pas les au revoir ! Dis, vous viendrez bientôt à la maison ?

Il passe son index sous mon menton, remonte mon visage pour que je le regarde et me sourit.

– Bien sûr qu'on viendra te voir.

– Avant Thanksgiving ?

– On essaiera, OK ?

Je hoche la tête et m'excuse afin d'aller aux toilettes avant le voyage. Une fois en haut, je tends l'oreille pour voir si Nathaniel n'est pas là, et lorsque je pousse la porte de sa chambre, ma respiration se coupe. Sa valise est sur son lit, ses fringues sont presque toutes rangées dedans. Donc il n'est pas parti, il est quelque part ici… et il se cache… de moi ! Je baisse et secoue légèrement la tête et laisse échapper une larme que j'efface d'un revers de main.

C'est bien mieux comme ça ! Ressaisis-toi, Emma !

J'avance à pas lents et ouvre mon sac à main d'où je sors *la* fameuse enveloppe que je dépose sur ses affaires pliées. Je touche le tissu de son tee-shirt et me promets de ne laisser mon chagrin s'exprimer qu'une fois la porte de mon appartement passée, pas avant.

Je sors de la chambre sur le seuil de laquelle je tourne une dernière fois la tête.

Au revoir, Nathaniel.

***

J'ai éconduit Caleb en refusant qu'il vienne me chercher à l'aéroport. J'ai inventé une excuse qui sonnait tellement faux que même moi, je n'étais pas convaincue par mon message, mais il n'a rien dit. Il a juste répondu, comme à son habitude, que l'on se retrouverait le lendemain, au bureau. Et putain, que ça me coûte d'y retourner !

J'embrasse mes parents devant l'entrée de mon appartement et les regarde monter dans leur voiture pour regagner leur maison. Et enfin, je pousse la porte de mon chez-moi ! La première chose que je fais, c'est d'écouter mes messages sur mon répondeur. Pas grand-chose, à part des publicités et Penny qui me dit de venir la voir dès mon retour, ce qui me tire un sourire. Ensuite, je traîne ma valise et la vide. Je vais m'occuper l'esprit à remettre en ordre mon intérieur, ça va me faire le plus grand bien de retrouver mes bonnes vieilles habitudes. Je mets mon linge sale dans la machine à laver, range soigneusement mon bagage à sa place, dans le placard, pose mon bouquin sur ma table de nuit et entre dans la salle de bains avec mes trousses de maquillage et de toilette. Je commence à mettre chaque chose à sa place lorsque je tombe sur… mon alliance. Les larmes me montent aux yeux, et je ne me retiens plus. J'éclate en sanglots en tenant ma bague entre mes doigts.

Je me laisse glisser le long du mur et pose mon front sur mes genoux pendant que mes larmes continuent de dévaler mes joues jusqu'à mourir sur le tissu de mon pantalon. Au bout d'un long moment à ne faire que pleurer, j'entends mon portable qui sonne plusieurs fois sans s'arrêter. Je me lève, le cœur lourd, et découvre que Penny a essayé de me joindre plus d'une dizaine de fois. Je décroche et elle me convainc de la rejoindre à son appart. Parce que dans des moments comme celui-ci, il n'y a rien de mieux qu'une amie sur qui on peut compter. Alors en moins de temps qu'il n'en faut pour le dire, je suis devant chez elle, le visage baigné de larmes, les yeux rougis à force d'avoir tellement pleuré durant tout le trajet, et le cœur en miettes.

– Qui t'a fait ça ?

– Je me suis fait ça toute seule, dis-je en me triturant les doigts.

– Laisse-moi deviner… le pilote d'hélicoptère ?

Je hoche la tête et laisse aller mon chagrin.

– Pourquoi j'ai l'impression qu'il va te falloir de l'alcool et du sucre ?

Je mets mes mains sur mon visage et sanglote comme une madeleine.

– Viens là, ma chérie !

Je la laisse me prendre dans ses bras, et bientôt, mes pleurs inondent son chemisier.

– Tu veux en parler ?

Je hoche la tête et nous entrons dans son appartement que j'adore. Il est grand et respire la tranquillité. Le salon est l'endroit que j'aime le plus, tout en simplicité, mais tellement cocooning, avec un canapé de la taille du Nevada. Une fois bien installée, je prends une grande inspiration, et je me lâche. Je lui raconte tout, du début à la fin, même notre excursion à la bibliothèque, et le pire de tout, notre dernière dispute. Elle m'écoute sans émettre le moindre jugement, sans critiquer, sans prendre position. Elle m'écoute, tout simplement, et une fois que j'ai terminé mon récit, elle écarquille les yeux et me propose un mojito, que je décline.

– Donc tu n'as pas pu discuter avec lui ?

– Il s'est barré, et tu sais quoi ? Avec le recul, ça ne m'étonne même pas ! Il est tellement lâche, ce mec ! Tellement égoïste ! Tellement arrogant ! Tellement, tellement… d'autres adjectifs que je ne trouve pas !

Elle souffle et secoue la tête.

– Tu ne m'as pas écoutée, la dernière fois, minette ! Tu as pété un câble en me disant que tu n'aurais jamais ton mariage de princesse, et rappelle-toi notre conversation ! Je t'ai dit que je t'avais envoyé les papiers pour l'annulation dans ta boîte mail et que tu avais juste à lui faire signer, et que tout serait réglé ! Mais je suppose que ce n'est pas ce que tu as fait, n'est-ce pas ? Parce que la vraie raison pour laquelle vous n'avez pas signé ces putains de papiers est tout autre, hein ? Pourquoi tu as paniqué? Pourquoi tu es partie comme une voleuse ? Pourquoi, Emma, sois sincère, dis la vérité ! Parce que moi, je la connais, et ça devrait être une évidence pour toi aussi ! Alors ?

– Je n'ai pas paniqué !

– Oh, si, tu as paniqué ! Allez, sois franche ! Ose le dire tout haut !

Je la regarde et déglutis péniblement.

– Je suis tombée amoureuse de lui ! avoué-je en baissant la tête, honteuse.

– Ah, ben, tu vois, quand tu veux, tu peux être honnête avec toi-même ! Alors, on fait comment, maintenant ?

– On ne fait rien du tout, Penny ! On se déteste et on…

– Mais vous vous êtes mariés à Vegas et vous avez baisé tout le temps depuis cette soirée ! Emma, c'est les débuts d'un couple, ça saute aux yeux. Votre relation n'est pas celle que vous croyez, tous les deux ! Vous vous mentez, vous vous voilez la face…

– Je lui ai laissé les papiers d'annulation. Maintenant, je vais attendre leur retour. Vu les dernières paroles que l'on a eues, je sais déjà qu'il va les signer.

– Si c'est ce que tu veux, alors je suis OK avec toi.

– C'est ce qu'il y a de mieux à faire.

Elle me regarde et fronce les sourcils.

– Vous vous êtes mariés sans alliances ?

– Oh, non ! Il a tenu à aller en acheter avant de se rendre à la chapelle.

Je tire de la poche de mon jean l'anneau que j'avais fourré dedans. Lorsque je lui montre, ses yeux s'écarquillent, et elle siffle comme un vulgaire camionneur.

– Elle est splendide, Emma ! Ce sont de vrais diamants ?

– Elle vient d'une bijouterie Benson ! Je vais devoir le rembourser, c'est lui qui a tout payé, et je suis sûre que même si je vends un de mes poumons et un rein, je n'aurai pas assez pour éponger ma dette.

– J'adore leurs créations. Zane m'a offert des boucles d'oreilles en tanzanite. Je les laisse dans leur écrin tellement j'ai peur de les abîmer ! Mais ça, ma vieille, c'est une œuvre d'art !

– C'est lui qui l'a choisie…

– Putain, il a du goût… Désolée, dit-elle en faisant une moue adorable. Je ne voulais pas te blesser.

– Allez, on parle d'autre chose ! Raconte-moi des histoires du boulot, s'il te plaît, j'ai besoin de me changer les idées.

Je ne veux pas épiloguer sur mon existence, et encore moins penser à ce que je vais faire sans Nathaniel. Je sais qu'il va me manquer… beaucoup me manquer, mais c'est comme ça ! Je veux repartir de zéro, reprendre ma vie là où je l'avais laissée avant l'annonce du mariage de Maxence, et aller de l'avant. J'ai envie de quelque chose de positif, qui m'aère l'esprit et le cœur, ne serait-ce que quelques heures…

34

Nathaniel

J'ai la tête qui me lance, et le manque de sommeil ne me réussit franchement pas. Maintenant que j'ai emmené tout le monde à l'aéroport, à la gare et à la maison de retraite pour mamie, je peux enfin souffler. J'arrive chez mes parents et monte directement dans ma chambre. Je vais essayer de me reposer un peu. Si seulement je voyais autre chose qu'Emma lorsque je ferme les yeux… ça m'aiderait à récupérer les heures de sommeil qu'il me manque. Je suis fatigué, déçu et… tellement malheureux. J'ouvre la porte et m'arrête sur le seuil. Ma valise est comme je l'ai laissée ce matin, mais l'enveloppe sur mes fringues n'y était pas.

Est-ce qu'elle m'aurait laissé une lettre d'excuses ? D'amour ?

Non, ce n'est pas du tout son genre, je pencherais plutôt pour une lettre bourrée d'anthrax…

– Elle est partie.

Je me retourne vers mon frère dont le regard pour moi a changé. Un je-ne-sais-quoi qui ne me plaît pas. Mon cœur se serre et une boule s'immisce dans le fond de ma gorge, mais j'essaie de me ressaisir rapidement. Maxence s'inquiète, et je sais déjà pourquoi, même si je refuse d'y penser, de l'admettre.

– Alléluia ! dis-je en attrapant l'enveloppe dans mes mains.

L'écriture est soignée, fine et noire ; seul mon prénom y est inscrit. J'entends les pas de Maxence se rapprocher dans mon dos, mais je ne faiblis pas. Je ne veux pas qu'il se rende compte de la peine que je ressens parce que je sais qu'il connaît les sentiments que j'éprouve pour Emma. Je ne veux pas qu'il me voie défaillir et que, malgré tout ce qu'il s'est passé entre elle et moi, il pense qu'Emma tient une place particulière dans mon cœur, depuis toutes ces années. Je ne veux pas qu'il puisse croire que je voulais rester marié avec elle, non pas parce que j'adore le mariage et que je ne veux pas revivre une séparation, mais juste parce que je l'aime, elle. Et puis, je dois assumer mon rôle de grand frère, de héros aux yeux de Maxence, quoi qu'il m'en coûte.

– Qu'est-ce que c'est ? me demande-t-il.

Je décachette l'enveloppe pour découvrir ce que me cache Emma pour la dernière fois. Peut-être une lettre dégoulinante d'amour…

– Les papiers pour l'annulation de notre mariage…

J'émets un petit rire sarcastique et lâche :

– Au moins, ce n'est pas une requête en divorce, cette fois…

Je serre les dents quand je remarque qu'elle les a déjà signés.

Elle se fout de ma gueule. Elle a pris sa décision depuis

le début, et tous ces jours passés avec elle n'y ont rien changé. Elle me voyait et me verra toujours comme le connard qui l'a fait souffrir maintes et maintes fois depuis son enfance jusqu'à son déménagement de Black Canyon City. Et dire que je pensais qu'elle et moi… que nous… que… Mais je me doutais qu'il se passait quelque chose. La veille du mariage de Maxence, elle semblait chamboulée, elle n'était pas comme depuis son arrivée, elle ne parlait plus, je sentais qu'elle était comme repliée sur elle-même… Et le jour des noces, ça a été pire ! Si seulement elle avait voulu me parler au lieu de se retrancher dans l'agressivité. Mais pourquoi ? Parce qu'elle a été obligée de dire à Sean qu'on était mariés ? Parce que je l'appelle Cox au lieu de Wilson ? Des millions de questions me rongent le cerveau depuis avant-hier soir, et je préférerais m'arracher la tête plutôt que de revivre cette scène. Parce qu'elle m'a fait de la peine et que j'ai réagi comme un abruti. Je l'ai blessée en retour. J'enrage, putain, j'ai envie de crier, de hurler à la terre entière que je suis un con fini, que j'ai eu la chance d'être avec elle, et qu'une fois de plus, j'ai tout ruiné.

J'ai été tellement puéril !

Maxence pose sa main sur mon épaule, et je souffle tout l'air que je contenais dans mes poumons.

– Je suis désolé, Nathaniel.

– Pour ? Je savais qu'elle n'était pas amoureuse de moi, qu'elle ne voulait pas de ce mariage, et je sais qu'elle me déteste depuis qu'on est mômes.

– Nathaniel, si tu as vraiment des sentiments pour Emma, tu devrais…

– Quoi ? Mais ça va pas ? Qu'est-ce que tu imagines ? Je n'éprouve rien du tout pour elle ! Notre mariage n'a été que le résultat d'une beuverie à Vegas, et je...

Mais je m'arrête là parce que c'est peine perdue, avec mon frangin. Il me connaît et il sait ce que je ressens, à cet instant même. Ses doigts s'ancrent dans ma peau, et je perçois toute sa sollicitude et son amour fraternel dans ce geste, ce qui me réconforte un peu.

– Allez, frérot, montre que tu as des couilles et va à Philadelphie... Oblige-la à rester mariée avec toi.

– C'est illégal ! Et puis... ça fait trop chevalier, je suis pas comme ça !

– Mais elle, si ! Emma aime les romans à l'eau de rose, les déclarations d'amour enflammées, les fleurs et la guimauve ! T'es peut-être pas comme ça, mais ta femme, oui, alors je pense qu'elle mérite que tu te plies en quatre pour elle.

– Je suis d'accord avec Maxence, fils.

Mon père est dans l'encadrement de la porte et nous observe. Je me sens tout petit, rabaissé et minable face à papa parce que, à l'âge que j'ai, je ne devrais plus avoir besoin de ses conseils, mais je sais intérieurement qu'ils ont raison, tous les deux. Je me doutais qu'elle me quitterait et repartirait pour Philadelphie. Je prends sur moi et lui lance :

– T'étais le premier à dire que c'était une erreur, tout ça, lui réponds-je, encore sous le choc.

– Non ! L'erreur, c'est de t'être marié comme un voleur, pas d'aimer Emma. Parce que c'est ça, hein ? Tu l'aimes ?

– Euh… Je…

– Oui, t'es amoureux d'elle. Tu sais, j'ai remarqué tous vos regards, vos changements de ton ou de comportement quand vous étiez tous les deux. Et franchement, fils, *First ?* Tu ne me feras jamais croire que c'est parce que tu voulais voler, et que comme tu étais avec elle, tu l'as emmenée par obligation… *First* est la seule chose, le seul plaisir que tu ne partages pas, alors quand vous en êtes rentrés ensemble, j'étais estomaqué ! Je viens de t'imprimer un billet pour Philadelphie, donc soit tu y vas et tu tentes tout ce que tu peux pour garder ce que tu désires depuis des années, soit tu le déchires et tu n'en parles plus jamais de ta vie, et surtout, tu signes ces papiers pour annuler ce mariage.

– Je dois aller à Washington, demain, et elle ne voudra jamais s'installer là-bas !

Mon frère sourit, puis pose ses fesses sur mon bureau.

– C'est ça qui te freine ? Washington ?

– Je te signale qu'elle tient à Philadelphie, et qu'elle…

– Écoute-moi bien, frangin, tu vas à Washington et tu dégotes le boulot. Ensuite, tu prends un avion direct pour Philadelphie et tu lui proposes de te suivre à Washington, tu verras si elle refuse.

– Et si c'est le cas ? Si je me pointe là-bas comme une fleur et qu'elle me dégage ? Je fais quoi ? Je la fous dans une cave contre son gré ?

Mon père éclate de rire et s'avance en laissant sa main devant sa bouche.

– Alors, Emma t'aime, Nathaniel, sauf qu'elle a aussi peur que toi. Tu as peut-être déjà vécu un mariage, mais pas elle, et encore moins avec toi. Et si tu n'essaies pas, tu ne sauras jamais ce qu'elle aurait pu dire…

Voilà qui est juste… J'humidifie mes lèvres et hoche la tête, bien décidé à la récupérer, coûte que coûte.

***

J'entre dans le hall aux murs recouverts de papier peint imitation briques rouges et me dirige vers l'ascenseur où des cadres contenant des articles de journaux sont accrochés sur les parois, comme des diplômes. Je passe les portes de la cage d'acier et appuie sur le bouton du premier étage en serrant et desserrant les mains. Je suis stressé et épuisé. Je viens de me coltiner quelques heures d'avion, et surtout, je n'ai pas réussi à dormir, comme depuis plusieurs nuits. Je dois avoir une gueule à faire peur ! Et tout à coup, je pense à l'autre, Caleb ! Bordel de merde, elle a dû le revoir depuis qu'elle est revenue ! Si jamais elle a baisé avec lui… Je mets mon poing devant ma bouche et mords la phalange de mon index afin de m'éviter de crier toute la frustration que je peux ressentir à cet instant. Les portes s'ouvrent, me libérant de ces pensées noires que je me trimbale depuis notre dernière dispute.

Je fais quelques pas dans le couloir et, au détour d'une porte, je la vois, inspectant les quelques lettres qu'elle a dans les mains. Elle est magnifique dans sa petite robe couleur bois de rose et ses sandales à talons assorties. Je touche mon annulaire gauche et fais rouler mon alliance plusieurs fois autour de mon doigt. Me rappelant la phrase de mon petit frère au sujet de mes couilles, je me dirige vers elle. Lorsqu'elle lève la tête de ses papiers, elle écarquille les yeux et sa bouche se décroche. Je perds contenance… Si, dans l'avion et chez mes parents, j'étais déterminé, le fait de me retrouver en face d'elle me… perturbe.

– Nathaniel, qu'est-ce que tu fais là ?

– Oh, je vois… C'est le pilote d'hélicoptère ? dit une voix derrière elle.

Eh merde ! Je n'avais pas pensé à ses collègues de travail, et encore moins à cette femme au regard meurtrier…

Je note quand même qu'elle sait qui je suis, c'est donc qu'Emma lui a parlé de nous deux.

– Tiens, les papiers, dis-je sur un ton proche de la colère.

– Tu aurais pu me les faire parvenir par voie postale, tu sais, ça t'aurait évité le trajet…

– J'ai les couilles de te les donner en face, moi, je ne les cache pas dans une valise alors que t'es dans un avion.

– Tu es venu pour jouer à celui qui a la plus grosse ? Pour m'humilier encore ? Pour faire un scandale à la Nathaniel Cox ?

Je serre le poing et souffle pour me donner du courage.

– Non, je voulais avoir une conversation avec toi, une vraie discussion sur tout… ça.

– C'est compliqué, tu le sais depuis le début, et je…

– Je, quoi ? Rien de tout ce qu'on a vécu ensemble n'était réel, alors ?

– Nathaniel, je suis au boulot et je…

– Et si tu arrêtais de trouver des excuses chaque fois ?

– Tu veux une conversation ? Maintenant ? Ce n'est pas un peu tard ?

– Non, pour moi, ce n'est pas trop tard. J'ai besoin de discuter avec toi. J'ai besoin que tu éclaircisses certaines choses…

– Je t'écoute !

– Euh… tu veux pas qu'on s'éloigne ? demandé-je en jetant un coup d'œil vers sa collègue et me sentant encore plus mal à l'aise que tout à l'heure.

Elle secoue la tête, un brin exaspérée, et je parierais qu'elle le fait exprès pour que l'on ne se retrouve pas seuls, tous les deux. J'entends de nouveau la phrase que m'a dite mon père avant de partir, et je me lance, parce que si je ne lui demande pas directement, je la perds, alors autant y aller franco, même si je suis stressé.

– Je suis venu pour te proposer d'emménager avec moi.

– Quoi ? demande-t-elle en laissant tomber ses bras, et son menton, par la même occasion.

– J'ai le poste à Washington, donc je vais m'y installer. Tu peux aussi trouver du boulot là-bas, et on pourrait essayer de repartir sur de nouvelles bases, d'oublier notre passé et de faire évoluer notre couple à notre rythme, sans être parasités par nos familles, nos amis, nos ex… enfin, tu vois, ce serait beaucoup plus sain !

– Tu me demandes de tout quitter ici, et tout de suite, pour te suivre ?

– Non, je te demande de tout recommencer, avec moi.

– Oh…

Nos yeux se captent. J'ai tellement peur qu'elle m'envoie

sur les roses, qu'elle nous dégage, notre histoire et moi, d'un revers de main.

– Si tu pars pas avec lui, moi, j'y vais !

Je souris, quelque peu gêné que sa copine réponde à sa place. D'ailleurs, son regard s'est bien adouci, à celle-là !

Je vois que l'idée ne déplaît pas à Emma, mais je sais que ce n'est pas assez. Il lui faut plus, beaucoup plus. Je mets mes mains dans les poches de mon jean et me dandine d'un pied sur l'autre.

– C'est moi qui ai eu l'idée…

– Qu'on se marie ? me demande-t-elle, ahurie.

Je hoche la tête et souffle, puis, me grattant la nuque :

– On était bourrés, et tu étais enfin à moi pour la soirée. Alors je t'ai dit que je t'adorais, même quand tu te comportais comme une connasse, et après, j'ai dit que j'aimerais que tu m'appartiennes encore un peu plus, et puis…

– Oh, putain ! s'exclame-t-elle. Je t'ai répondu que je n'étais pas un objet qu'on détenait à sa guise, et tu as dit…

– … Que si on était mariés, je serais à toi, comme toi à moi. Et voilà, on l'a fait ! Emma, je ne veux pas que ça change, je veux que l'on reste ensemble, pas parce que j'ai déjà vécu une séparation, mais parce que tu ressens pour moi exactement ce que je ressens pour toi.

Elle se frotte le front et fait quelques pas pendant que mon cœur court le marathon.

– Nathaniel, ça veut dire changer de travail, de maison…

– Ouais, on va faire des projets d'adultes. Trouver un appart, emménager ensemble, commencer un nouveau boulot, et peut-être même un mariage comme il se doit.

– C'est ce que tu veux ?

– Me marier avec toi ? Bien sûr ! Je veux t'offrir le mariage dont tu as envie, celui dont tu as toujours rêvé.

– Je... enfin, c'est... Je sais pas quoi dire, je suis...

– C'est à moi de le faire en premier.

Je prends une grande inspiration, humidifie mes lèvres, capture ses deux mains dans les miennes et plonge mon regard dans le sien.

– Je ne veux pas annuler ce mariage pour éviter un autre échec marital, mais parce que c'est toi. Parce que je ne veux pas foirer la seule relation que je désire depuis toujours. Je suis amoureux de toi, Emma, et ce depuis la première fois où j'ai posé les yeux sur la gamine qui venait d'emménager à côté de chez moi, avant même que tu sois amie avec Maxence...

Je réduis la distance qu'il y a entre nous, et touche sa lèvre de mon pouce.

– Je me mettrai à genoux autant de fois que tu le voudras, que tu me le demanderas. Je le ferai juste pour toi.

– Nathaniel...

– Suis-moi à Washington, on commencera notre vraie vie là-bas. Toi, tu feras de la politique, et moi, des hélicos. Tous les deux... ensemble. Si t'as une envie de bébé, dans quelque temps, je te promets de t'en faire un. Et nous pourrions officialiser notre mariage...

– Un bébé ? Mais tu as dit que...

– Je t'ai bien dit que je te détestais, et pourtant...

– Tu m'aimes ?

– Ouais, dis-je, c'est fou, hein ? Je t'aime à en crever !

Elle rit et se blottit contre moi.

– Ce qui est fou, c'est que moi aussi, je t'aime.

Une douce chaleur m'envahit, et je ne saurais décrire ce moment de pur bonheur que je vis, cette sensation de flottement qui ne me quitte plus, maintenant.

– Ça veut dire oui, pour Washington ?

– On part quand ?

– Dès que t'es prête à quitter Philadelphie.

Je pose délicatement mes lèvres sur les siennes, et on se laisse prendre par cette passion qui nous dévore depuis tant d'années.

– Ah ! Félicitations, hurle sa copine en applaudissant.

Je serre ma femme contre moi en la couvant du regard tandis qu'elle sourit de la plus belle des façons. Je touche enfin au bonheur d'être à ses côtés. Cette fois-ci, il est hors de question qu'elle s'échappe, qu'elle fuie ou qu'elle me quitte.

***

Je suis le chemin qu'elle m'indique. Nous passons devant des bâtiments recouverts de fresques aux couleurs éclatantes, le *street art* est de rigueur, dans ce quartier, puis dans des rues où défilent des buildings d'affaires aux innombrables étages, pour arriver dans le quartier Old City, avec ses maisons accolées de deux ou trois étages en briques rouges de style géorgien, leurs hautes fenêtres blanches à petits carreaux, les quelques marches qui mènent à la porte d'entrée, et leurs rangées d'arbres plantés à intervalles réguliers, semblables à un petit morceau de campagne à la ville, ce qui ne m'étonne pas, connaissant Emma. Elle ne pouvait pas vivre ailleurs…

– Tu peux te garer là, dit-elle en enlevant sa ceinture. J'habite en face.

J'arrête la voiture sur la place de parking qu'elle me désigne et en descends. Je tourne la tête et regarde la bâtisse aux volets bleus qui compte trois étages. Puis je récupère ma valise et suis Emma, sans un mot.

– J'ai trouvé cet appartement en arrivant de Black Canyon City, et depuis, j'y suis restée. Il est petit, mais je l'adore, je me sens bien dedans. Enfin, je veux dire que…

J'attrape sa main et l'embrasse tendrement. Elle est nerveuse, et je veux qu'elle se sente à l'aise quand on est ensemble.

– J'aime beaucoup cette maison, elle ressemble à celle que j'avais à San Diego.

– C'est vrai ?

– Oui, le tout premier appartement que j'ai eu. Fais-moi visiter, dis-je, tout contre son oreille.

Elle frissonne et baisse les yeux, troublée.

Nous prenons l'escalier jusqu'au deuxième étage. Emma est nerveuse et fait tinter ses clés dans ses mains en jouant avec. Nous arrivons sur son palier, où un couloir tapissé d'une moquette dans un très joli camaïeu bleu aboutit sur quatre appartements. Nous nous arrêtons devant une porte qu'Emma ouvre immédiatement. Je contemple son intérieur, et j'adore… j'adore vraiment ! La pièce à vivre est vaste, avec trois grandes fenêtres. Contre le mur, un sofa beige est installé, au-dessus duquel est accroché un tableau représentant un désert et une oasis. Une table basse en bois clair est disposée devant, avec quelques magazines dessus, et un grand tapis à poils longs réchauffe l'atmosphère. Tout au fond se trouve la cuisine, petite mais fonctionnelle, et un corridor desservant la chambre et la salle de bains. Elle a fait de son appartement un vrai petit cocon !

Je pose ma valise, me tourne et recule de quelques pas. Le mur en face de son divan n'est pas décoré par des tableaux ou des miroirs, mais par une multitude de photos. Je m'approche et en profite pour découvrir tout son petit monde à elle, celui que je ne connais pas encore. Je retrouve sur plusieurs images son amie, celle qui voulait partir avec moi si Emma ne se décidait pas, avec un homme que je pense être Caleb, ce qui me fait lever les yeux au ciel. Mais il n'y a pas que ses collègues, il y a aussi des portraits de Maxence, avec et sans mes parents, de Lynette, ma grand-mère, de Jack et Kat, ses parents, et de… moi ! Des clichés de moi gamin, ado… Je fais partie de son mur. J'ai toujours fait partie de sa vie, sans le savoir ! Je me retourne vers elle et avance jusqu'à la coincer contre la porte, tellement heureux de faire partie de son monde.

– À Washington, tu vas faire la même décoration avec plein de photos de nous deux.

– Mais on n'a pas de photos de…

Je l'embrasse sauvagement. J'ai besoin d'elle, tellement besoin de la sentir contre moi, dans mes bras, de savoir que tout ceci est réel, qu'elle va rester à mes côtés et qu'elle veut enfin créer un vrai nous.

– Redis-le-moi ! dis-je en la parsemant de baisers.

– Quoi ?

– Je veux te l'entendre dire, encore et encore…

Elle me sourit, pose délicatement ses lèvres contre mon cou, puis murmure :

– Je t'aime, Nathaniel.

Je la serre dans mes bras et hume le parfum de ses cheveux.

– Chaque jour, je vais te prouver combien je t'aime…

35

Emma
Neuf mois plus tard

Je fais les cent pas dans le salon en attendant qu'il rentre. J'ai décidé de lui annoncer aujourd'hui parce que je ne tiens plus. Je crois que je pourrais mourir de stress ! Pour patienter, j'ai fait le ménage dans toutes les pièces, du sol au plafond. Je regarde par la fenêtre en me rongeant les ongles. Je me retourne et arpente la salle à manger, que je contemple en souriant. J'adore notre maison, j'y suis tellement bien ! Et puis, il faut dire que Nathaniel fait tout pour que je me sente vraiment chez nous. Lorsque nous passons la porte d'entrée, nous arrivons dans une grande pièce à vivre. Mon cher mari a exigé un canapé XXL pour pouvoir être à l'aise dans le salon quand nous recevons. Dans ce même esprit de convivialité, une grande table pouvant accueillir une dizaine de personnes trône à côté, et juste après se trouve la fenêtre, dans une alcôve autour de laquelle nous avons installé notre bibliothèque et des poufs pour pouvoir lire confortablement installés. Nous traversons le couloir pour aller dans la cuisine, que je trouve fonctionnelle et que j'aime beaucoup. Elle est entièrement équipée, et je m'amuse à cuisiner de bons petits plats pour le plus grand plaisir de Triominus ! Un escalier monte au premier et débouche sur un petit vestibule qui mène à quatre pièces. La première est notre chambre, une suite parentale avec dressing et salle de bains attenants. La deuxième est une grande pièce où nous avons installé nos bureaux respectifs. Je prends d'ailleurs de plus en plus de plaisir à travailler plusieurs heures par jour à la maison, surtout quand Nathaniel me rejoint. Nous avons pris un bon rythme ; j'écris mes articles que j'envoie par mail au journal, et lui, il conçoit ses hélicos quand il le peut, dans notre maison, pour passer le plus de temps possible avec moi. L'étage se termine par deux autres chambres, avec chacune sa salle d'eau, que nous réservons à Maxence et Wendy, ou à nos amis, mais aussi à ses parents ou aux miens, bien que ces derniers aient acheté un petit appartement ici pour venir nous voir plus souvent. Ils ont décidé de rester habiter à Philadelphie, mais maman m'a avoué que papa regardait les commerces en vente à Washington et aux alentours proches… Je suis sûre qu'ils vont ouvrir un restaurant dans le coin, et je n'en serais que plus heureuse ! Même Nathaniel les tanne à chacune de leurs visites.

Je traverse le couloir, entre dans la cuisine et me sers un verre d'eau que je bois d'une traite. J'entends sa voiture, et mon cœur fait une embardée. Mon angoisse vient de monter en flèche. Nathaniel ouvre la porte en faisant tinter ses clés et me hèle de sa voix puissante :

– Bébé ? T'es déjà rentrée ? Je croyais que tu avais un rendez-vous extérieur pour le porte-parole, cet après-midi…

Il ôte ses chaussures, les jette contre le mur au lieu de les ranger soigneusement dans le meuble prévu à cet effet, ce qui me fait habituellement grincer des dents, mais aujourd'hui…

– Dans la cuisine, lui indiqué-je en me balançant d'une jambe sur l'autre.

Il passe le couloir et entre à son tour avec un merveilleux sourire plaqué sur le visage.

– Bonjour, amour, dit-il en m'entourant de ses bras. Tu étais fatiguée, ce matin… Quand je me suis levé, tu dormais à poings fermés.

– Oui, j'en ai profité pour faire une petite grasse mat', je suis assez épuisée, en ce moment.

– Je vais faire des courses, tout à l'heure, je passerai à la pharmacie te prendre des vitamines, si tu veux ?

– T'embête pas, ça va passer.

Il fronce les sourcils, alors je me mords la lèvre. Mon angoisse vient d'augmenter de façon considérable.

– Qu'est-ce que tu as ?

– Rien… Rien de grave. Je t'assure, tout va bien, je suis juste fatiguée parce que je travaille beaucoup, en ce moment, c'est tout. Et puis, je ne dors pas correctement, à part ce matin, et encore, c'est parce que je me suis écroulée dans la nuit, vers trois heures.

Ma soudaine logorrhée traduit ma nervosité, et Nathaniel me connaît. Il rompt notre câlin, me jauge quelques instants alors je souffle et me lance comme je peux, en espérant qu'il va aimer ma petite surprise…

– T'es malade ? Putain, t'as un cancer !

– Noooon ! Quelle idée ! Enfin, je ne crois pas…

Ses yeux s'écarquillent de frayeur. Nathaniel est dans une mauvaise passe, ces temps-ci, depuis que les médecins ont diagnostiqué un cancer à Lynette, alors il panique dès que je tousse un peu… Je décide de soulager une bonne fois pour toutes sa panique générale en entrelaçant nos doigts et en le traînant jusqu'au salon.

Je prends ses mains dans les miennes et plonge mon regard dans ses fabuleux yeux verts. Je me mets à sangloter, tout à coup.

– Bébé ? Mais qu'est-ce que tu…

– T'es tellement beau ! dis-je en hoquetant.

– OK, tu commences réellement à me faire flipper, là…

Il essuie mes larmes avec ses pouces et m'embrasse du bout des lèvres.

– T'es hyper bizarre, en ce moment. Je sais que tu bosses beaucoup, mais les vacances approchent, et on va voir Maxence dans quelques semaines. Si ça peut te consoler…

– J'ai quelque chose à te dire…

Il se recule de quelques pas et déglutit bruyamment, ne me lâchant pas du regard. Je vois la guerre psychologique qui se joue dans sa tête, Nathaniel est tellement expressif. Et depuis la trahison de Laurie et son divorce, il n'a plus confiance ni en lui, ni en tous ceux qui l'entourent… Et même si je lui répète à longueur de journée que je suis folle amoureuse de lui, je sais que le traumatisme de l'infidélité de son ex-femme plane toujours au-dessus de sa tête… enfin, plus pour très longtemps !

– Quoi ? balbutie-t-il en se reculant encore un peu, plus pâle qu'un cachet. Qu'est-ce que tu as à me dire ? Mon père a appelé ? C'est ça ?

– Non, il n'a pas appelé. Hey, ne t'angoisse pas comme ça. Tout va bien, d'accord ? Je voulais juste te dire que je…

Oh, putain, c'est moi, maintenant, qui n'ai plus de courage, qui flippe à l'idée qu'il se barre d'ici en courant. Je me racle la gorge, sèche mes larmes et exécute mon plan comme je l'ai préparé depuis quelques jours.

– J'ai ajouté une photo sur notre mur, lâché-je comme un pansement que l'on retire d'un coup sec.

Il rit en secouant la tête et attrape ma main.

– Tu te mets dans un état pareil pour une photo ? Putain, Emma, tu m'as fait flipper pour rien, là !

Si tu savais comme cette photo va changer ta vie…

– Viens, dis-je en l'entraînant derrière le canapé, où tous les moments de notre vie sont accrochés dans un joli pêle-mêle.

Au beau milieu de toutes trône la plus belle image de ma vie, celle qui fait battre mon cœur plus vite et plus fort que n'importe quoi, celle qui va donner un sens à notre existence tout entière. J'ai choisi de la coller entre celle de Nathaniel dans *First* et la mienne devant la Maison-Blanche. Je regarde mon mari parce que je ne veux pas louper ne serait-ce qu'une miette de sa réaction. Je veux que mes rétines s'imprègnent de son beau visage, de la surprise que j'espère pouvoir lire dans ses yeux. Et puis, d'un coup, il regarde le cadre, s'avance et touche la photo grise du bout des doigts.

– Emma… Bébé…

– Hum, hum, dis-je nerveusement.

– Toi… C'est une…

– Échographie, oui.

– Mon frère ?

– Non, toi. Toi et moi.

– Tu es…

– Hum, hum…

Ses yeux trahissent le soudain vent de panique qui le submerge. Je sais qu'il n'est pas prêt. Moi non plus, je ne l'étais pas, mais si ce bébé s'est accroché dans mon ventre, c'est un signe non ? Le signe que nous allons devenir des parents et que l'on s'aime. Enfin, je le vois comme ça.

– Mais comment…

– C'est ma faute. Enfin… tu te souviens du week-end à San Diego, chez Tom ?

Il hoche la tête tout en gardant le doigt sur la photo.

– Quand on est arrivés là-bas, j'ai oublié de prendre ma pilule, et ensuite, je l'ai reprise comme si de rien n'était. J'ai même fait abstraction de cet oubli parce que je ne pensais pas que, pour une fois, enfin, que…

– Je vais être papa ?

– Je sais que c'est tôt pour que nous… Je sais aussi que tu ne voulais pas d'enfant… que nous ne vivons ensemble que depuis peu… que t'es pas prêt, que tu…

Il me fait taire en plaquant brutalement ses lèvres sur les miennes. Ses bras m'entourent, alors je me love tout contre lui, la tête contre sa poitrine, profitant de sa chaleur, de son odeur et du rythme effréné de son cœur, que je sens battre contre ma joue. De ses grandes mains, il remonte mon visage près du sien et m'embrasse, encore et encore.

– C'est tôt, et je…

– On s'en fout, OK ? me répond-il. Je te signale qu'on s'est mariés à Vegas… Tu te souviens ? Alors pour la prématurité des événements de notre vie…

Je glousse ; c'est vrai que notre histoire est particulière, mais je ne la changerais pour rien au monde. Il se détache un peu de moi, me couve des yeux en mettant ses mains sur mon ventre, et s'exclame avec un méga sourire :

– Je vais être papa ! C'est énorme !

Je le regarde amoureusement et l'embrasse du bout des lèvres.

– Je t'aime, Nathaniel Cox.

– Je t'aime, madame Nathaniel Cox.

36

Nathaniel
Deux mois plus tard

– Prête à t'envoyer en l'air, bébé ?

– Tu es sûr qu'on ne risque rien ?

– Oui, certain. Je te promets d'être doux et tranquille, OK ?

Emma opine du chef, alors je mets les gaz et nous décollons, avec toujours cette sensation qui me vrille le ventre. *First* est vraiment mon hélico préféré, il a une place toute particulière, c'est ma première création, le premier rêve que j'ai réalisé. J'espère secrètement qu'un jour, Billy me le vende. Je serais le plus heureux des hommes. Mais aujourd'hui est une date à retenir. Je me suis préparé, et j'espère qu'elle sera ravie de la surprise qui l'attend.

– Tu es sûr qu'on a le temps ? Enfin, je veux dire, je sais que tu aimes voler, et encore plus sur *First*, mais nos parents nous attendent pour Thanksgiving, et si on arrive en retard…

– Pas de soucis, bébé. On sera à l'heure, et même si on a un léger retard, je suis sûr que mes parents ne diront rien…

Quand on va leur annoncer, ils oublieront même la fois où j'ai rayé la voiture de papa en rentrant d'une soirée avec les potes du lycée…

– Oh, mon Dieu, regarde, Nathaniel !

Je tourne la tête vers Emma parce que je sais ce qu'elle voit : le coucher du soleil. En plein vol, c'est magnifique, et je sais que ma petite Pumpkin ne peut pas résister à la beauté d'une telle vue. Les nuages, la couleur orangée, à l'horizon, les oiseaux, petites taches noires qui s'enfuient à tire-d'aile, le canyon où l'on a grandi, et son sourire à elle. C'est tout ce qui m'importe, depuis plus d'un an, le sourire qu'Emma m'offre chaque jour que nous passons ensemble. Je ne dis pas que c'est toujours rose et beau, avec elle, parce que ce serait mentir. Emma a un sale caractère, on se dispute un jour sur deux, à peu près, mais j'aime notre vie, notre quotidien. Et surtout, je l'aime, elle.

Je commence à fredonner cette chanson qui a pris tout son sens depuis que j'ai réalisé que j'étais amoureux d'Emma, et lorsque je sais qu'elle me regarde, je chantonne doucement :

« *'Cause all of me*
(Parce que mon être entier)
Loves all of you
(Aime tout de toi)
Loves your curves and all your edges
(Aime tes courbes et tous tes contours)
All your perfect imperfections
(Toutes tes parfaites imperfections)

Give your all to me
(Donne-toi à moi tout entière)
I'll give my all to you
(Je te donnerai tout de moi)
You're my end and my beginning
(Tu es ma fin et mon commencement) »

Elle fredonne à son tour. J'inspire bruyamment pour rassembler tout mon courage.

– Bébé ?

– Oui ? dit-elle en tournant sa tête vers moi.

– Je t'aime.

– Moi aussi.

– Même quand tu es chiante.

– Même quand tu fais le connard, répond-elle en souriant. Regarde la route, j'ai pas envie de mourir avant d'avoir mangé la succulente dinde de ta mère !

Je ris nerveusement et me mordille la lèvre.

– Je vais te faire flipper, mais y a pas de route devant nous, Pumpkin !

Elle secoue la tête en levant les yeux au ciel. Je fais quelque chose que je n'avais vraiment jamais fait avant d'être avec elle, avant de vouloir me mettre en couple avec cette femme.

– Regarde devant toi, Emma. Regarde ce que je t'offre.

– Le coucher de soleil…

– Oui, et les oiseaux, les nuages, notre village et le restaurant de tes parents, notre passé… Mais si tu regardes sur tes genoux, tu verras notre avenir.

Instinctivement, elle baisse les yeux et fouille dans son petit sac à main jusqu'à ce qu'elle trouve un coffret qu'elle me tend. Je souris et l'ouvre rapidement, découvrant ce que je lui ai acheté avant notre départ de Washington. La bague que j'ai choisie paraît petite, dans le creux de l'écrin, mais je sais qu'elle ressemble à ma petite Pumpkin.

– Tu… dit-elle en déglutissant.

– Emma Wilson, veux-tu devenir ma femme une deuxième fois ? demandé-je, angoissé.

Elle se met à rire, nerveusement, peut-être, et acquiesce. Elle arrache son casque de ses oreilles et m'embrasse éperdument. Je jette des regards devant nous de temps en temps, et la laisse se serrer contre moi. Elle me tend sa main gauche, alors, sans hésiter, je passe la bague à son annulaire, le cœur débordant de bonheur.

– Je sais que tu voulais un mariage de princesse depuis que tu es petite, et j'aimerais que, cette fois-ci, on s'en souvienne tous les deux.

***

Ma mère est derrière les fourneaux avec Kat, et mon père est installé devant la télé avec Maxence et Jack, tandis que Wendy met la table en chantant joyeusement. Tous les gens que j'aime sont rassemblés.

– Hello ! dit Emma en enlevant sa doudoune et en l'accrochant sur le portemanteau.

Sa mère lui sourit, puis elle s'approche de moi et m'entoure de ses bras. Elle me serre tellement fort que j'ai l'impression qu'elle va me casser.

– Tu es toujours aussi beau, Nathaniel ! dit-elle.

Emma secoue la tête, lassée. Je la rejoins et me place derrière elle afin de jouer un peu avec ses nerfs. Elle est à fleur de peau, et je sais qu'elle ne veut rien dire à notre famille pour l'instant, mais moi oui, et puis, c'est une nouvelle super importante ! Moi, si je ne me retenais pas, j'aurais même envie de le crier sur les toits… Je suis trop excité de voir leur réaction !

– Ta mère m'aime trop !

– Ouais, c'est exaspérant !

– Heureusement pour ton père que…

– Quoi ?

– Attends, Emma, ta mère m'adore ! Je suis sûr que si elle avait été célibataire…

– Oh, non, Nathaniel, tu ne vas pas sous-entendre… T'as pas le droit de dire ça ! C'est ignoble, putain ! C'est ma mère !

Je me mets à rire à gorge déployée en voyant la tête choquée de ma femme. Au bout d'une bonne heure, nous commençons le repas avec beaucoup de rires et de bonne humeur. J'adore ces petits moments, et voir mes parents et les siens heureux, c'est tout ce qui me réconforte dans le choix que nous avons fait. Jack et Kat ne sont pas partis de Philadelphie, mais mon petit doigt me dit que d'ici quelques minutes, ça va changer. Ils viennent chez nous autant qu'ils le désirent, et nous faisons de même. Le lien d'Emma avec ses parents est extrêmement fort, et jamais je n'aurais pensé qu'elle puisse vivre à Washington sans eux.

Mais maintenant, elle m'a... moi. Et ça, ça change tout !

– Et sinon, commence mon père, vous avez prévu d'officialiser votre mariage ?

– Pourquoi dis-tu ça ? demandé-je avec le sourire aux lèvres.

– Parce que ma belle-fille a un caillou à la main gauche...

J'éclate de rire lorsque ma mère et ma belle-mère se tournent immédiatement vers Emma et écarquillent les yeux à la vue du solitaire que je lui ai offert tout à l'heure.

– Pas tout de suite, réponds-je vaguement.

Et voilà ! Tout le monde se lève et attrape la main d'Emma pour voir de plus près le diamant le plus cher que j'aie jamais acheté, et que je viens de lui passer au doigt. Une fois que les femmes ont organisé tout le mariage, ils se rasseyent tous avec des sourires béats sur les lèvres, sauf mon beau-père qui, lui, fronce légèrement les sourcils.

– Mais pourquoi plus tard ? s'exclame-t-il.

Emma me supplie du regard. Je sais qu'elle a peur de leur réaction à tous, et de ce que ça implique, mais à moi de lui prouver qu'on est les maîtres de la situation, tous les deux, même si ce n'était franchement pas prémédité.

– On aimerait que vous veniez nous voir à Washington, d'abord.

Ma mère me zyeute d'un air étonné, et mon père y va de son commentaire.

– Quand ? Vous voulez vous marier à Washington ?

– Non, on se mariera ici ou à Philadelphie, on n'en a pas encore discuté. Mais on veut faire une petite réunion de famille au mois de mai, se retrouver tous ensemble.

– C'est précis ! Pourquoi tu veux qu'on vienne à Washington au mois de mai, spécifiquement ? demande mon frangin en se resservant de la dinde.

– Pour venir nous voir… tous les trois.

– Tous les tr… commence Jack en s'arrêtant en plein milieu de sa phrase, les sourcils à la racine des cheveux.

Ils nous regardent tour à tour, et je me rapproche de ma femme pour la prendre dans mes bras parce que je sais qu'elle stresse à mort de leur annoncer que nous allons avoir un petit.

– Ouais, tous les trois, Emma, le bébé et moi.

– Un bébé ? crie ma mère.

– Oh, mon Dieu, Emma ! dit mon père en se levant.

– Un bébé… couine ma belle-mère.

– Putain, félicitations ! crie Maxence, qui se lève à son tour.

Et c'est comme ça que je n'ai plus accès à ma femme jusqu'à la fin du repas.

ÉPILOGUE

Nathaniel

J'attends nerveusement devant l'autel qu'elle arrive, qu'elle me prouve qu'elle m'aime en s'unissant à moi, et cette fois-ci, je veux qu'elle s'en souvienne…

J'ai fait tout ce que je pouvais pour qu'elle ait le mariage dont elle rêve depuis qu'elle est gamine.

Et même si, depuis que nous vivons ensemble, nos disputes sont plus houleuses et fréquentes, je ne regrette absolument rien de notre vie à deux, puis à trois… eh oui, parce que notre petite Willow est venue nous combler de bonheur quelques mois après notre emménagement à Washington. Et Emma ne le sait pas encore, mais une fois que nous serons mariés « pour de vrai », je veux un autre bébé… et encore un autre, parce que c'est avec elle… parce qu'elle est tout ce que j'attendais dans ma vie et, mon Dieu, que j'ai mis du temps à me l'avouer… parce que maintenant, je suis un homme heureux et comblé… parce qu'elle est merveilleuse et que je l'aime encore plus à chaque moment que je passe auprès d'elle !

Je fais craquer ma nuque devant le regard attendri de mon père et le sourire de satisfaction de Maxence. J'ai déjà vécu ce moment avec Laurie, et pourtant, là, je suis mort de trouille comme une jeune fille à son premier bal, angoissé à l'idée qu'elle ne vienne pas, nerveux que ma petite Pumpkin me dise oui en étant pleinement consciente de ce qu'elle fait.

– Tu stresses ? me demande mon père.

– Non, j'attends avec impatience que ce soit terminé...

Il secoue la tête d'exaspération, et je réprime un sourire. Je sais que ce n'est pas le moment de plaisanter, pourtant j'en ai besoin... parce que c'est mon mode de fonctionnement. Je n'ai pas changé de comportement, de personnalité, je suis resté le même homme qu'Emma a connu, en plus... amoureux. Je la cherche toujours autant, j'adore nos disputes, et surtout nos réconciliations...

La musique se lance et je me tourne vers la porte grande ouverte, au fond de l'église, par laquelle Emma doit arriver. Mais mon cœur fait un bond quand j'aperçois la plus merveilleuse des petites filles s'avancer dans l'allée centrale de la chapelle, tenant difficilement l'anse d'un panier dans ses petites mains potelées.

Notre fille... ma fille... le petit cœur de ma vie... le fruit de notre amour...

Je déglutis, ému de la voir dans sa robe en mouchoirs de tulle blanc, son petit serre-tête garni de fleurs de la même couleur niché sur ses quelques cheveux noirs... Elle est magnifique, c'est ma plus belle création, ma plus belle réussite ! Ses jambes la portent à peine, elle est minuscule, mais si mignonne… Et tout à coup, à cause de sa démarche encore mal assurée, elle tombe sur ses petites fesses, tenant toujours fermement son panier entre ses doigts. Elle reste assise, un air ahuri sur sa jolie frimousse, à contempler les pétales de roses qui l'entourent, et se met à rire aux éclats. Je crois que je garderai cette image et ce son délicat en mémoire jusqu'à ma mort. Elle ressemble tellement à sa maman. Je suis raide dingue d'Emma, mais Willow, c'est… Je n'ai pas de mots pour expliquer ce que je ressens pour elle, c'est plus puissant qu'un coup de foudre ! Lors de l'accouchement, quand le médecin l'a déposée sur le ventre de sa mère, elle nous a regardés de ses petits yeux à peine ouverts, et là, quelque chose m'a frappé. C'était violent, mais chaud, et j'en ai eu le souffle coupé… C'était tout simplement le plus beau moment de ma vie, le plus heureux, aussi, que j'ai vécu jusqu'à présent !

Mon père s'élance, mais je le retiens en posant ma main sur son bras.

– Non, dis-je.

Je m'accroupis et humidifie mes lèvres. Je suis encore plus émerveillé lorsque je vois mon bébé toucher les pétales du bout de ses petits doigts, sous le regard attendri de nos familles et de nos amis.

– Ma chouquette, l'appellé-je d'une voix claire.

Elle me regarde et sourit.

– Tu viens voir papa ?

Je lui tends les bras et, d'un geste, elle se retourne, lève ses fesses, montrant sa culotte en dentelle, et fait quelques pas dans ma direction, laissant le panier nonchalamment posé sur le sol. Matthews, mon petit cousin, s'en empare pour laisser le passage libre jusqu'à l'autel. La musique résonne un peu plus fort… C'est *le* moment ! Ma fille arrive près de moi et se blottit contre mon torse, puis… Emma apparaît au bout de l'allée centrale…

***

Six ans plus tard, à Noël

– Allez, papa, lève-toi !

Je grogne et me tourne pour me cacher sous la couette, mais des petites mains glacées me font sursauter, alors je râle un peu plus fort. Elles m'ont réveillé tandis que je rêvais de ce moment si cher à mes yeux !

– Alleeeez ! Papy t'attend pour porter le sapin ! On a envie de le décorer, nous, pas de dormir.

– Quelle heure il est ? demandé-je en sortant la tête et en regardant ces trois pestes ingrates que j'aime par-dessus tout.

Willow, Chelsea et June, les trois petites personnes les plus importantes de ma vie, avec leur mère, bien sûr. Celles pour qui je vendrais mon âme et mon corps tout entier.

– L'heure d'être debout, répond Willow, la plus grande.

– Encore dodo, papa ?

Je hausse un sourcil lorsque je remarque June, la petite dernière, du haut de ses 2 ans, me poser la question, et n'en suis pas plus étonné que ça. Elle ne dort jamais, elle est pire que sa mère !

– Les adultes sont fatigués parce que les enfants sont fatigants ! lui expliqué-je.

– C'est parce qu'il est vieux ! répond Chelsea.

Alors je jette la couette au pied du lit, me lève d'un bond et la toise.

– Je suis vieux, moi ? continué-je en l'attrapant et en la balançant sur mon épaule comme un vulgaire sac de patates.

C'est dans un concert de rires que nous descendons tous les quatre à la cuisine, où les membres de notre famille sont déjà attablés pour le petit déjeuner.

Je salue mes parents, mon frère, ma belle-sœur et mes beaux-parents. Ils discutent avec nos filles qui ont investi leurs genoux. Je regarde la pièce et la vois… ma femme, ma petite Pumpkin ! Elle est de dos, en train de cuisiner. Je m'approche d'elle et l'entoure de mes bras.

– Comment ça se fait que je n'ai pas eu mon câlin du matin ?

– Oh, mais tu l'as eu ! C'est juste que j'ai écourté la séance, j'avais peur que tu ne rendes le bébé sourd avec tes ronflements !

– C'était pas moi, c'était Maxence ! Tu devrais consulter un ORL parce que si tu me confonds avec mon propre frère…

Elle lève les yeux au ciel, encore exaspérée par mon comportement de gosse, mais je sais qu'elle aime ma façon d'être. Enfin… elle a intérêt ! Je la serre encore plus fort et baise son cou délicatement, respirant son odeur à me perdre dedans.

– Tu devrais arrêter de m'envoyer nos filles pour me réveiller et venir toi-même…

– J'ai accouché trois fois de tes enfants, à la suite de nos petits câlins du matin, et je porte notre quatrième… Alors les réveils, je les évite, maintenant !

Elle éclate de rire et je ne me retiens pas de la câliner encore et toujours. J'ai besoin de cette femme dans ma vie, j'ai un besoin viscéral de la toucher, de la prendre dans mes bras et de l'embrasser, sans compter nos petits moments lorsqu'on se retrouve tous les deux…

– Ce n'est pas ma faute, tu m'excites trop… dis-je tout bas. Et j'adore te faire des bébés ! Regarde comme mes filles sont belles ! Le parfait reflet de leur père !

– Ça va, tes chevilles ? Elles arrivent encore à supporter ton poids ?

Je lui mordille l'épaule et entends son souffle d'excitation. Je me rapproche de son oreille.

– Viens avec moi, je veux te montrer un truc en haut pendant que les petites font le sapin…

Emma rougit instantanément et secoue la tête.

– Non, tu ne m'auras pas, cette fois !

– Allez, bébé ! En plus, hier soir, *nada*, parce que ta fille est venue squatter notre lit !

– Alors quand elles ne sont pas sages, ce sont mes filles ?

– Bien sûr ! Je ne peux décemment pas dire que ce sont les miennes quand elles sont horribles. Ce sont tes traits de caractère, pas les miens.

– Tu me fatigues plus que cette grossesse !

Je déplace mes mains et les pose sur son ventre rebondi.

– Comment va notre bébé, ce matin ?

– Il dort… après m'avoir mis des coups de pied toute la nuit !

Un sourire se peint sur mes lèvres.

– Je crois, madame Cox, que celui-là va me ressembler encore plus que les trois autres…

– Tu m'en vois ravie ! répond-elle avec désinvolture.

Je lui mords le lobe de l'oreille et entends sa respiration se hacher. Ça, c'est une bonne nouvelle pour moi…

– Sinon, vous allez arrêter de repeupler la planète, tous les deux ? demande mon frangin.

C'est lui qui dit ça alors qu'il a deux petits garçons et qu'il tanne sa femme pour en faire un troisième ?

– On arrêtera de faire des enfants quand j'aurai un fils ! je lui réponds en souriant.

– Ouais, enfin, moi, je vais arrêter après celui-là, complète Emma.

– Amour, t'es censée être de mon côté !

– C'est pas grave si c'est une fille… Tu feras un garçon avec une autre femme ! Des fois, il suffit de changer le moule…

Ils éclatent tous de rire alors que je la fusille du regard. Je l'aime beaucoup trop pour ça, même si c'est la pire des pestes. Elle s'installe à table pendant que je sers le café à tout le monde.

– Vous avez une idée de prénom ? demande mon père en plongeant le nez dans sa tasse.

– Lincoln, si c'est un garçon… dis-je en souriant.

– Lincoln ? répond-il en haussant les sourcils.

– Comme le président, dis-je vite.

– Et pour une fille, on ne sait pas encore… murmure Emma.

– De toute manière, fille ou garçon, ce ne sera pas le dernier ! affirmé-je.

– Nathaniel, ce sera le dernier !

– Non, amour ! On doit se mettre d'accord là-dessus, et moi, j'ai envie d'en avoir d'autres.

– T'as peur que ce soit une fille ?

– Quoi ? Non, je m'en fous ! Que ce soit une fille ou un garçon, le principal, c'est que ce bébé soit en bonne santé, et qu'il me ressemble !

– Oh, Nate… s'exclame Maxence en riant.

Emma se tourne vers moi alors je ne résiste pas et l'embrasse comme un condamné. Qu'est-ce que je l'aime, cette femme ! Ma femme !

– C'est comme ça que t'as réussi à me faire autant d'enfants… avec ta tchatche de baratineur.

– Je plaide coupable. D'ailleurs, j'ai pensé à un prénom, si c'est une petite fille…

Elle sourit, intéressée. Mon père plonge son regard dans le mien. Il est au courant, nous en avons parlé hier soir, quand les femmes sont parties se coucher.

– Lequel ? me questionne Emma.

– J'aimerais Lynette. Je sais que c'est un vieux prénom et que… mais je me suis dit, en hommage à…

Emma déglutit, et moi, je ne suis plus très à l'aise. Elle le remarque et pose sa main sur la mienne. Ce geste tendre m'apaise un peu. Emma connaît la relation que j'avais avec mamie, et cette année va être la plus difficile de toutes, c'est le premier Noël sans elle…

– Nathaniel, c'est un petit président !

Je souris pendant que pleuvent les félicitations de nos familles. Je me penche et l'embrasse du bout des lèvres.

– Je ne peux pas vivre sans toi, Emma. Je ne te le prouve peut-être pas suffisamment, mais tu es tout ce que j'ai toujours désiré. Je t'aime plus que ma vie. Tu es la bulle d'oxygène qui m'est indispensable pour respirer. Nos filles, toi, notre couple, c'est plus que ce que j'attendais de mon existence, mais tellement plus… Tu m'apportes un bonheur incommensurable.

– Oh, minou… Je t'aime, toi, mon pilote d'hélicoptère !

Je me mords la lèvre pendant que June s'installe sur mes genoux et entoure mon cou de ses petits bras. Je regarde une dernière fois ma femme et dis distinctement, pour que tout le monde entende et comprenne mes intentions :

– Je t'aime, Emma, et je te ferai un autre bébé !

Fin

REMERCIEMENTS

Un énorme merci à toute l'équipe des éditions Addictives pour leur fabuleux travail et cette collaboration merveilleuse que l'on entretient depuis 2 ans.

À vous trois, ma petite famille, je vous aime tellement, vous êtes mon noyau de vie et d'inspiration.

À mes bêta-lectrices : merci d'être là, d'être derrière moi, d'être encore plus folles chaque jour, merci d'aimer mes personnages, d'en parler comme s'ils étaient nos potes, et de me menacer lorsque le sort de l'un d'entre eux ne vous convient pas… celle-là saura se reconnaître !

À mes copines, toujours là, toujours à discuter de mes manuscrits, à m'engueuler lorsque je n'écris pas ou que ça ne va pas assez vite…

À tous les blogueurs et blogueuses : merci pour votre intégrité, votre patience et impatience, merci d'être toujours en première ligne et de partager votre passion avec les lectrices et lecteurs.

À tous les lecteurs et lectrices de *Crazy Wedding,* merci d'avoir fait une place à Pumpkin et Triominus, merci d'avoir apprécié ou non le voyage au sein de l'univers d'un mariage fou ! Je sais que Nathaniel n'est pas facile, comme garçon, mais avec le bon mode d'emploi, ça passe crème ! Sinon, Emma veille au grain !

Enfin, je vous souhaite à toutes et tous votre *crazy wedding,* qu'il soit adorable, romantique ou même vache à sa manière, mais surtout rempli d'amour !

On se dit à très vite !

Mila

Extrait

SEX FRIENDS. PAS DE CONTRAINTES, QUE DU PLAISIR !

Gwen Delmas

1

Aurore

– Ça roule bien, aujourd'hui. On devrait arriver d'ici quinze minutes. Voyage d'affaires ?

Je n'ai pas très envie d'entretenir la discussion avec le chauffeur de taxi, mais je lui réponds d'une voix mécanique, quoique charmante.

– Non, au contraire. J'en reviens.

Oh, oui, je reviens ! Et avec deux jours d'avance, de surcroît !

Voilà qui mérite bien une fin d'après-midi de détente, et même – qui sait ? – un goûter dans mon salon de thé favori. Il est un peu tard pour grignoter, mais qu'importe. Ma mission à Barcelone a été si prenante que je n'ai pas tout à fait respecté mon équilibre alimentaire. Heureusement, j'ai dormi mes huit heures par nuit, seule façon de m'assurer une mine éclatante. Je suis heureuse. J'ai fini cette présentation toute seule. Mes patrons, ici, à Paris, et leurs homologues espagnols n'ont pas tari d'éloges à mon égard. « Le comble de l'élégance pour représenter l'élégance à son comble », a même précisé Javier, le représentant espagnol de la société de communication pour laquelle je travaille.

Pour l'heure, dans le taxi qui me ramène de l'aéroport, je prépare la suite de ma journée.

Mon bon travail me vaut bien une fin de journée de repos. Et je sais exactement ce que je vais en faire. Exit le salon de thé et mon café gourmand. Je vais aller rejoindre Cody sur son lieu de travail. Je débloque mon Smartphone pour lui envoyer un message, mais me ravise. Pour une fois, je vais faire preuve d'un peu de spontanéité et aller surprendre l'homme de ma vie. Du bout des doigts, je caresse la photo de nous deux qui me sert de fond d'écran.

Ses parents l'ont prise l'été dernier, à l'occasion de la fête nationale, sur la terrasse de leur maison des Hamptons. Oui, Cody est américain. Franco-américain. Sa mère est française. C'est une amie de pensionnat de la mienne. C'est comme ça qu'on s'est rencontrés. Cody est né aux États-Unis. C'est heureux pour la future carrière politique que ses parents lui construisent depuis des années. Selon Nikki, ma future belle-mère – qui préfère ce surnom à son trop franchouillard « Nicole » –, notre portrait serait un parfait lancement pour la campagne au Sénat.

Les « Kennedy du XXIe siècle », selon ses mots. J'ai esquissé un sourire poli, comme on m'a si bien appris à le faire, mais j'aurais aimé la détromper. Cody est bien plus séduisant que JFK. Bien plus moral, aussi. C'est un spécimen qui se rapproche dangereusement de l'homme idéal, un homme solide, qui sort des meilleures écoles. Il vient d'une bonne famille et maîtrise tous les codes qui régissent ma vie. Avec lui, je suis en sûreté, d'autant qu'il a des plans pour nous. Notre mariage est programmé pour l'année prochaine et, idéalement, notre premier enfant dans la foulée. Il en aimerait trois ou quatre. Sa façon de tout planifier me fait sourire. Sa beauté me transporte. Ses cheveux sont d'un blond doré à peine plus soutenu que les miens, et ses yeux verts ont une profondeur rare. Lorsqu'ils se posent sur moi, je serais prête à tout.

Comme à accepter de mettre ma carrière entre parenthèses pour soutenir ses ambitions et m'occuper de la famille que nous fonderons.

Je ne suis pas enchantée par cette idée, mais, comme me le rappelle ma mère, derrière chaque grand homme, il y a non pas une grande femme, mais une femme dévouée.

Je ne suis pas sûre d'être très à l'aise dans ce rôle décoratif. Mais sa mère m'a déjà assuré que je ferais ça très bien. J'ai reçu l'éducation adéquate. D'ailleurs, maman aussi est une championne du genre.

Et lorsque je vois cette photo, je suis d'accord avec tout le monde. Dans nos tenues coordonnées, bermudas bleus, chemisettes blanches et pulls rouges sur les épaules, je pourrais presque imaginer le slogan : « America, nous voilà ! »

Tout à mes réflexions, je suis parvenue au pied des locaux

que la banque Porter occupe à Paris.

Avant de quitter le taxi, je vérifie que ma tenue est parfaite, ma jupe bien droite, mon chemisier soigneusement fermé, avec juste un petit bouton détaché, comme une invitation. Mes cheveux blonds retombent gracieusement sur mes épaules. Mon maquillage est soigné, en tout cas pour le moment. Un petit frisson coquin me traverse.

C'est en partie pour cette raison que je suis aussi pressée de le rejoindre. Avec un peu de chance, il aura un petit moment pour fêter mon retour comme il se doit. Après tout, je rentre avec deux jours d'avance, et nous ne rejoignons ses parents dans le Vermont que dans trois jours. Qu'importe si je sors de son bureau la peau rouge de ses baisers et la coiffure de travers ! Cette pensée décadente me fait sourire. Ça ne fait pas très future Mme Porter ! Cette idée d'une très légère transgression me fait frémir d'avance.

Au bureau, pourtant, on m'annonce qu'il a posé son après-midi. Un rendez-vous imprévu. Ce sont des choses qui arrivent, lorsqu'on rentre par surprise. Je cache ma petite déception sous un sourire tout en maîtrise et prends le chemin de son appartement. Pour des questions de convenances, nous ne vivons pas encore ensemble. Mais j'ai ses clefs, et je vais m'en servir. Ça me donnera le temps de nous préparer un plateau gourmand pour fêter dignement mon retour et mon succès, peut-être même d'enfiler une tenue un peu osée.

Après un détour par les traiteurs chics que Cody affectionne, je me glisse dans son immeuble avec un sourire de conspiratrice. En passant, j'ai acheté un petit ensemble de lingerie qui, j'en suis sûre, lui fera beaucoup d'effet, du moins tant que je le garderai sur moi.

Cette idée m'arrache un frisson d'anticipation.

L'appartement est plongé dans la pénombre, à l'exception d'un rai de lumière en provenance de la chambre principale. Mon étourdi a dû oublier d'éteindre en se levant. Il a encore des progrès à faire en matière d'économies d'énergie. En avançant dans le couloir, je trébuche sur un objet.

Je me fige. Un escarpin de douze centimètres, de piètre qualité. Une chaussure très vulgaire qui n'a rien à voir avec ce que je porte, encore moins en journée.

Le cœur à l'arrêt, je perçois soudain ce que je n'avais pas encore noté : un bruit incongru vient de la pièce éclairée. Je reconnais ces râles gutturaux. Cody me les réserve, dans les moments très intimes.

Une partie de moi me commande de faire demi-tour. Mais un besoin puissant monte du plus profond de mon ventre tordu d'angoisse. Une nécessité absolue guide mes mouvements, saccadés, jusqu'à la porte entrouverte. Je l'ouvre sans précaution et perds toute capacité à me mouvoir.

Cody – mon Cody – est allongé sur le lit. Son pantalon et ses dessous sont baissés sur ses chevilles, écrasés par les genoux d'une femme. Je le suppose à la forme de ses hanches voluptueuses et au porte-jarretelles d'un corail criard qui enchâsse ses cuisses.

Je ne vois rien d'autre que sa croupe rebondie. Sa tête disparaît entre les jambes de mon fiancé.

Les yeux fermés, Cody semble particulièrement apprécier la fellation qu'elle lui prodigue à grand renfort de bruits de succion qui me répugnent instantanément. Je lutte de toutes mes forces contre la nausée qui presse mes lèvres, mais pas contre le son étranglé que je produis.

Cody ouvre brusquement les yeux, et son regard menthe fraîche trouve aussitôt le mien.

Sa surprise ne dure qu'un instant avant qu'il se reprenne et passe sa main dans les cheveux d'un blond mal teint de la femme qui se trémousse au pied de notre lit.

– Bébé, un instant.

Je hoquette. « Bébé » ? Carrément ? C'est un mot bien trop tendre pour une rencontre impromptue. Malgré moi, un rire nerveux m'échappe.

Ne te fais pas plus bête que tu n'es, Aurore ! Tu imaginais quoi ? Une voisine qui a perdu son chemin et qui trébuche jusqu'à finir nue, dans notre chambre, la bouche autour du sexe de ton fiancé ?

Nos réactions ont raison de l'activité dudit « bébé » qui se redresse brusquement et a tout de même le bon goût de paraître gênée.

Pour ma part, je suis… écœurée… mortifiée… humiliée… et si furieuse envers cette fausse blonde que je me sentirais de taille à lui lacérer le visage et à déchiqueter tous ses vêtements.

Mais j'ai appris à ne pas me donner en spectacle. Je me contente de considérer l'intruse – en supposant que ce soit elle qui mérite ce titre – avec tout le mépris dont je suis capable.

Il me sert de carapace, pour l'heure, alors que j'ai l'impression d'entendre les bruits sinistres de mon cœur qui se fissure.

La femme ramasse rapidement une robe qui va certainement bien à son genre – pas trop couvrante et vite enlevée – et elle quitte la chambre sans m'accorder un regard.

Je ne fais même pas mine de m'écarter, la contraignant à s'aplatir contre le mur. C'est certainement très froid contre sa peau aux trois quarts nue. Bien fait !

Mon attention reste entièrement concentrée sur Cody.

J'essaie de comprendre ce qui a bien pu se passer pour qu'il s'égare ainsi. Subrepticement, la voix teintée de réprobation de sa mère revient à mes oreilles : « Il n'est pas bon de laisser trop longtemps son mari livré à lui-même. » Elle m'a tenu ces propos pas plus tard que la semaine dernière, lorsque je lui ai expliqué, pour la dixième fois au moins, les raisons pour lesquelles Cody et moi ne pouvions les rejoindre plus tôt. Ses mots étaient-ils une mise en garde ? J'imagine mal ma future belle-mère cautionner ce genre d'incartade. Une autre voix, plus douce mais tout aussi persuasive, la rejoint. Celle de maman : « Je n'ai pas ressenti de sacrifice en décidant de rester près de ton père en toute occasion, prête à répondre à ses moindres besoins. »

Je ne suis pas sûre pas qu'elle pensait à ce type de besoins. L'image, totalement déplacée, de mes parents dans une position compromettante achève de me déstabiliser.

Ai-je une part de responsabilité dans ce que j'ai interrompu ? Un soupçon de révolte me prend. Moi aussi, je suis éloignée de Cody une partie du temps. Moi aussi, je reçois des sollicitations. Hier encore, notre directeur en Espagne m'a clairement indiqué que… Mais ce n'est pas pour autant que je l'ai invité dans ma chambre, parce que j'ai des valeurs, et que j'ai Cody, et notre avenir… Du moins, je crois.

Le doute m'assaille de plein fouet.

Ma voix est donc pleine de trémolos lorsque je tente d'obtenir une explication.

– Je ne comprends pas, Cody, je suis ta fiancée…

Cody inspire lentement. Je ne sais pas comment, mais il a

eu la décence de se rajuster.

– Mais bien sûr, sweetheart. Je suis désolé.

L'étau de larmes qui enserre ma gorge relâche un peu son emprise.

– Je ne comprends pas ce que tout ça signifie, Cody. Toi et moi…

– Tout ceci n'a rien à voir avec toi et moi, Aurore. Je ne vais pas te quitter pour Mandy, ni pour personne d'autre. C'était très indélicat que tu assistes à ce… moment. Je ne t'attendais pas aujourd'hui.

Un séisme d'amplitude maximale n'aurait pas pu m'ébranler davantage. Mais étrangement, au lieu de m'effondrer, je réagis avec une pugnacité qui me surprend moi-même et lui adresse un regard glacial. Sérieusement, c'est tout ce qu'il trouve à dire pour sa défense ?

– Pourquoi ? Si j'étais rentrée après-demain, comme prévu, ta poule aurait retrouvé son trottoir ?

Ma voix crisse comme une craie sur un tableau. La parfaite image du dédain et de la colère maîtrisée, alors qu'intérieurement, c'est plus tsunami et typhon.

– Mandy n'est pas une poule, c'est l'une de mes assistantes.

Je tourne la tête vers le couloir qu'a emprunté ladite Mandy.

– On appelle ça une assistante ? Soit. Par contre, tu te trompes, Cody. Je ne sais pas qui c'est – ça ne m'intéresse pas, d'ailleurs – mais une chose est certaine : elle *était* l'une de tes assistantes.

– Non.

La sentence tombe. Nette et sans émotion. J'écarquille les yeux et apaise difficilement le dragon qui déchire mes entrailles pour sortir ses griffes. Si je le laissais faire, il attaquerait l'individu froid et cynique qui me fait face, à peine gêné par la position dans laquelle je l'ai trouvé. À tel point que je me demande s'il ne va pas me proposer de prendre la place de Mandy.

Je respire calmement et répète.

– Non ?

– Non ! dit-il à nouveau, sans se démonter. Mandy est mon assistante. Je ne vais pas la renvoyer parce que tu n'es pas capable de te comporter en adulte.

Oh ?

Pas capable de me comporter en adulte ?

Une bordée de jurons digne des pires marins me vient à l'esprit. Ma langue picote de l'envie de les lui lancer en salves meurtrières. Évidemment, je n'en fais rien. Une dame ne se donne pas ainsi en spectacle. Je me contente de donner à ma voix des intonations clairement réprobatrices.

– Si tu penses que je vais accepter sans rien dire de côtoyer une femme que tu as troussée.

Cody explose de rire. Il rit ?

– Allons, Aurore, décoince-toi un peu. Oui, je baise Mandy. Ce n'est pas la seule, d'ailleurs ! Grandis un peu, sweetheart.

Le sol se dérobe sous mes pieds. L'infidèle m'avoue son méfait et en confesse volontairement d'autres, sans aucune gêne ? C'est une plaisanterie ? Il y a une caméra cachée quelque part ?

– Mais je suis ta fiancée, lui répété-je. On doit se marier… plaidé-je faiblement.

Cody hausse les épaules, visiblement agacé par la discussion que je lui impose.

– Et je ne vois pas ce que ça change. Toi et moi, nous sommes une équipe, une vitrine. Tu auras mon nom, ma protection, tu seras la mère de mes enfants. Tout ceci est socialement très acceptable. Pour le reste, ne sois pas naïve, Aurore ! On te croirait tout droit sortie d'un film à l'eau de rose. Je suis un homme…

– Hiiiiiii !

Un hurlement m'échappe – ou quelque chose qui s'apparente peut-être davantage au couinement d'un rongeur, en y pensant bien.

– Si tu me parles des besoins des hommes qui seraient différents de ceux des femmes…

– Eh bien, quoi, Aurore, oui ! Tu seras une épouse charmante. Tu en as tout le pedigree, toute l'éducation. Mais pour le reste, avouons-le, tu ne corresponds pas vraiment aux femmes que je fréquente habituellement.

Pardon ? Personne ne s'est jamais plaint de mes « talents » dans ce domaine. Non pas que je ne m'en sois jamais préoccupée, ceci dit. Cette discussion prend un tour trivial qui me met mal à l'aise.

Je tente une dernière sortie.

– Mais je croyais que tu m'aimais.

Cette fois, Cody explose de rire. Un rire froid, méprisant. À mille lieues du rire chaleureux qu'il me réserve en société et qui me transforme en guimauve. Là, il me toise et finit de se rhabiller comme si je n'étais pas là.

– Allons, ne fais pas l'enfant ! Tu ne vas pas verser dans ces niaiseries. Je te parle de mariage, pas de sentiments !

Je m'entête, de plus en plus soufflée par ses déclarations.

– Et si moi, je veux les deux ? Ne me dis pas que ça n'existe pas !

De nouveau, son rire attaque peu à peu mes neurones, au point que je deviens sourde à toute pensée raisonnable.

– Tout dépend de ce que tu veux. Si tu es prête à te contenter d'un individu médiocre, d'un petit provincial, alors tente ta chance ! Mais si tu veux devenir Mme Porter, ce sera à mes conditions. Je pensais que tu en avais conscience. Tu ne pourras plus dire que tu n'es pas au courant. À prendre ou à laisser !

Dans cette phrase qui conclut froidement notre discussion, Cody met tout mon avenir en balance.

Mes rêves de vie parfaite se sont fracassés à chaque nouvelle révélation. Avec toute la dignité qu'il me reste, je retire l'énorme solitaire qui ornait ma main gauche et le jette sur le lit. Je le rate. Dommage.

Je tourne les talons et regarde une dernière fois par-dessus mon épaule.

– Oh, et considère que ceci est ma façon socialement incorrecte de rompre. Pauvre type !

Ma dignité me fait garder la tête haute jusqu'à la porte de l'immeuble. Dans le taxi, la façade se lézarde, mais je tiens encore bon. Hors de question de me répandre sur le cuir confortable de la berline. Les appels récurrents de Cody, que je rejette avec détermination, entretiennent ma colère. Mais à l'instant où les portes de mon confortable appartement se referment sur moi, je ne suis plus que douleur, déception et sanglots bruyants qui explosent en convulsions.

Depuis toujours, je fais ce qu'on attend de moi, et je me retrouve seule. Pire, mon image lisse a donné l'impression à Cody qu'il pouvait me traiter ainsi, comme une simple image. L'image parfaite de la femme parfaite… Parfaitement inutile, oui ! Inutile, exploitée, et finalement rabaissée au rang de simple ornement.

Je m'autorise un long apitoiement à coups de glace et de chocolat, et analyse la voie que j'ai suivie jusque-là et ses conséquences. Je me suis brimée, limitée, et tout ça pour quoi ? Pour réaliser que je suis à côté de la plaque.

Subitement, je prends conscience de ce qui est tapi au fond de moi depuis longtemps : j'ai envie de plus. De mener de front carrière et vie familiale. De rencontrer un homme qui me respecte et ne me prenne pas juste pour un bibelot utile. De m'autoriser, moi aussi, un petit grain de folie, et plus de liberté.

Mais plus que tout, en cet instant, j'ai envie – non, j'ai besoin – de fuir ce téléphone qui ne cesse de sonner et les murs trop étroits de mon appartement. J'ai besoin de grand air, de rires tonitruants et de jurons bien sentis. J'ai besoin de câlins à écraser la cage thoracique et d'une bonne dose de bêtises débitées sous l'emprise d'une glycémie maximale.

Et je sais parfaitement qui pourra me fournir ce cocktail détonant !

Extrait

NEVER KISS THE BOSS

Alix Parks

1

Regard rivé sur le téléphone coincé entre ses mains, Maxime tape un message du bout des pouces. L'estomac noué, je l'observe en silence. Bientôt, il débarrassera sa tasse, la placera dans le lave-vaisselle, il se brossera les dents en pestant parce qu'il est en retard et devrait se lever plus tôt, puis filera après avoir déposé un baiser mentholé et rapide sur mes lèvres.

Je lance des paris pour distraire mes pensées. Tasse dans dix secondes. À peine ai-je spéculé sur sa routine que Max se lève.

– Zut, je suis en retard, lâche-t-il en emportant l'objet du délit à la cuisine.

Gagné. Sa constance déclenche une vague apaisante qui détend mes poings serrés. Maxime est un homme d'habitudes, c'est sans doute la raison pour laquelle ça fonctionne entre nous. Une journée qui démarre de façon aussi ordinaire ne peut être qu'une journée où tout se passera bien, non ?

Alors pourquoi ce nœud persistant à l'estomac ?

Peut-être parce qu'aujourd'hui, après trois ans en tant qu'assistante d'Antoine Monferrat, je rencontre son successeur, notre nouveau patron. Son fils. Le calme et l'expérience de mon ancien boss me permettaient d'agir en toute efficacité. Toujours maître de la situation ; des ordres précis, des demandes claires ; professionnel jusqu'au bout des ongles. Mon ventre se tord en pensant au changement brutal qui s'annonce. Je me focalise sur les défauts d'Antoine : âme de patriarche, macho, enjôleur jusqu'à la manipulation. J'étais l'une des seules à y échapper, sûrement à cause de notre étroite collaboration. Il attendait de moi un travail impeccable et c'est ce que je lui fournissais. Pas le patron idéal, mais sa neutralité permanente à mon égard me convenait.

De Monferrat junior, je ne connais pas grand-chose. Nathan a 27 ans, le même âge que moi, trop jeune pour diriger une telle entreprise. Je ne l'ai jamais croisé, mais sur la photo exposée dans le bureau de son père, il semble sympathique. Carrure étroite mais sportive, un sourire de gosse, l'œil pétillant et le cheveu rebelle. Pourvu qu'il ne soit pas trop sympathique. D'après Antoine, les rares fois où il l'a évoqué, son fils est un véritable oiseau de nuit, inconstant, aventurier, impertinent et surtout charmeur compulsif. En gros, zéro point commun entre nous, mais je m'en fous, on ne me paie pas pour papoter ni pour être amie avec lui.

Par précaution, afin d'éliminer toute invitation à la séduction, j'ai choisi une tenue des plus sages. Pantalon cigarette noir, chemisier à manches courtes et col Claudine, noir également, talons plats. Toutes mes courbes sont cachées. Une vraie assistante modèle, doublée d'une forteresse imprenable, aussi austère que professionnelle. Après une hésitation, j'ai ajouté un collier coloré pour casser un peu la sévérité de l'ensemble : un pendentif en argent orné d'une petite matriochka en bois peint, une breloque qui a appartenu à ma grand-mère. Vestige de mon ancienne vie, celle d'avant Maxime, lorsque je bidouillais des bijoux insignifiants, ce collier symbolise mon amour pour ma famille et le lien qui unit notre tribu. Je le porte chaque fois que j'affronte un événement important, j'espère qu'il me portera de nouveau chance.

Je quitte la cuisine pour la salle de bains, jette un dernier coup d'œil au miroir du hall d'entrée pour vérifier ma tenue. Des jours que j'y réfléchis, elle a intérêt à envoyer le bon message. Dommage que Maxime ne m'ait pas encore demandée en mariage, avec une bague de fiançailles, le tableau aurait été parfait.

Parfait, hein ?

M'unir à un homme pour qui je ne ressens pas grand-chose et qui ne ressent pas grand-chose pour moi, c'est ça dont je rêve ? La passion détruit tout, OK, mais son absence permet-elle de construire une vie ?

Un an et demi depuis notre premier baiser, ça fera deux ans à Noël, et mes rêves de famille parfaite, d'avenir serein me semblent de moins en moins s'accorder à la personnalité de Max.

Sans se douter de mes divagations, il passe son fil dentaire avec application.

Infirmier en salle d'op' depuis plusieurs années, méticuleux, ordonné, gentil, il m'offre la stabilité que j'espérais. Mais ce matin, m'imaginer mariée pour le meilleur et pour l'ennui à cet homme provoque un frisson qui n'a rien à voir avec de l'exaltation. Simon jubilerait de m'entendre réfléchir comme ça, lui qui trouve notre couple « mortellement chiant ». Je me fiche de ses railleries. Ma vie n'est peut-être pas palpitante, mais elle me rassure.

Plongée dans mes pensées, je fixe mon reflet sans le voir au lieu de me coiffer. Je chasse mes vagabondages d'un soupir et relève mes boucles brunes en une queue-de-cheval stricte. Plus austère, tu meurs.

– Je devrais vraiment me lever plus tôt ! râle Maxime sans avoir remarqué ni mon stress ni mon soupir. À ce soir.

Il effleure mes lèvres des siennes, comme prévu. Pari gagné sur toute la ligne. Je tente de me convaincre que son signe d'affection machinal me réconforte plus qu'un baiser passionné. L'expérience m'a montré que je ne suis pas taillée pour les grandes histoires d'amour, pour la passion qui dévaste tout sur son passage et vous laisse détruit lorsqu'elle en a terminé.

Un coup d'œil à ma montre : sept heures trente, le temps file et j'en fais autant. Je veux tout contrôler une dernière fois avant l'arrivée du nouveau patron à huit heures trente. Il y a six jours, il m'a envoyé un mail avec ses desiderata précis. Même si je les connais par cœur, je profite du trajet en bus pour les relire sur mon téléphone. Il a fallu rassembler le personnel de la société pour une réunion extraordinaire. Ou du moins le personnel qui travaille dans les bureaux. M. Monferrat père possède huit hôtels de luxe localisés sur les différents continents et dont la gestion globale est centralisée dans un magnifique immeuble Art déco de la capitale parisienne. Les autres employés, ceux des palaces, rencontreront Nathan au fur et à mesure de ses visites.

Au dernier étage de l'immeuble acheté par le bâtisseur de l'empire Monferrat afin d'y établir sa société, Antoine avait installé son quartier général et accroché sur les murs beiges de grands posters de ses hôtels. Sur son bureau en chêne massif trônaient deux clichés de vacances, un avec son fils, lors d'une randonnée en montagne, un autre de sa femme et de leur fille cadette au bord d'une piscine à débordement sur fond de mer bleu azur. Images d'une vie idyllique.

Une fois arrivée, je monte directement dans le sanctuaire du patron. Je reste quelques secondes à observer cette pièce qui s'apprête à accueillir la troisième génération des Monferrat. Après tout le temps passé à travailler avec Antoine, le lieu m'est devenu aussi familier que mon propre bureau. Le voir dépouillé, métamorphosé me rend nostalgique.

Nathan a fait retirer tous les posters et repeindre les murs en blanc. Les meubles imposants ont été remplacés par un mobilier moderne et épuré, l'épaisse moquette par un parquet clair. Toutes les consignes ont été respectées à la virgule près. Je me secoue et dépose mes affaires dans la pièce attenante qui m'est réservée. Pas de temps à perdre, je descends à l'étage inférieur où se trouve la grande salle de réunion.

Je remonte l'allée centrale entre les chaises disposées en rangées bien alignées. Le matériel de projection est connecté et fonctionne, comme c'était déjà le cas hier soir lors de ma dernière vérification. Avant-dernière. Il faut absolument que tout soit irréprochable. Cette mission est mon épreuve-test.

Le nouveau boss ne me l'a pas précisé, mais pas besoin pour deviner ce qui m'attend. Si je ne lui conviens pas, ce sera direction la sortie, et j'adore ce travail. Organiser, gérer, planifier. Déjà, enfant, combien de fois ai-je joué à gribouiller sur des fiches avant même de savoir écrire, à griffonner dans de vieux agendas que mes parents me donnaient, à baragouiner dans mon téléphone en plastique coloré, en mini-assistante débordée ?

Huit heures vingt-sept, je termine mon inspection. De temps en temps, je scrute l'entrée, pour vérifier l'arrivée de mes collègues à qui j'ai envoyé un mail de rappel hier après-midi. La salle se remplit par vagues. Au milieu des employés qui s'avancent, un homme en costume sombre se tient sur le seuil. Visage fin et allongé à la mâchoire tracée, nez rectiligne, tignasse abondante ramenée en arrière, il est rasé de près. L'expression impénétrable, il émane de lui un charme mystérieux tandis qu'il scanne la pièce d'un regard perçant. Le genre de type que je fuis comme la peste depuis… depuis des années, potentiel destructeur trop important.

Postée près du pupitre où j'ajuste le micro, le cœur battant un peu trop vite, je l'observe se mettre en marche d'un pas vif. Au fur et à mesure de son approche, je remarque sa pomme d'Adam saillante et ses yeux gris en amande. Impossible de nier sa beauté. Je le reconnais seulement. Sur la photo, en tenue sportive, plus jeune de quelques années, il semblait moins impressionnant. Les confidences de son père me reviennent en mémoire tandis que la distance entre nous se réduit, et je n'ai qu'une envie, tel un réflexe de survie : m'enfuir très loin de mon nouveau patron et de son magnétisme troublant. Arrivé à moins d'un mètre, il me tend la main :

– Nathan Monferrat. Tu dois être Joséphine ?

Je réponds à son geste, perturbée par la situation tout entière. Lui, sa poigne douce qui me laisse des décharges dans la paume lorsqu'il retire sa main, son regard qui sonde le mien, sa voix chaude et grave, le tutoiement et l'utilisation de mon prénom. Après trois ans, son père me vouvoie toujours et s'il m'appelle parfois Joséphine, c'est plus souvent Mlle Delille, surtout s'il y a des employés autour de nous.

– Joséphine Delille, précisé-je, soucieuse de maintenir coûte que coûte une distance entre nous. Enchantée de faire votre connaissance.

– On va se tutoyer. Vu notre âge, ce serait crétin de s'emmerder à se donner du vous et du monsieur-madame.

addictives

Romans déjà parus et à paraître

Rose Becker
Le Bébé, mon milliardaire et moi (aussi en poche)
Torride, sexy & dangereux
Forever You – saisons 1 et 2
Dangerous

Phoebe Campbell
Tes ordres sont mes désirs – poche
Lui résister… ou pas – l'intégrale
You Again
Single Daddy. Try Me if You Can

Mia Carre
Bad for You
Teach Me Everything
Charmant connard!

Mélodie Chavin
Campus Rules

Olivia Dean
À lui, corps et âme – volumes 1 et 2 – poche

Emma Green
Toi + Moi: L'un contre l'autre (aussi en poche)
Toi + Moi: Envers et contre tout (aussi en poche)
Toi + Moi: Seuls contre tous (aussi en poche)
Call Me Baby – volumes 1 et 2
Call Me Bitch
Love Me if You Can
Kiss Me if You Can
Bliss. Le faux journal d'une vraie romantique – volumes 1 et 2
Jeux interdits
Jeux insolents
Jeux imprudents
Une toute dernière fois
Fallait pas me chercher! – volumes 1 et 2

Corps impatients (aussi en poche)
Cœurs insoumis (aussi en poche)
Âmes indociles
Cent facettes de Mr Diamonds – l'intégrale
Bliss. Le faux journal d'une vraie romantique – l'intégrale
(Im)parfait
Love Me if You Can – l'intégrale
Kiss Me if You Can – l'intégrale
It's Raining Love!
The Boy Next Room
Call Me Baby – l'intégrale
Call Me Bitch – l'intégrale
PS: Oublie-moi!
Fallait pas me chercher! – l'intégrale
Recherche coloc: emmerdeurs, râleurs, lovers… s'abstenir!
10 bonnes raisons de te détester!
Just 17
Love & Lies on Campus

Kim Grey
Insolent Bastard

Megan Harold
Sublime-moi! – poche
Breaking the Rules
Initiation with my Boss

Amy Hopper
Gone Boy
Le Coloc

Julie Huleux
Alpha Player

Kate Jacobson
Révèle-moi – volumes 1 et 2

Charlie Lazlo
Mon insupportable boss

Sienna Lloyd
Mords-moi!

Caroline Mongas
Mariage forcé. Un contrat indécent

June Moore
Étreinte – volumes 1 à 3

Zoé Murat
Stepbrother Love
Boss Me Around

Clara Oz
Arrogant

Lise Robin
Infiltrée. Sex, Drugs & Danger
Love Scandal
Forbidden Stepbrother – poche

Gaëlle Sage
Kiss, Kill & Ride

Ana Scott
Dark Ride
Last Ride
Vicious Ride
The Dominant
Evil Ride

Camilla Simon
Le voisin parfait est un enfoiré
Initiation with my Enemy

Ève Souliac
Sexy Mistake

Liv Stone
Love Lessons

Lisa Swann
Adore-moi ! – l'intégrale

Louise Valmont
Toi & moi, c'est compliqué !

Chloe Wilkox
Extreme Lover – l'intégrale
Immoral
Your Game, My Rules – poche
Dominant Boss. Apprends-moi
The Virgin's Price

Luv

Romans déjà parus et à paraître

Ana K. Anderson
Indompté
Scottish Bastard

Sophie Auger
Be with Me

Laura Black
Dark Initiation
Games of Desire
H.A.R.D. Hot, Arrogant, Rebelle, Déterminé

Margot D. Bortoli
Too Young

Juliette Brunel
Delicious

Anne Cantore
Promets-moi. Louise et Marco

Sarina Cassint
Avec toi… peut-être
Insolent Boss

Mary Ann Davis
Coach Me Love

Nora Davy
Don't Resist

Gwen Delmas
Noël, toi & moi
Perfect Boss
Sex Friends. Pas de contraintes, que du plaisir!

Cléa Dorian & Ninon Vars
Dark Love

Laurie Eschard
Love Naked

Lil Evans
Savage Rider
Crash & Burn
Boss Affair

Lou Garance
Can You Keep a Secret?

Alexandra Gonzalez
Shades of You

Erin Graham
Teach Me Love
The Boss
Secret Stepbrother
Strong Addiction

Joh Harper
Crazy Love

Marie Hayle
Under Control

Emma S. James
Under the Rain

Iris Julliard
Catch & Shoot

Lucie F. June
Fight with Darkness

Sara June
Rider in the Dark
Sexy Wild Rider

Lena Jung
Mon coloc, mes désirs & moi

Emily Jurius
Love to Hate You

Allie Krown
High School Challenge

Pauline Libersart
Tiger. Entre ses griffes

Ella Lores
Mariée par accident à un connard arrogant rencontré la veille…

Jessica Lumbroso
Emma X. Secrète et insoumise

Mila Marelli
Dark Man in Love
Crazy Wedding

Mag Maury
Fast Games
No Love, No Limits
My Hipster Christmas

Alix Parks
Never Kiss the Boss

Jeanne Pears
Insupportable coloc
Colocs & Sex Friends
H.O.T. Hypnotique, Obstiné, Ténébreux

Alexia Perkins
Arrogant Fake Lover

Sophie S. Pierucci
L'Inconnu de l'ascenseur & Moi (aussi en poche)
My Stepbrother. L'initiation
Deep & Dark – poche

Silvia Reed
Darkest. La dernière heure
Too Close

Anita Rigins
No Rules
My Rules

Avril Rose
Coffee, Sex & Law

Jana Rouze
Effet de vague – saisons 1, 2 et 3

Wendy Roy
Une seule fois (ou presque)

Ana Scott
À corps brisés

Léana Soal
Fight & Hope

Cara Solak
Perfect Obsession

Liv Stone
Initie-moi. Mes jours contre tes nuits

Lena K. Summers
Perfect Bad Boy

Kaly Swann
Austin. Breathe with Me

Alexiane Tolley
The Boss Rules – poche

Lily Tortay
Dance for Me

Flore Valier
Ta peau contre la mienne

Anna Wendell
Arrogant Bad Boy
Apprends-moi le désir

Never Kiss the Boss
Alix Parks

Elle le déteste le jour et rêve de lui la nuit.

Un seul texto et la vie de Joséphine bascule. La jeune femme se retrouve brusquement célibataire, dans un nouvel appart, avec un nouveau quotidien et, cerise sur le gâteau, un nouveau patron.

Nathan est hostile, arrogant et surtout imprévisible. Pourtant, Joséphine doit lutter contre une attraction incompréhensible à son égard. Il est tout ce qu'elle fuit, mais elle ne rêve que de se jeter dans ses bras !

Est-elle prête à prendre le risque ?

Auteure : Mila Marelli

Edisource – Éditions Addictives
100, rue Petit, 75019 Paris
Imprimé par FINIDR – Lipova cp. 1965 – 73701 Cesky Tesin,
République tchèque
Dépôt légal : mai 2021 – Achevé d'imprimer : mars 2021
ISBN : 978-2-37126-427-4
Réf. contrat : ZXEN_001